WUNDERLICH

LAURALI R. WRIGHT

Kehre nie zurück!

ROMAN

Deutsch von Gesine Strempel

WUNDERLICH
TASCHENBUCH

Die Originalausgabe erschien 1995
unter dem Titel *Mother Love* bei Scribner
(trademark of Simon & Schuster Inc.), New York

Deutsche Erstausgabe
Veröffentlicht im Rowohlt Taschenbuch Verlag
GmbH, Reinbek bei Hamburg, August 2000

Redaktion Sabine Lammers
Umschlaggestaltung Cordula Schmidt
(Foto: Tony Stone Images / Lori Adamski Peek)
Satz Adobe Garamond PostScript
(PageOne)
Gesamtherstellung Clausen & Bosse, Leck
Printed in Germany
ISBN 3 499 26267 3

Die Schreibweise entspricht den Regeln
der neuen Rechtschreibung.

KEHRE NIE ZURÜCK!

FÜR MEINE FREUNDE NANCY HARDY
UND BILL BANTING

DANKE, JOHN – ZUM ELFTEN MAL.
GRIECHENLAND LÄSST GRÜSSEN …

Die Sunshine Coast und die kleinen Städte und Dörfer, die in diesem Buch erwähnt werden, existieren wirklich. Alles andere aber ist frei erfunden. Die Ereignisse und die Charaktere sind Phantasiegeschöpfe der Autorin, und die Veränderungen geographischer und anderer Art dienen der anschaulicheren Darstellung der Umgebung Vancouvers und des Städtchens Sechelt.

PROLOG

Es war kurz vor Weihnachten. Sie erwachte nachts aus einem unruhigen Schlaf, zitterte vor Kälte. Sie versuchte zu schätzen, wie spät es war, ohne nach der tickenden Uhr auf der Apfelsinenkiste zu sehen, die ihr als Nachttisch diente. Die Uhr stand auf einem Spitzendeckchen, das sie selbst gehäkelt hatte, vor einer Petroleumlampe und neben einer Schachtel mit Streichhölzern. Sie lag neben ihrem schlafenden Mann auf dem Rücken, die Decke bis zum Kinn hochgezogen, und beobachtete, wie ihr Atem die Luft vor ihrem Gesicht sichtbar machte.

Es war nicht die erste Nacht, in der sie aufwachte. Es war die dritte, vielleicht die vierte in dieser Woche. Die Erschöpfung begleitete sie in jeden Tag. Und jeden Morgen war sie tiefer und umfassender. Sie wusste, wohin das führen könnte, und sie hatte Angst.

Sie lag ausgestreckt auf dem Rücken, klammerte sich mit beiden Händen an die Bettdecke und kämpfte mit der aufsteigenden Panik. Sie dachte an angenehme, tröstliche Dinge, versuchte, sich zu beruhigen. Sie dachte an den Flickenteppich auf dem Fußboden neben ihrem Bett und an ihre Slipper, die dort standen, und an den Chenille-Bademantel, der über der Rückenlehne des Holzstuhls neben der Frisierkommode hing.

Man hatte ihr empfohlen, bei Zuständen wie diesen tief und langsam einzuatmen, und das tat sie, konzentrierte sich auf das Ausdehnen und Zusammenziehen ihrer Lunge.

Aber die Anspannung blieb. Sie war in ihren Gliedern, war gefangen in den Knochen und Muskeln. Und sie war auch in ihrem Kopf, hatte sich in ihrem Gehirn festgesetzt, hatte Besitz davon er-

griffen, so wie sie eine Apfelsine oder die Hand eines Kindes mit ihrer Faust umklammern würde.

Sie kämpfte, um ihre Atmung unter Kontrolle zu halten, diese winzige Insel ihrer Selbstbeherrschung, die sie mit Konzentration vielleicht größer und größer machen konnte, bis ihr gesamter Körper unter ihrer Kontrolle war und sie sich zwingen konnte, einzuschlafen, friedlich zu sein, liebevoll …

Entsetzen schlich sich in ihr Blut. Sie merkte, dass sie aufrecht saß. Sie schwang die Beine aus dem Bett, und schon war sie aus der Schlafzimmertür.

Sie schaffte es durch den Flur, berührte die Wände mit ausgestreckten Händen, die Füße kalt auf dem nackten Fußboden, vorbei an den Zimmern ihrer Kinder, ging dann schnell und geräuschlos die Treppe hinunter in die Küche.

Der Ofen war heruntergebrannt, glühte aber noch, und in dem schwachen Licht sah sie ihren Atem wie einen zerrissenen Nebel. Sie ging auf dem geflochtenen Teppich auf und ab, der zwischen dem Ofen und dem Holztisch lag, an dem die Familie aß. Sie rieb die Handflächen aneinander, dann machte sie Waschbewegungen, dabei ging sie weiter auf und ab. Dann stand sie still und berührte ihre Wangen und merkte, dass sie weinte.

Sie setzte sich und legte den Kopf auf die Hände. «Bitte, bitte», flüsterte sie, «hilf mir, bitte …»

Sie war sich des Moments ihrer Kapitulation bewusst. Es fühlte sich tatsächlich so an, als würde das letzte Bindeglied reißen. Als ließe sie den Ast eines Baumes los oder als hörte sie auf, sich an einen Felsen zu klammern: Es war die Anerkennung ihrer Niederlage, und sie verspürte einen kostbaren Moment der Erleichterung.

Gefolgt von einer völligen Leere.

Sie würde sich später an die Dinge, die sie dann tat, nicht erinnern.

DIE GEGENWART

1

ABBOTSFORD, BRITISH COLUMBIA

Maria Buscombe öffnete die Augen und blickte, ohne etwas wahrzunehmen, an die Decke, prüfte vorsichtig den Tag. Das Licht, das durch den Vorhang vor dem schmalen hohen Fenster ihres Schlafzimmers drang, leuchtete mit der strahlenden Gewissheit einer Sonne ohne Wolken. In diesem Morgenlicht lag eine Erwartung, eine zerbrechliche Anspannung.

Sie drehte den Kopf und sah zum Fenster. Und in der Sekunde, die sie brauchte, um die Blickrichtung zu verändern, erfasste Maria den Augenblick, den Tag – und alle Spuren des Schlafes verschwanden. Sie wurde starr. Atemlos. Es war der achtundzwanzigste Tag im September, und sie hatte in der Nacht eine Entscheidung getroffen.

Maria stammte aus der Prärie, dem weiten welligen Grasland Nordamerikas. Und sie erinnerte sich an rote Geranien auf dem Küchenfensterbrett und dahinter die verschneite Landschaft ihrer Kindheit. Maria war in Winnipeg in der Provinz Manitoba aufgewachsen, im Herzen Kanadas, auf halbem Weg zwischen den Küsten des Atlantiks und des Pazifiks.

Ihr wurde bewusst, dass sie in letzter Zeit regelmäßig in trügerische, aber doch reale Kindheitserinnerungen eintauchte, sich in eine weit entfernte Vergangenheit vertiefte, in der immer vergeblicheren Hoffnung, die nahe Zukunft weiterhin zu vermeiden.

Sie schlug die Decke zurück und setzte sich einen Moment lang auf die Bettkante. Ein Lichtstreifen, der zwischen Vorhangende und Fensterbrett auf den rauen grünen Teppich fiel, teilte ihren linken Fuß in zwei Hälften. Das bedeutete einen halben Tag Wartezeit, mehr nicht. Kein Grund zur Sorge. Sie hatte schon Tage genau wie diesen erlebt.

Aber dieser Tag war anders. Dieser Tag hatte sich selbst eine Bedeutung verliehen.

Sie wusch sich, zog sich an, kämmte sich und machte sich ein Frühstück, das sie nicht essen konnte.

Maria wartete, sah auf die Uhr, registrierte die langsam wachsende Spannung in ihrem Körper, erinnerte sich an Stockrosen, die größer waren als sie selbst, und an pollentrunkene Bienen, die schwerfällig in die Blüten hinein- und hinaustaumelten.

Sie lebte jetzt in einer kleinen dunklen Wohnung im Souterrain eines Hauses in Abottsford, einer Stadt vierzig Meilen östlich von Vancouver. Das Haus gehörte einer älteren Frau, die es mit ihrem großen freundlichen Hund bewohnte. Maria mochte, dass die Frau älter war und mütterliches Interesse für ihre Mieterin zeigte – denn dadurch kam sie sich jung vor.

Sie ging in der Wohnung hin und her, nahm Sachen in die Hand, legte sie wieder hin, versuchte, sich von ihrer wachsenden Aufregung abzulenken. Noch durfte sie sich nicht erlauben vorauszudenken. Wieder schob sie die Zukunft mit ihren Erinnerungen weg.

Der September in Manitoba blendete in den Augen. Die Blätter spürten die Kühle des Herbstes und färbten sich rot und golden, lösten sich schließlich von ihren Zweigen und schwebten zur Erde, tot.

Und neue Kleider für die Schule. Auch das fiel Maria bei September ein. In Winnipeg musste sie in der zweiten Klasse eine Schuluniform tragen. Einen marineblauen Pulli, eine weiße Bluse mit langen Ärmeln, marineblaue Socken, einen marineblauen Schlips – und sogar marineblaue Pumphosen.

Und einen Red-River-Mantel, marineblau, mit rotem Futter und Kapuze.

Im Lauf des Vormittags konnte Maria förmlich sehen, wie ihre Anspannung größer wurde, sich aufbaute wie Schichten von Ölfarbe auf einer Leinwand oder wie Tapeten auf einer Wand.

Manchmal war Ostern so spät, dass es in Manitoba mit dem Frühling zusammenfiel, und sie konnte ihre neuen schwarzen Lackschuhe mit den Schnallen am Ostersonntag in der Kirche tragen. Dann hüpfte Maria die Straße entlang, ohne Stiefel, die Füße so leicht wie ein glitzernder Traum, tanzte zwischen den Pfützen hindurch und bekam keinen einzigen Matschspritzer auf ihre Schuhe, die ihre Mutter mit Vaseline geputzt hatte … Das war vielleicht keine echte Erinnerung, die Vaseline, sondern etwas, das sie gerade erfunden hatte. Es war manchmal sehr schwer, die realen Dinge von den Ereignissen zu trennen, die sie teilweise selbst konstruierte, Dinge, die sie im Nachhinein geglättet oder bedeutungsvoll gemacht hatte.

Marias Wohnung bestand aus einem langen engen Wohnzimmer ohne Fenster, dem Schlafzimmer und einer Küche mit einem Tisch und zwei Stühlen an einem Ende und Ofen, Kühlschrank und Schränken an dem anderen. Die Küche hatte, wie das Schlafzimmer, ein einziges schmales Fenster. Vom Wohnzimmer führte eine Tür direkt in den Garten hinter dem Haus, wo zu beiden Seiten einer kleinen Terrasse Wege abgingen und sich um das Haus herum zur Straße schlängelten. Der Weg, den Maria benutzte, ging unter dem Schlafzimmerfenster der älteren Frau vorbei. Eine zweite Tür in ihrer Wohnung war der Zugang zum Waschkeller. Die ältere Frau schloss die Haustüren immer ab, aber nicht die Tür oben, an der Kellertreppe. Maria schloss ihre beiden Türen immer ab, selbst wenn sie zu Hause war.

Diese Geranien auf dem Fensterbrett! Sie hatten dicke Stängel gehabt und lebten jahrelang in ein und denselben Töpfen.

Selbst wenn sie nicht blühten, hatten sie etwas Tröstliches, Vertrautes, waren ein grünendes, atmendes Stück Leben, das auf den Winter hinaussah und ihn vorübergehend deutlich hervorhob. Sie hatten einen Geruch nach Erde und Urbarmachung – es war kein Duft, sondern ein Geruch, den man mit Behagen einatmete, wie das ganz alltägliche Aroma von Küche und Staub, der Leben verheißende Kontrapunkt zu dem trocknen und fremden Hauch des Winters.

Maria sah auf ihre Uhr.

Sie setzte sich an den Tisch im Wohnzimmer, knipste die Lampe an und nahm aus einer Schublade ein Blatt Papier, auf dem eine Liste mit Haushaltspflichten stand: «Abstauben mit dem Federwedel, Staub wischen mit einem geölten Tuch, Wände mit dem trockenen Mopp wischen, Toilette putzen, Waschbecken im Bad, Abwaschbecken in der Küche, den Kühlschrank reinigen, Fußböden fegen, Teppiche staubsaugen, Bettwäsche wechseln, Fenster putzen» und so weiter und so weiter. Die Idee war, sich immer, wenn sie Zeit hatte, irgendeine Hausarbeit vorzunehmen.

Aber als sie heute auf die Liste sah, wurde ihre Ungeduld nur noch größer. Sie faltete das Blatt zusammen und legte es in die Schreibtischschublade zurück.

Der Schulhof in Winnipeg war mit Schlacke bedeckt. Sie war dort einmal hingefallen, als sie Fangen spielten, und sie hatte sich den linken Arm und das linke Bein böse aufgeschürft. Sie war weinend nach Hause gerannt. Und ihre Mutter hatte sie in die warme Badewanne gesteckt und sanft, sanft mit dem Waschlappen über Marias wunde Haut gestrichen, immer wieder heißes Wasser nachlaufen lassen, wenn das Wasser abkühlte, geredet, getröstet. Nach und nach verschwanden die schwarzen Schlackepunkte und die vielen roten Blutbläschen im Wasser. An dem Tag glaubte Maria, dass ihre Mutter sie liebte.

Maria erhob sich vom Tisch und ging ins Bad, wo sie sich vor den Stuhl kniete, auf dem eine große Puppe saß, die Maria zu ihrem fünften Geburtstag geschenkt bekommen hatte. In Marias Kindheit musste sie zweimal zum Puppendoktor gebracht werden. Jetzt, mit fünfzig, sah sie fast so gut wie neu aus.

«Es ist vorbei, Bonnie», flüsterte Maria der Puppe zu, die braune Locken und blaue Schlafaugen hatte und rosa angemalte Wangen. Sie trug einen blau-weiß karierten Overall und eine weiße Bluse.

«Ich habe mich entschieden», sagte Maria, sie saß auf den Hacken und sah der Puppe aufmerksam prüfend ins Gesicht. Sie strich ihr mit zwei Fingern über die Wange, die Stupsnase und die hellroten Lippen, die wie eine Rosenknospe aussahen.

Der Schulrektor in Winnipeg hatte eine künstliche Hand gehabt, sie war wie eine Faust geformt, die immer in einem Handschuh steckte – das mit Leder bedeckte Stück am Ende seines Arms war die Folge einer Kriegsverletzung. Der Rektor verzog nie eine Miene. Selbst dann nicht, wenn er zur Probe Feueralarm gab. Die Notausgänge waren große runde Rutschen. Die Lehrerin schickte die Kinder, eins nach dem anderen, hinunter. Dort drinnen war es völlig dunkel. Maria hatte sich gefragt, was wäre, wenn jemand hinter ihr zu schnell war und auf sie prallte? Was würde passieren, wenn sie zu schnell wäre und mit jemand vor ihr zusammenstieße? Was wäre, wenn sie die Letzte wäre und in der Mitte stecken bliebe und die anderen sie vergessen hätten und sie die ganze Nacht in der Feuerrutsche bleiben müsste? Aber nichts von dem war je passiert. Wenn sie in der Dunkelheit auf ihrem Sitzkissen schnell die Feuerrutsche hinunterglitt, hatte sie manchmal das Gefühl, als würde sie fliegen, und manchmal hatte sie das Gefühl, als würde sie direkt in die Hölle plumpsen. Wenn sie unten ankam, atemlos und triumphierend, holte eine andere Lehrerin sie heraus, und sie wartete mit den anderen Kindern, in Kälte und Schnee zitternd, bis die ganze Klasse aus der Feuerrutsche geflattert war, ein Kind nach dem anderen, wie blinde zahme Fledermäuse.

Maria stand da und sah auf die Puppe hinunter, legte ihre Hand einen Moment auf die drahtigen braunen Haare. Dann ging sie in die Küche, um dort zu warten.

Oben war alles sehr still. Sie hörte kein Gemurmel, nur Stille von der alten Frau. Und dem Hund, der sowieso die meiste Zeit schlief, soweit Maria wusste. Ihre Vermieterin hatte das damit erklärt, dass er taub sei. Maria versuchte sich vorzustellen, dass sie taub sei – eine grässliche Vorstellung. Sie war sicher, dass sie dann noch weniger schlafen würde, wenn sie taub werden sollte.

Die Heizung und der Kühlschrank sprangen mit beruhigender Regelmäßigkeit an und stellten sich wieder aus. Das Haus knarrte und seufzte ein wenig, litt an Arthritis in den Dachsparren oder Rheuma in den Deckenbalken: Auch das war beruhigend. Doch Marias Mund war trocken, und ihre Haut prickelte vor Anspannung.

Heute war es windstill, und sie konnte keine Vögel hören. Sie vernahm auch keine Geräusche von der Straße, aber die hörte sie sowieso selten, da ihre Wohnung auf der Rückseite des Hauses lag.

Maria legte ihre Hände auf die Tischplatte und spreizte sie wie Fächer. Ihre Fingernägel waren mit rosa Nagellack angemalt. Sie dachte an den Mann, dem das Schreibwarengeschäft in der Essondale Avenue gehörte, in dem sie die letzten Jahre halbtags gearbeitet hatte, einen jungen Mann, der leicht hinkte, in dessen schwarzes Haar entstellendes Weiß eingedrungen war. Sie stellte sich vor, wie sich ihre Hand mit den rosa Nägeln ausstreckte, die Fingerspitzen ruhten für eine Sekunde sanft auf dem weißen Haar, sie stellte sich vor, wie sein Haar wieder schwarz wurde und sein Hinken verschwand.

Jemand knirschte auf dem Weg am Haus entlang, kam am Fenster über ihrem Kopf vorbei. Maria stand auf und ging zur Tür, blieb mit gesenktem Kopf stehen, bis der Kurier klopfte, sie unterschrieb für den Brief und schloss die Tür. Sie ging mit dem Umschlag zum Tisch und setzte sich. Ihr Name und ihre Adresse waren mit der Maschine geschrieben. Sie öffnete ihn und nahm den Scheck heraus. Darauf stand: «Zahlungsanweisung für Maria Buscombe. Zwanzigtausend Dollar».

Als Nächstes nahm sie das Foto heraus. Sie hielt es mit beiden Händen, starrte es gierig an. Sie sah eine junge Frau in Shorts, die vor der Tür eines Geschäfts stand, es betrachtete und die Augen vor der Sonne schützte. Dunkles braunes Haar fiel ihr lang in den Rücken. Ihr Gewicht ruhte hauptsächlich auf dem linken Bein. Das Knie des rechten Beins war gebeugt. Eine weitere Person stand im Geschäft, ein Streifen Sonnenlicht beleuchtete ihre Hosenbeine, der Rest der Gestalt befand sich im Schatten. Maria küsste das Foto, weinte und setzte sich an den Tisch. Dann nahm sie den Scheck und riss ihn langsam in der Mitte durch und warf ihn in den Abfall.

SECHELT, BRITISH COLUMBIA

Belinda Hollister ging ins Bad, um sich einen Pullover aus dem Schrank zu holen, und als sie den Raum verließ, warf sie einen Blick aus dem Fenster. Sie blieb stehen. Schaute. Schob schnell die Glastür auf, die auf die zerfallende Terrasse und den Garten hinter dem Haus führte, und starrte ungläubig. Abfall lag verstreut auf dem Rasen. Zuerst dachte Belinda, ein Hund hätte in ihrem Abfall gewühlt. Aber Raymond hatte den Abfall gestern herausgestellt, und er war am frühen Morgen abgeholt worden. Außerdem, dachte sie und ging zögernd über die Terrasse, erkannte sie in diesem Müll nichts wieder. Da lag ein altes Bügeleisen, dessen mit Stoff bezogene Schnur verknotet war. Ein Männerhemd, blau-weiß gestreift, mit einem Loch am Ellenbogen. Ein zerquetschter Orangensaftkarton, viele Eierschalen und Kaffeesatz, mehrere Drahtbügel, ein paar Zeitschriften. Belinda griff sich den Besen von der Terrasse und fing an, in dem Abfall herumzustochern, suchte nach aufgerissenen Briefumschlägen. Aber sie fand nichts, was Rückschlüsse auf den Besitzer des Mülls zuließ.

Belindas Vater betrieb ein ungewöhnliches Geschäft, das die halbe Vorderfront des Hauses einnahm, eines Bungalows, in dem früher seine Eltern gewohnt hatten und der in den Jahren, die er als Lehrer meistens in Vancouver unterrichtete, vermietet war. Sie hatten beabsichtigt, selbst darin zu wohnen, wenn sie wieder in Sechelt waren. Aber er vernarrte sich in ein Haus auf einem Hügel am Südzipfel der schmalen Bucht von Sechelt, mit Aussicht über die Porpoise Bay. Bald fand er, dass der Ruhestand ein langweiliger Zustand war, und kam auf die Idee, sein Elternhaus in einen Laden umzuwandeln.

Direkt hinter dem Laden lagen die Küche, ein Esszimmer, das jetzt als Wohnzimmer eingerichtet war, und ein Schlafzimmer, das als Lagerraum genutzt wurde.

Belindas Vater weigerte sich, Lotterielose zu verkaufen, aber er führte Tabakwaren. «Wenn du beabsichtigst, für die Süchte anderer Menschen zu sorgen», hatte Belinda einmal wütend gesagt, «solltest du nicht wählerisch sein.» Er würde auch Bier und Wein verkaufen, hatte er zurückgegeben, wenn das erlaubt wäre, aber niemals Lotterielose.

Von dem Rosenspalier über dem Weg an der Eingangstür hing ein Schild: «The Jolly Shopper». Der vergnügte Kunde. Im Fenster standen keine Schilder, und auf den Scheiben klebte keine Werbung.

Der Laden hatte auch ungewöhnliche Öffnungszeiten. Er

war nur von zehn Uhr vormittags bis vier Uhr nachmittags geöffnet und an den Wochenenden und Feiertagen geschlossen.

Aber Belindas Vater führte, auf Wunsch seiner Kunden, Dinge, die sonst in Sechelt schwer zu bekommen waren. Im Jolly Shopper konnte man Brot und Milch kaufen, aber auch Kaviar. Und in der Sonne getrocknete Tomaten in Olivenöl. Und Palmenherzen.

Ihr Vater akzeptierte keine Kreditkarten, aber er gewährte Kredit, führte Buch in einem Heft über die Schulden seiner Kunden. In dieser Hinsicht, sagte er Belinda, und in keiner anderen, sei sein Geschäft wie der Eckladen, in dem er als Schuljunge in Sechelt im Sommer gearbeitet hatte.

Er verdiente kein Geld – aber er verlor auch kein Geld –, und der Laden hielt ihn, wie Belinda gern sagte, von der Straße fern. Manchmal half sie ihm am Wochenende, und er stellte auch halbwüchsige Nachbarskinder ein.

Es war zwei Uhr nachmittags, als Belinda den Rasen hinter dem Haus gesäubert hatte und durch das Dorf zum Laden ging. Auf ihrem Weg grüßte sie mehrere Leute, die sie kannte, und war wieder einmal erstaunt über die Winzigkeit des Städtchens. Sechelt war schön, ganz bestimmt – aber es war auch tödlich klein.

Im Jolly Shopper strömte das Sonnenlicht auf die schwarzweißen Fliesen des Fußbodens und glitt in die Gänge, die ungewöhnlich breit waren. Von der Decke hingen Holzschilder herab – «Putzmittel», «Konserven», «Zeitschriften» –, alle in derselben fließenden Handschrift gemalt wie das «Jolly Shopper» – Schild draußen vor der Tür: Belindas Vater hatte sie von einem Bekannten machen lassen, der jetzt im Ruhestand war, einem ehemaligen Gewerbelehrer an der örtlichen Highschool. Sie waren geschnitzt, poliert und lackiert.

Er stand hinter dem Tresen, sprach leise mit einer kleinen Frau in Jeans und einem weißen Pullover, die Schlagseite nach rechts hatte, weil ihre linke Schulter von einer riesigen Jeanstasche hinuntergezogen wurde.

«Okay, also. Nun – wenn *Sie* es *sagen*», sagte die Frau. Belindas Vater nahm mehrere Artikel aus dem roten Drahtkorb, der auf der Ladentheke zwischen ihnen stand: Zigaretten, eine Tüte mit Chips, eine Ausgabe der Zeitschrift *National Enquirer.*

«Ist das alles?», fragte die Frau.

«Das ist alles.»

«Na dann.» Die Frau zog ein Netz aus ihrer Tasche und packte die Sachen aus dem Korb ein. Belinda sah die Gemüsekonserven verschwinden und ein Brot, mehrere Dosen mit Thunfisch und Lachs, eine Schachtel Cottage-Cheese.

Aufmerksam beobachtete Belinda, wie ihr Vater im Kreditbuch anschrieb. Er alterte, das stand fest. Die Haut an seinem Hals hing herunter. Auf seinen Zügen lag der Schatten des zerknitterten Gesichts, das er heute in zehn Jahren haben würde. Sein dunkler Haarkranz war fast völlig grau geworden. Seine Schultern waren leicht gebeugt, er hatte keine Taille, und seine früher so eleganten Hände waren dicklich, was sie besonders traurig machte.

Die Frau verließ das Geschäft, trug das Netz in der rechten Hand und hatte jetzt merklich weniger Schlagseite.

Belindas Vaters sah sie mit seinen blauen Augen lächelnd an.

«Warum starrst du mich so an?», fragte er, aber er klang gut gelaunt. Er war an Belindas Blick gewöhnt, den andere, wie sie wusste, manchmal aufdringlich direkt fanden.

«Mach ich gar nicht», sagte sie. «Du musst dringend Gymnastik machen.»

«Das tue ich. In meinem Garten.»

«Nein, ich meine richtige Gymnastik.»

«Ich auch.»

Ihr Vater setzte sich auf den hohen Stuhl, den er hinter der

Theke stehen hatte, und stellte die Füße auf die oberste Querleiste. Im Regal unter der Ladentheke dudelte leise ein unsichtbares Radio, das immer auf CBC FM eingestellt war. Im Geschäft war niemand außer Belinda und ihrem Vater. Er sah sie erwartungsvoll an, aber jetzt, als sie hier war, zögerte Belinda, ihm ihre Neuigkeit zu erzählen.

Sie beugte sich über das Glas der Theke und betrachtete die ordentlich aufgereihten Kaugummis, Schokoriegel und Bonbons. «Es ist gut, dass du diesen Laden noch nicht hattest, als ich klein war.»

«Möchtest du einen Schokoriegel?»

Belinda schüttelte den Kopf. «Dad, wieso hattet ihr nicht noch andere Kinder außer mir?»

Belinda wusste genau, was jetzt kam. Ihr Vater hob die linke Hand, fuhr sich damit über den Schädel, strich sorgfältig von vorn nach hinten über die kahle Stelle und den Haarkranz, dann griff er sich in den Nacken und massierte ihn. Bei dieser Bewegung musste er den Kopf und den Blick von Belinda abwenden.

«Wir hatten Angst, dass wir es nicht zweimal hintereinander richtig hinkriegen würden», sagte er, genau so, wie er die Frage, die sie Dutzende von Malen gestellt hatte, jedes Mal beantwortete. In seiner Stimme lag eine leise Müdigkeit.

Belinda drehte den Kopf und sah aus dem Fenster. Eine unaussprechliche Traurigkeit hatte von ihr Besitz ergriffen. Es könnte einem schlecht werden, wie gründlich das Leben sich verändern konnte. Es war wie bei einem Vulkanausbruch oder einem Tornado. Irgendeine Naturkatastrophe hatte sie hochgehoben, an den Beinen aufgehängt, sie energisch geschüttelt und dann auf den Kopf fallen gelassen. Seitdem war die Welt nicht mehr die, die sie gewesen war.

«Du musst es hinter dir lassen, Belinda», sagte ihr Vater sanft.

«Das habe ich. Wirklich. Aber es kommt immer wieder.»

Belinda konnte einen Zentimeter weiße, fast unbehaarte Haut zwischen der grauen Socke seines linken Fußes und dem Ende seines Hosenbeins sehen. Am rechten Bein war so eine Lücke nicht.

«Ich bin schwanger, Dad.»

Ein ehrfürchtiger Ausdruck schimmerte auf seinem Gesicht. Er glitt von seinem Stuhl und griff über die Theke hinweg nach ihren Händen. Es war eine völlig spontane Geste, so zärtlich, so uncharakteristisch für ihn, dass Belina lachte und gleichzeitig in Tränen ausbrach.

«O Liebes», sagte ihr Vater. «Setz dich.»

«Wohin denn?» Belinda lachte wieder. «Dad, sieh mich an.» Sie befreite ihre Hände und breitete die Arme aus. «Ich habe eine Pferdenatur. Hör mal. Ich habe es Raymond nicht gesagt. Ich weiß nicht, ob ich es bekommen werde.»

Er sah verwirrt aus, als hätte er sie nicht verstanden. Und dann hatte er verstanden. «Belinda», sagte er eindringlich. «Bitte, kündige deinen Job.» Er redete weiter, erhob seine Stimme über ihre Proteste. «Nichts ist so gelaufen, wie es laufen sollte.» Er wischte sich mit dem Handrücken über die Stirn, als schwitzte er, aber der Tag war dafür nicht warm genug. «Nichts. Gar nichts!» Er ignorierte Belinda, die den Kopf schüttelte, das hatte sie alles schon gehört. «Du bist nicht dafür geschaffen, in einem verdammten Krankenhaus die Telefone zu beantworten», sagte er. «Du solltest auf die Universität. Und dann hast du geheiratet. Viel zu jung, *viel* zu jung. *Und* unter deinem Niveau.»

«O Dad», sagte Belinda ungeduldig. «Sei nicht albern. Ich verdiene Raymond gar nicht. Herrgott noch mal. Er ist zu gut für mich.»

«Also … mach wenigstens diese Sache richtig, Belinda.»

«Es ist dieser ganze … Kram.» Äußerlich kam sie sich stark vor, aber innen drinnen hatte sie ein mulmiges Gefühl. «Diese

Hinterlassenschaft – Müll. Ich bin noch nicht so weit, Mutter zu werden.» Sie zog die Augenbrauen hoch. «Das ist doch total lächerlich.»

Ihr Vater kam hinter der Theke hervor und umarmte sie. Sie legte die Wange an seine Schulter und die Arme um seine Mitte, wo seine Hüften sein müssten. Die Male, die er sie in ihrem Leben umarmt hatte, konnte sie an den Fingern abzählen. «Du hast es auch nicht hinter dir gelassen, Dad.»

«Ich bin dabei.» Er ließ sie los. Sein Gesicht zeigte einen Eifer und eine Frische, die Belinda vorwurfsvoll und sauer machten. «Ich habe mir überlegt, endlich aktiv zu werden», sagte er. «Und deine Neuigkeit ...»

Er sah sie neugierig und aufgekratzt an. Seine Wangen waren gerötet. Angst beschlich Belinda, und sie wollte nach Hause.

«Komm», sagte er unvermittelt.

Er führte Belinda durch den Laden ins Wohnzimmer. Dort gab es ein Sofa, zwei Stühle, einen Tisch, einen Aktenschrank und einen Arbeitstisch. Auf dem Tisch standen mehrere Pappkartons, die er vor Jahren mit wütenden Buchstaben beschriftet hatte: «Schubladen», «Nachttisch», «Schrank», «Tisch».

«Ich dachte, du hättest das Zeug weggeworfen.» Belinda war erstaunt, dass sie sprechen konnte: Der Anblick dieser Kartons hatte ihr die Kehle zugeschnürt.

«Konnte nicht. War nicht so weit.» Seine Augen blitzten. «Aber jetzt bin ich so weit.»

Belinda starrte die Kartons an. Sie erwartete beinahe, durch die Pappe hindurchsehen zu können. Sie erinnerte sich an einen weißen Pulli mit Perlmuttknöpfen. An schwarze Stiefeletten. Einen grün-schwarz karierten Wollschal.

«Dad.» Belindas Herz begann zu hämmern. Sie schlug die Hände vor den Mund.

«Ich werde sie alle durchgehen», sagte er. «Jeden einzelnen Karton.»

«Dad.» Sie dachte – und hatte keine Erklärung dafür – an den auf ihrem Rasen verstreuten Abfall.

«Und dann werde ich sie finden.»

Belinda ging zu ihm, sah ihm ins Gesicht. «Dad. Nein.»

Die Glocke über der Eingangstür schepperte. Jemand betrat den Laden. Belindas Vater nickte, bekräftigte seine Entscheidung und ging, um den Kunden zu bedienen.

Allein gelassen mit den Kartons, war Belinda vor Angst wie gelähmt. Sie kämpfte dagegen an, befreite sich und verließ rückwärts das Wohnzimmer.

«Belinda!», rief ihr Vater, am äußersten Rand ihres Blickfeldes, aber sie beeilte sich, an ihm vorbeizukommen, und richtete die Augen starr auf die Straße.

ABBOTSFORD

Maria Buscombe kniete sich wieder vor die Puppe. Ich habe nichts zu verlieren, sagte sie sich selbst. Das war ein brandneuer Gedanke.

Ihre Erregung wuchs, sie ging in die Küche und machte sich einen Becher Kaffee.

Sie empfand sich selbst als radioaktiv. Als potenziell verseucht. Sie würde äußerst vorsichtig sein müssen.

Aber sie konnte es schaffen.

Zwanzigtausend Dollar im Jahr, zehn Jahre lang, dafür dass sie wegblieb. So lautete die Vereinbarung.

Sieben Jahre waren erst vergangen.

Aber Maria würde sich nicht mehr an die Abmachung halten.

2

Die Halbinsel Sechelt liegt im äußersten Südwesten von British Columbia, auf der einen Seite ist sie geschützt von der langen Küstenlinie, an die sie sich schmiegt, und im Westen von dem bewaldeten Vancouver Island. Sie ist fast vollständig von den Wassern des Pazifiks umgeben und in der Mitte mit dem Festland durch einen Landstreifen verbunden, der weniger als eine Meile breit ist. In der Mitte der Küste, die als Sunshine Coast bekannt ist, liegt das Städtchen Sechelt. Im Süden ist es von der Meerenge von Georgia eingeklammert und im Norden von der schmalen Bucht von Sechelt.

Der Highway, der durch Sechelt hindurchgeht, macht einen Schlenker nach Nordosten bis zum Ende der Halbinsel, wo eine Fähre über die Bucht von Jervis nach Powell River fährt, und führt in südwestlicher Richtung durch Gibsons nach Langdale zu einer anderen Fähre, die von der Horseshoe Bay nach Vancouver geht.

Die Herbstsonne leuchtet auf der roten Rinde der Kriechenden Heide, blitzt scharf auf der blauen See und badet die Inseln, die die Meerenge von Georgia tüpfeln, in einem träumerischen Nebel. Die Tage werden kürzer, ihre sommerlich warmen Nachmittage erscheinen zwischen einer morgendlichen und abendlichen Kühle. Aber die Gärten produzieren weiter Tomaten und Rosen, Zucchini und Chrysanthemen, Gurken und Dahlien: Das Blühen und Gedeihen wird erst durch den Frost gestoppt werden, der vielleicht im November kommt, oder im Dezember, oder überhaupt nicht.

3

An diesem Mittwochmorgen dachte Karl Alberg über den vorgezogenen Ruhestand nach. Manchmal, so wie jetzt, waren diese Gedanken angenehm. Viel Zeit zu haben für Reisen und für ... was auch immer. Das wäre doch vielleicht gar nicht so schlecht, sagte er zu sich und fuhr von der Dienststelle der RCMP, der Royal Canadian Mounted Police, los. Als er am Jolly Shopper vorbeifuhr, kam ihm der Gedanke, dass er vielleicht sogar einen zweiten Beruf starten könnte, so wie der Lehrer. Vielleicht würde er irgendwo einen Kramladen für Schiffsbedarf aufmachen.

Aber nicht hier.

Als Alberg auf dem Highway bei Davis Bay entlangfuhr, versuchte er, nicht daran zu denken, wie schwer es sein würde, nach den zwölf Jahren hier von der Sunshine Coast wegzugehen.

Am Vormittag waren Alberg und Cassandra Mitchell an Bord der *Queen of New Westminster*, sie zogen ihre Jacken an und gingen nach draußen, an Deck. Die bergige Küste und die hügeligen Inseln, die sich in den Himmel reckten, waren eingehüllt in ein rot und goldgesprenkeltes Grün, und eine flache Nebelbank lag über dem Meer.

Alberg legte die Arme um Cassandra und stützte das Kinn auf ihren Scheitel. Er hatte Beschützergefühle, und einen Moment lang ließ sie ihn gewähren. Sie stand ihm jetzt näher als früher, was ihm sowohl gefiel als auch Angst machte.

Von der Horseshoe Bay schlängelte sich der Highway in südöstliche Richtung nach Vancouver, führte nördlich der Stadt durch die Gemeinden von West- und Nord-Vancouver. Er überquerte als Second Narrow Bridge die Bucht von Burrard, teilte die Stadt Burnaby in zwei Teile, umging New Westminster und stürzte sich dann nach Fraser Valley hinunter.

Alberg und Cassandra waren auf dem Weg nach Calgary. Sie fuhren in einem Mietwagen, den sie am Sonntag in Calgary am Flughafen stehen lassen würden. Cassandra freute sich nicht auf den Heimflug – sie würde klaustrophobische Anwandlungen bekommen, das wusste sie. Aber wenigstens handelte es sich nur um eine Stunde.

Im Tal wurde die beiden Fahrspuren nach Osten und Westen von einem Mittelstreifen geteilt, einem breiten welligen Streifen Land mit eleganten Bäumen, auf dem im Frühling Osterglocken blühten. Es war kurz vor 12 Uhr mittags. Sie waren vierzig Meilen ins Landesinnere gefahren. Der Nebel hatte sich aufgelöst, der Himmel war noch blauer, und die Sonne schien.

Sie kamen an den Städten Langley, Fort Langley, Aldergrove und Abbotsford vorbei, und Alberg sah mit neuem Interesse auf alles, was er von jedem Ort sehen konnte. Könnten er und Cassandra hier leben?, fragte er sich. Oder dort? Es waren hübsche Städtchen. Er versuchte, sich vorzustellen, wie sie in einem der Häuser wohnten, die in den Bergen in der Nähe von Abbotsford standen. Aber es gelang ihm nicht.

Als sie nach Chilliwack fuhren, sah Cassandra aus dem Fenster auf die Getreidefelder, die Blaubeersträucher und die weitläufigen Milchfarmen. Die üppige und flache Landschaft erstreckte sich bis zu den Bergen, fruchtbares Land, wo einst ein riesiger See gewesen war.

Ab Chilliwack stieg der Highway an, die erste Serpentine kam bei Fraser River, sie war breit und silbern und führte dann in die Stadt Hope, wo sich die Autofahrer entscheiden konnten, ob sie den Fraser Canyon Highway nehmen wollten, den Coquihalla oder den Hope-Princeton.

Alberg entschied sich für den Coquihalla, der durch die Berge führte, sich hoch hinauf und tief hinab nach Nordosten schlängelte. Auf halber Strecke nach Merritt entdeckte Cassandra einen kleinen Bären in der Ferne, er stand wie gebannt am Straßenrand; doch als sie ihn erreichten, hatte er sich umgedreht und war weggerannt, und als sie an ihm vorbeifuhren, walzte er wie ein kleiner Panzer den Hang hinauf. Von Merritt fuhren sie weiter nach Kamloops, einem Städtchen am Thompson River, das von braunen Bergen und Beifußgestrüpp umgeben war und wo sie übernachten wollten. Alberg war dort stationiert gewesen, ehe er den Posten in Sechelt übernommen hatte. Seine Ehe war in Kamloops in die Brüche gegangen. Das kam ihm wie in einem anderen Leben vor.

Sie fanden ein Motelzimmer mit einer Glastür, die auf eine grasbewachsene Böschung hinausführte, von der aus sie auf den Fluss hinuntersehen konnten, und nach dem Abendessen saßen sie dort draußen in Liegestühlen, die ihnen das Management zur Verfügung gestellt hatte.

«Das ist gut», sagte Alberg und hatte die Hände hinter dem Kopf verschränkt. «Das ist sehr gut.» Er wusste, dass ihm das Meer fehlen würde, aber vielleicht würde ein Fluss reichen. Oder ein See. Immerhin hatte er auf einem See Segeln gelernt. Zugegeben, das war auf dem Ontario gewesen, der immerhin fast so verdammt groß war, um als Meer durchzugehen.

Sein linker Arm hatte einen Sonnenbrand, sah Cassandra, trotz der Sonnencreme. «Hast du schon ein Geschenk ausgesucht?»

Alberg seufzte. «Nein.»

«Karl. Um Gottes willen. Die Hochzeit ist in drei Tagen.» Es war die Hochzeit seiner ältesten Tochter Janey.

Er öffnete die Augen und betrachtete den Fluss und den Himmel im Westen, der jetzt schnell dunkel wurde.

«Hast du mit Maura gesprochen?» Der Name von Albergs

Exfrau lag ihr sperrig auf der Zunge, wie ein Satz in einer fremden Sprache, von dem sie nicht genau wusste, wie er ausgesprochen wurde.

«Irgendetwas ist in Maura gefahren», sagte Karl bedauernd, «seit sie wieder verheiratet ist. Sie ist nicht mehr so nett wie früher.»

Cassandra lachte.

«Woher, zum Teufel, soll ich denn wissen, was ich ihnen schenken soll?», beschwerte sich Alberg. «Sie heiratet einen völlig fremden Menschen.»

In Kamloops wurde es im Sommer sehr heiß. Der Tag heute war in der Tat ebenfalls sehr heiß gewesen, obwohl es Ende September war. Aber jetzt hatte es sich abgekühlt, und Cassandra roch den Herbst. «Ich glaube, ich geh rein, Karl.» Es war eine Bitte. Sie konnte es noch nicht ertragen, allein zu sein.

Sofort erhob er sich und zog sie hoch. Er legte den Arm um sie und drückte sie fest an sich. Sie wusste, dass er jetzt davon ausging, dass sie irgendwann heiraten würden. Sie fragte sich, ob das so sein würde.

Sie gingen zusammen hinein. Cassandra schloss die Tür und zog die Vorhänge zu, und Alberg machte das Fernsehen an.

«Vielleicht solltest du ihnen Silber schenken», sagte sie.

Alberg sah sie verständnislos an. «Silber?»

«Besteck. Messer, Gabel und Löffel.»

«Macht man das heutzutage noch?», fragte er zweifelnd.

«Ich denke schon.»

Er setzte sich auf die Bettkante und überlegte.

«Natürlich wird es ein Geschenk von uns beiden sein», sagte sie. «Ich würde mich gern zur Hälfte daran beteiligen.»

«Du meinst, richtig in einem Besteckkasten aus Holz?» Woher, zum Teufel, hatte er dieses Bild, fragte er sich. Und dann fiel ihm ein, dass ein Besteckkasten aus Holz bei seinen Eltern im Esszimmer auf dem Buffet gestanden hatte. Und dort immer noch stand. Nur dass es jetzt das Esszimmer seiner Mutter war.

«Vielleicht», sagte Cassandra. Sie stand leicht gebeugt da, legte einige Sachen auf ihren Nachttisch: ihr Tagebuch, den speziellen Kugelschreiber, den sie immer dafür benutzte, die drei Bücher, die sie aus der Bibliothek mitgenommen hatte.

«Hast du dir die Bücher selbst ausgeliehen, sie auf deiner Karte eingetragen?», fragte Alberg neugierig. «Hast du überhaupt eine Leihkarte?»

Sie warf ihm einen indignierten Blick zu. «Natürlich habe ich eine.»

«Ich dachte, du wärst privilegiert», sagte er. «Ich dachte, dass du, wenn du möchtest, vielleicht mit jedem Buch, wenn du willst, einfach so hinaustänzeln kannst.»

«Konzentriere dich auf dein Problem.» Sie richtete sich auf und fuhr sich mit der Hand durch das kurze lockige Haar, und Alberg lächelte, denn es federte zurück und hatte silberne Lichter. «Was meinst du? Besteck. Was hältst du davon?»

Alberg versuchte, sich Janey und den Musiker in vielen Jahren vorzustellen mit einem Haus und einem Esszimmer und Familientreffen. Mit Kindern. Er und Maura hatten kein Silber gehabt.

«Ich kenne den Kerl, den sie heiratet, noch nicht mal», sagte er mürrisch.

«Ich verliere langsam die Geduld mit dir», sagte Cassandra. Sie nahm ihr Nachthemd. «Ich werde jetzt ein Bad nehmen.»

Sie zögerte, und er lächelte ihr beruhigend zu. «Keine Angst. Ich bin hier.» Er fand es wichtig, regelmäßig hin und wieder nach ihr zu rufen, damit sie wusste, dass er da war und sie in Sicherheit war.

Als Alberg sich bettfertig machte, freute er sich über sich selbst. Er hatte heute kaum an die Arbeit gedacht. Es würde schwierig sein aufzuhören, ganz bestimmt. Aber nicht unmöglich. Jetzt war er hier, Hunderte von Meilen vom Revier entfernt, und war vollkommen glücklich. Natürlich wusste er, dass es in guten Händen war. Und im Moment war auch nicht viel los. Obwohl der Vandalismus bedenklich war. Deswegen war er heute Morgen noch hingegangen, ehe er und Cassandra sich beeilen mussten, um die Fähre zu erreichen. Er blätterte die Berichte durch, als Sid Sokolowski auf der Türschwelle seines Büros auftauchte.

«Was machen Sie hier?», hatte der Sergeant verblüfft gefragt. Er hatte seit kurzem eine Lesebrille, und es machte ihm Spaß, über den Brillenrand zu blicken. Er sah ihn jetzt an, und auf seinem Gesicht verfestigte sich ein Ausdruck der Missbilligung.

«Werfen Sie einen Blick hinein, ja?» Alberg reichte ihm die Berichte, und Sokolowski blätterte sie durch. Alberg setzte seine Lesebrille ab und ließ sie in die Jackentasche gleiten. «Es passiert immer häufiger und wird immer aggressiver», sagte er.

«Ich werde es mir ansehen», sagte der Sergeant mit dumpfer Stimme.

Alberg betrachtete ihn genauer. «Sind Sie sicher, dass Sie zurechtkommen?» Sokolowski war vor kurzem von Elsie, seiner Frau, verlassen worden, eine Situation, die den Sergeant ebenso bestürzte wie schmerzte.

«Ja», sagte er. «Ich wird's schon schaffen. Arbeit ist die beste Medizin.»

Nicht immer, dachte Alberg jetzt, horchte auf Cassandras Geplätscher in der Badewanne. Manchmal waren Ferien das Beste. Und der Ruhestand – wer weiß – wäre vielleicht noch besser.

«Wie geht es dir dadrinnen?», rief er laut.

«Gut», rief sie zurück.

Vielleicht fängt sie zu singen an, dachte er hoffnungsvoll. Das wäre ein sicheres Zeichen ihrer Genesung.

Er lauschte, aber hörte nur das Geplätscher und schließlich das Ablaufen des Badewassers.

Am nächsten Tag fuhren sie in östliche Richtung durch die Bergketten. In den Nationalparks steckten weiße Fähnchen an den Stellen, wo ein Tier auf die Fahrbahn gelaufen, angefahren wurde und elend verendet war: ein Wald weißer Fähnchen. Hohe Maschendrahtzäune waren, wo immer es ging, errichtet worden, um Elche und anderes Wild sowie Bergziegen und Bergschafe daran zu hindern, auf der Straße herumzulaufen. Trotzdem musste Alberg zweimal hart auf die Bremsen treten und Elchen ausweichen, die immer wieder aus dem Wald traten und vor mehreren Autos, die gerade noch anhalten konnten, über die asphaltierte vierspurige Straße liefen. «Mein Gott», sagte Alberg und sah den großen Tieren hinterher, die auf der anderen Straßenseite im Wald verschwanden.

An der östlichen Grenze des Banff-Nationalparks ging es steil hinunter, das Land wurde hügelig und dann zu einer weiten Prärielandschaft. Es war am späten Nachmittag, die schrägen üppigen Strahlen einer goldenen Sonne schienen auf Calgary. Alberg fiel wieder auf, dass das Licht im südwestlich gelegenen Alberta irgendwie anders war. Es war mehr als nur hell, es hatte Substanz und Struktur. Es hatte eine eigenständige Qualität, als könnte man es greifen, schmecken, riechen.

Er hatte vorgeschlagen, ein Hotel in der Innenstadt zu nehmen, aber Cassandra hatte, obwohl sie zunächst einverstanden gewesen war, als sie die Stadt erreichten, ihre Meinung geändert. Ich möchte in einem Gebäude übernachten, das nicht mehr als ein Stockwerk hoch ist, sagte sie bestimmt.

«In Ordnung», sagte Alberg und fuhr unverzüglich zu einem Motel in der Sixteenth Avenue.

Als sie sich in ihrem Zimmer eingerichtet hatten, rief Alberg Maura an, um sich zu erkundigen, ob Janey bereits von jemand anderem Silber bekommen würde, und erfuhr dabei, dass seine Anwesenheit am kommenden Nachmittag für die Generalprobe der Hochzeit erforderlich sei.

«Die Geschäfte sind heute Abend lange geöffnet», sagte er zu Cassandra, nachdem er den Hörer aufgelegt hatte. «Ich denke, wir sollten lieber einkaufen gehen.»

Sie kauften Silberbesteck für vier Personen in einem Muster, das, wie die Verkäuferin versicherte, bis in alle Ewigkeit nachgekauft werden könne.

4

ABBOTSFORD

Vielleicht wurde sie nicht mehr beobachtet. Nicht nach sieben Jahren. Aber wenn man sie je beobachtet hatte, dachte Maria, dann war jetzt genau die richtige Zeit – direkt nach Eintreffen des Schecks.

Deshalb unternahm sie die nächsten paar Tage erst einmal gar nichts. Das fiel ihr äußerst schwer.

(Das Klopfen an der Tür hallte durch das ganze Haus wie ein Donnergrollen. Sie hatte durch das Fenster gespäht – und da stand sie: ihre unwahrscheinliche Nemesis.)

Am Freitagmorgen setzte sich Maria mit ihrem Fotoalbum auf das Sofa. Sie sah sich aufmerksam jede einzelne Seite an, als ob sie sie noch nie vorher betrachtet hätte, und dann fügte sie das neue Bild hinzu.

(Er war gekommen, um sie zu bedrohen, das hatte er jedenfalls beabsichtigt, stattdessen hatte er ihr die Erlösung gebracht.)

Maria klappte das Album zu. Einige Sekunden lang starrte sie blicklos die Wand an.

Sie hatte in ihrer winzigen Wohnung gesessen, und sieben Jahre waren verschwunden wie der Dunst an einem frühen Morgen, und Maria sah blind in die Vergangenheit und erkannte, dass sie falsch gehandelt hatte. Sie hatte versucht, sich selbst und ihre Tochter zu beschützen, aber sie hatte sich und ihr unrecht getan; das wusste sie jetzt. Sie hatte den Mut verloren gehabt. Als ihr das bewusst wurde, kam es ihr jetzt so vor, als sei sie aus einem unruhigen Schlaf erwacht, erleichtert, einem Albtraum zu entkommen, nur um zu erfahren, dass sie in der Nacht gemordet hatte.

SECHELT

Vor dem kleinen Haus auf einem riesigen Grundstück am Rand der Stadt wusch Raymond, Belindas Mann, das kastanienbraun-silberne Fahrerhaus seines Mack-Lasters, dessen Name – «Buster» – in eleganter Schreibschrift auf beiden Türen stand. Raymond, der fünfundzwanzig und fast zwei Meter groß war, hatte lange Beine und breite Schultern. Er trug ein T-Shirt, ausgebeulte Jogginghosen und Laufschuhe und schrubbte seinen Laster, bis er glänzte, polierte ihn für die Fahrt nach Penticon später am Vormittag.

Raymond bekam bei dieser Arbeit einen Steifen, wie immer, deshalb trug er die ausgebeulten Jogginghosen. Er fragte sich, ob außer ihm noch jemand auf der Welt geil wurde, wenn er seinen verdammten Laster wusch. Er versuchte, an etwas anderes zu denken, hatte aber kein Glück. Das Sonnenlicht brach sich im Chrom, blendete ihn für einen Augenblick, und Raymond wienerte noch stärker – und dann ging die Eingangstür des Hauses auf, und Belinda kam heraus, sie hatte Jeans an und ein Jeanshemd und trug ein Tablett.

Raymond hielt erstaunt inne. «Was ist das denn?»

«Kaffee und eine Zimtschnecke.»

«Für mich?»

«Für wen sonst?»

Raymond setzte sich auf die Vordertreppe. «Danke, Liebes», sagte er. Fing an zu essen und warf Belinda verstohlene Blicke zu, die sich auf den Rasen gesetzt hatte, gerade so weit weg, dass er sie nicht berühren konnte. Sie strich sich das lange braune Haar aus der Stirn und streckte die Beine aus. Raymond sah Belinda gern im Profil. Er mochte es gern, sie ansehen und gleichzeitig über sie nachdenken zu können, was nicht möglich war, wenn sie ihm in die Augen sah. In Belindas Art, Leute anzusehen, lag etwas Beunruhigendes. Ihr Blick war so unverblümt, dass selbst Raymond es mit der Angst zu tun bekam.

«Was machst du, wenn ich nicht da bin?»

Sie zog die Füße zu sich heran, setzte sich in den Schneidersitz und zupfte an dem trocknen braunen Gras. «Du bist nur einen Tag weg, Raymond. Und heute Abend arbeite ich.»

Sie klang abwesend, und das stimmte ihn besorgt. Belindas starke Direktheit konnte leicht als Schutzschild benutzt werden. Sie war schweigsam – er war der Redselige in der Familie. Und er hatte oft das Gefühl, dass seine Annäherung, wenn er versuchte, sie dazu zu bringen, sich ihm anzuvertrauen, ungeschickt war.

Er rutschte ans Ende der Treppe und legte seine Hand fest auf ihren Rücken, wollte, dass sie den Rückhalt spürte. Einige Sekunden verstrichen, dann wandte sie sich ihm zu.

«Ich möchte dir keinen Kummer machen, Raymond.»

Er nickt, als wüsste er, wovon sie sprach. Ihm war kalt, trotz der Wärme des Tages, und er merkte, dass er diesmal nicht wollte, dass sie sich ihm anvertraute.

Bestürzt legte Raymond den Arm um seine Frau und zog sie an sich.

CALGARY, ALBERTA

Beim Lunch desselben Tages sagte Cassandra zu ihrem Bruder Graham: «Wie ist es, über fünfzig zu sein?»

Er aß etwas von seinen Bandnudeln mit Venusmuscheln, und dann lachte er. «Richtig. Der kommt ja in wenigen Wochen auf dich zu, oder? Der runde Geburtstag mit der Fünf.»

Sein Gesicht sah etwas gesünder aus, fiel ihr auf, und etwas zerknitterter, seit sie ihn das letzte Mal gesehen hatte; aber sein Haar war immer noch dicht und dunkel. Vielleicht färbte er es.

«Du machst dir Gedanken über den Ruhestand, in deinem Alter», sagte Graham. «Das bleibt in den Fünfzigern nicht aus.»

«Es klingt wie ein Alarmsignal», sagte Cassandra trocken und rührte mit dem Löffel in ihrer Clam-Chowder-Suppe. Sie stellte sich die Stimme ihrer Mutter vor, die sie ermahnte, nicht mit Essen zu spielen. Eine sehr alte Erinnerung.

Graham sah sie genauer an. «Ich hoffe, es ist okay, wenn ich dich das frage – aber geht es dir jetzt gut, Cassandra?» Er sah sie verlegen über den Tisch hinweg an. «Am Telefon ist das immer schwer zu beurteilen.»

Er sah besorgt aus, das musste sie ihm lassen. Und er war wahrscheinlich auch besorgt, immerhin war er von Edmonton gekommen, um sie zu sehen. Aber er sah auch insgeheim neugierig aus. Ein Gesichtsausdruck, den Cassandra auch von anderen Menschen kannte. Er fragte sich, was genau ihr widerfahren war.

«Ja. Es geht mir gut.» Es bestand keine Notwendigkeit, ihm zu erzählen, dass sie nicht alleine sein konnte.

«Was für eine schreckliche Geschichte», sagte Graham kopfschüttelnd.

Wenn Cassandra gezwungen war, darüber zu sprechen, erzählte sie die Geschichte in einem einzigen Satz: «Ich bin von einem psychopathischen Bibliothekar entführt worden.» Entführt, gefangen gehalten, auf verschrobene Weise umworben von einem intelligenten und wohlhabenden Menschen, der außerdem zufällig verrückt war. Als sie ihrem Bruder zusah, wie er seine Nudeln aß, dachte sie, dass Graham möglicherweise zu jenen Leuten zählte, die unwillkürlich dachten, dass sie sich, was immer ihr widerfahren sein mochte, in gewisser Weise selbst zuzuschreiben hatte.

«Bekommst du eine Therapie?», fragte ihr Bruder.

Cassandra senkte den Kopf, um ihren Ärger zu verbergen, und konzentrierte sich auf ihren Salat. «Ich brauche keine Therapie», sagte sie trocken. «Was ich brauche, ist, dass der verfluchte Kerl für den Rest seines Lebens eingesperrt wird. Was er mit Sicherheit wird. Wann kommst du Mom besuchen?»

«Wir haben gedacht, dass wir sie Weihnachten einladen wollen.»

«Eine gute Idee, deren Zeit leider vorbei ist», sagte Cassandra. «Inzwischen hat sie Angst davor, alleine zu verreisen.»

«Oh, also wirklich, Cassandra. Du müsstest sie zum Flughafen bringen, und wir holen sie ab – das ist doch nichts.»

«Bildest du dir ein, dass ihr Herzfehler sich nach achtzehn Jahren wieder gebessert hat?», sagte sie scharf.

«Ich bilde mir ein, dass sie gelernt hat, damit zu leben», sagte er. «Ich glaube nicht, dass du ihr genug zutraust.»

Cassandra legte den Löffel hin. Graham und Millie waren seit drei Jahren nicht in Sechelt gewesen. Ihre Mutter war seit fünf Jahren nicht mehr in Edmonton gewesen. Cassandra wischte sich über den Schoß und sah auf ihre Uhr. «Ich glaube, ich hätte gern einen Martini», sagte sie zu ihrem Bruder.

Maria traf nur eine Vorsichtsmaßnahme: Sie ging mitten in der Nacht weg. Am Nachmittag hob sie alles Geld von ihrem Konto ab und mietete sich ein Auto, sie hatte keine Angst mehr, verfolgt zu werden, und parkte es einige Ecken entfernt. Am Abend packte sie ihre Habe in Taschen und Kartons. Kurz nach Mitternacht, als sie wusste, dass die alte Frau schlief, fuhr sie mit dem Auto vor das Haus und belud es. Maria legte eine Nachricht und einen Scheck auf den Küchentisch, und um zwei Uhr morgens fuhr sie los.

Von ihrem Schlafzimmerfenster aus beobachtete die Wirtin ihre Abreise.

Es war kurz nach drei, als Maria den Upper Levels Highway verließ und sich am Rand der Berge Richtung Süden nach West-Vancouver hinunterschlängelte.

Sie parkte in einer schmalen Straße und blieb einen Moment ruhig sitzen, sammelte ihre Gedanken und visualisierte diesen Prozess der Konzentration, der wie ein Zusammensuchen ihrer verschiedenen Leben war. Sie würde sie alle ein einziges Mal noch einmal durchleben und sie dann alle gleichzeitig zu einem ordentlichen Abschluss bringen: Sie hätte schon sieben Jahre früher den Mut dazu haben sollen.

Sie wollte gerade aussteigen – dann dachte sie: Was, wenn er umgezogen ist? Was, wenn sie mitten in der Nacht an seine Tür klopfte und jemand anderen weckte, einen Fremden?

Maria schloss die Autotür und verschränkte die Arme. Es war unvermeidlich, dass nicht alles glatt gehen und unvorhergesehene Ereignisse eintreten würden, sodass sie improvisieren müsste. Sie würde im Auto warten.

Durch solche gefährlichen Gefahrentunnel wie diesen musste sie sich durchzwängen. Wie durch die Feuernotrutsche in Winnipeg, dachte sie.

Später dann, im Morgengrauen, stieg sie aus dem Auto. Sie ging durch das Tor und über eine weite Rasenfläche, hinterließ ihre Fußspuren in dem silbernen Tau bis zum Haus. Niemand antwortete, als sie an die Tür klopfte. Aber alles, was sie durch die Fenster sah, wirkte vertraut, also wohnte er wenigstens noch dort. Er musste verreist sein, dachte sie. Sie würde die Sache also in umgekehrter Reihenfolge angehen müssen, das war alles. Sie ging wieder zurück, stieg in ihr Auto und fuhr schnell zurück zum Highway und zum Fährhafen in Langdale.

Das kleine blaue Auto, das ihr folgte, bemerkte sie nicht.

SECHELT

Drei Stunden später holte Maria die Schlüssel zu ihrem neuen Apartment ab und trug die Taschen und Kartons hinein, wobei sie in ihrer Hast mehrmals auf den Stufen stolperte. Als sie das letzte Stück ausgeladen hatte, lehnte sie sich gegen die abgeschlossene Tür und schloss die Augen, sie war zutiefst erschöpft. Dann machte sie sich an die Arbeit und packte aus.

Die Zimmer waren hell und sonnig. Vom Wohnzimmerbalkon aus konnte sie ein Stück von der Trail Bay sehen, und vom Schlafzimmer sah sie über die Dächer auf die bewaldeten Hügel an der schmalen Bucht. Maria interessierte sich aber nicht für die Aussicht. Sie hatte Sechelt nie gemocht.

Die Wohnung war auch sauber und genau so eingerichtet, wie die Maklerin am Telefon beschrieben hatte. Maria legte das Fotoalbum auf ein Brett im Bücherregal. Dann trug sie den Küchenstuhl ins Schlafzimmer. Sie stellte ihn in eine Ecke und setzte die Puppe vorsichtig so auf den Stuhl, dass sie sie vom Bett aus sehen konnte. Sie flüsterte einen Augenblick mit ihr, ehe sie ihre Kleider einräumte.

Maria stand in der kleinen Küche und grub in dem letzten

unausgepackten Karton nach dem Kaffeebecher, als sie sich zur Puppe umdrehte, und die Realität dessen, was sie getan hatte, traf sie mit voller Wucht. Freude durchströmte sie und nahm ihr den Atem. Sie stützte sich schwer auf die Anrichte, presste beide Hände darauf, starrte auf den Fußboden und sah ihre Tochter, sah Belinda, der man hinter Fenstern hinterherspähte und auf der Straße folgte. Belinda. Sie machte mit ihren festen braunen Beinen lange Schritte, die Sonne funkelte golden in ihrem dunkelbraunen Haar. Belinda. Im vergangenen Monat einundzwanzig Jahre alt.

Maria drehte sich um und wischte sich die Tränen von den Wangen.

5

Am nächsten Tag machte Belinda, in Erwartung von Raymonds Rückkehr, Hausputz, sie hatte mehrere Zeitungen in der Hand, blieb stehen und horchte. Aber nein. Es war zu früh. Sie hob eine weitere Zeitung auf und warf den ganzen Haufen in den Recycling-Behälter für Papier.

Als Nächstes putzte sie das Bad. Und dann wischte sie Staub.

Mitten in der Arbeit hielt sie plötzlich inne, um sich zu vergegenwärtigen, wie viele Aspekte ihres derzeitigen Lebens ihr gefielen. Es war wie bei der Schweigeminute am Remembrance-Day, an dem man der Toten der beiden Weltkriege gedachte: ein bewusster Moment künstlicher Trauer. Nicht mehr als eine Pause, die Gedanken waren ganz woanders. Das Leben war wirklich ein Killer, dachte sie. Eine Sekunde hatte man noch Zeit, der Moment ging vorbei – und es war zu spät.

Belinda rieb sich die Handflächen an den Jeans ab, rieb sie trocken und hob sich für eine Minute das Haar vom Nacken hoch. Sie schwitzte, obwohl es kein heißer Tag war.

Ihr gemietetes Haus war sehr klein. Es hatte eine Küche mit einer winzigen Essecke, ein voll gestopftes Wohnzimmer, ein Bad und zwei Schlafzimmer, eins bezeichnete Raymond hin und wieder als Babyzimmer – und eine Wiege war wirklich das einzige Bett, das hineingehen würde. Sie benutzten es jetzt als Abstellkammer. Armer Raymond, dachte sie und blickte auf das Durcheinander von Kartons und leeren Koffern, die dort wohnten.

Sie machte die Tür hinter dem Gerümpel zu und begann mit der Küche. Als sie die Schränke und Abwaschbecken und die Herdplatten abgewischt hatte, fing sie an, die Fenster zu putzen – und hörte wieder auf, lauschte angestrengt, ihr Herz befand sich irgendwo zwischen ihrer Brust und ihrer Kehle ... aber nein, sie hatte seinen Lastwagen nicht gehört.

Das Beste an dem Haus war ihr großes Schlafzimmer, das eigentlich eine Sonnenveranda war. Es war lang und breit, und die oberen Hälften der beiden Außenwände bestanden aus Glas. Eine von Belindas Lieblingsbeschäftigungen bestand darin, mit Raymond in einem Meer von Sonnenlicht zu baden, immer mehr Sonnenlicht strahlte auf sie hinunter, leckte ihre Haut. Ein heißes Flimmern aus Licht und Leidenschaft. Sie legte die Handfläche in die Mitte der Matratze, ließ sie dort auf dem blauen Glanz liegen wie eine Seerose. Sie fragte sich, wer wohl der nächste Liebhaber in ihrem Leben sein würde.

Sie beschloss, in Earls Café etwas zum Dinner einzukaufen. Etwas, das Raymond besonders mochte.

Belinda sah durch die Fenster auf den großen Garten hinter ihrem Haus, der rundherum von einem hohen Zaun umgeben war. Im hinteren Teil des Gartens standen Obstbäume. Zwei Kirschbäume, ein Apfel- und ein Pflaumenbaum. An der einen

Seite standen Fliederbüsche, die andere war mit Kletterrosen bewachsen. Von der Veranda und der Küche gingen Türen auf eine zerfallende Betonterrasse, neben der eine Akazie stand. Der Garten war verwildert, das Gras stand zu hoch, die Blumenbeete am Haus waren verblüht und voller Unkraut.

Belinda sah von der Sonnenveranda ungeduldig auf diese Unordnung. Sie gehörte in ein kleines Apartment irgendwo in Vancouver. Mit einem Fenster, das auf eine befahrene Straße hinausging, vielleicht mit einem anständigen italienischen Restaurant in der Nähe. Sie würde einen Schreibtisch unter das Fenster stellen, sodass sie beim Lernen oder wobei auch immer eine Minute lang das Leben auf der Straße beobachten konnte …

Plötzlich wurde sie von der Erinnerung überwältigt. Sie überflutete ihren Kopf, verdrängte Gegenwart und Zukunft, ließ nur noch dieses Bruchstück der Vergangenheit zu.

Sie sah sich, wie sie die Tür zum Schlafzimmer ihrer Eltern öffnete. Sie musste sehr klein gewesen sein, denn der Türknauf, der aus Glas war, befand sich über ihrem Kopf. Sie griff danach, schob die Tür einige Zentimeter auf und sah heimlich hinein. Das große Messingbett stand rechts. Genau geradeaus war ein Fenster mit duftigen weißen Vorhängen an den Seiten. Das Fenster war halb geöffnet, und ein Lufthauch bewegte die Vorhänge. Belinda erinnerte sich an ein Gefühl des Friedens, als sie die Bewegung der Vorhänge beobachtete. Vor dem Fenster stand der Schreibtisch ihrer Mutter, es war ein kleiner Tisch aus Mahagoni mit einem passenden Stuhl. Auf dem Stuhl saß ihre Mutter, mit dem Rücken zu Belinda, sie hatte den Kopf gesenkt und schrieb einen Brief. Belinda klammerte sich an den Türknauf und sagte: «Mommy.» Sie musste es wiederholen. Und noch einmal. Und ihre Mutter hörte sie immer noch nicht. Schließlich sagte sie sehr laut und mit Tränen in der Stimme: «Mommy!» Ihre Mutter drehte sich schnell um und starrte Belinda lange an. Sehr lange, kam es ihr vor. Eine Minute dachte Belinda, ihre Mutter hätte sich in eine Fremde verwandelt – oder sie, Belinda: Sie schienen einander nicht zu kennen. Und dann veränderte sich etwas im Gesicht ihrer Mutter, und Belindas Herz klopfte heftig vor Erleichterung.

Sie erinnerte sich nicht mehr, was dann geschah.

Belinda fuhr sich mit der Hand über das Gesicht, als wäre sie in eine Spinnwebe gelaufen.

Sie holte den Staubsauger und steckte die Schnur in die Steckdose. Aber dann musste sie sich für eine Minute hinsetzen, weil ihre Beine plötzlich zu schwach waren, um ihr Gewicht zu tragen.

Raymond, dachte sie, starrte auf den Teppich hinunter. Raymond.

Eine Stunde später kam er nach Hause.

Er stürmte ins Haus und wusste fast sofort, dass irgendetwas nicht stimmte. Vielleicht auch nicht, dachte er und starrte Belinda an, aber irgendetwas war nicht in Ordnung.

Es war die Art, wie sie an ihm vorbeisah. Sie stand in der Küchentür, und einen Moment glaubte er, jemand wäre hinter ihr. Und in seinem Kopf entstand ein lebhaftes Bild: Belinda lag auf ihrer beider Bett auf dem Rücken, ein Kerl ohne Gesicht vögelte sie, und ihre Beine lagen über der Schulter des Typen. Das Bild war so real, dass Raymond eine Sekunde weder sprechen noch sich bewegen konnte. Und dann kam Belinda zu ihm und küsste ihn auf die Wange. Er roch ihr Shampoo und dachte, sie hat ihr Haar für mich gewaschen, und vergrub sein Gesicht darin.

«Hi», sagte er.

«Hi, Raymond.»

Das Abendessen war gut. Spaghetti und Fleischbällchen und Knoblauchbrot von Earls – und später lag er auf dem Sofa, den Kopf in ihrem Schoß, während sie die Nachrichten sah. Beim

Essen hatte er ihr alles über seine Fahrt berichtet. Er hatte sie auch gefragt, was sie während seiner Abwesenheit gemacht hatte, aber sie hatte nicht viel zu erzählen.

Als die Nachrichten zu Ende waren, setzte er sich auf und sah sie an. «Was ist los, Belinda?»

«Was?»

«Woran denkst du? Irgendetwas hast du.»

Belinda rieb die Handflächen aneinander. Das hatte Raymond noch nie bei ihr gesehen. «Ich bin einfach in Gedanken. Ich denke über irgendwelches Zeug nach.»

«Was für Zeug?»

«Ach, ich weiß nicht.»

Raymond bemerkte, wie die Abendsonne in einem breiten Streifen durch das Wohnzimmerfenster fiel. Eine plötzliche Wachsamkeit durchfuhr ihn, als würde er jeden Moment aufgerufen, seine Familie zu beschützen. Belinda. Sanft legte er ihr eine Hand auf den Schenkel. Sie hatte Jeans an, und er konnte die Wärme ihres Körpers nicht fühlen, aber er fühlte, wie fest er war. «Was für Zeug, Belinda?» Schließlich drehte sie den Kopf und sah ihm in die Augen. Er wandte den Kopf nicht ab. Er suchte nach Mut, fand ihn, hielt ihn fest und fragte wieder – er musste fragen: «Was für Zeug, Belinda?»

Sie nahm seine Hand hoch und betrachtete sie prüfend. Raymond wartete, hilflos, überlegte, wie er sich schützen konnte.

«Die Zukunft», sagte sie.

Sie war sein ganzes Glück.

Raymond entschied sich, den Moment zu nutzen. Zuversichtlich sagte er: «In der Zukunft werden wir Kinder haben.» Er sah Belinda an, konzentrierte sich ganz auf sie, akribisch genau in seinen Betrachtungen. «Nicht zu viele. Aber auch nicht nur eins.»

Belindas Schulter hob sich und drückte ein leises Missfallen aus. «Ich habe nicht über diese Art von Zukunft nachgedacht.»

Sie hielt immer noch seine Hand. Raymond zwang sich, die Hand zu entspannen. Er wollte sie öffnen und umdrehen und ihre Hand packen ... aber er rührte sich nicht, ein williger Gefangener.

«In Zeiten wie Weihnachten, zum Beispiel, sind Kinder gut», sagte er. «Habe ich dir je erzählt, dass ich zu Weihnachten mal ein Fahrrad bekommen habe?»

Belinda schubste seine Hand weg und stand auf. Sie wusste, wenn sie es einfach herausbrachte, es sagte, würde er es akzeptieren. Männer nehmen dich beim Wort, dachte sie. Es sind die Frauen, die annehmen, dass es einen weiteren Schritt gibt, der Verhandlung heißt.

«Ich war ungefähr acht», sagte Raymond. Er lag jetzt mit seiner ganzen Länge auf dem Sofa, die Hände hinter dem Kopf, und blickte zur Decke hinauf. «Ich hatte ein Zimmer im Keller», fuhr er fort. «Habe ich dir je von meinem Zimmer erzählt?»

Seine Stimme klang dermaßen angespannt, dass Belinda am liebsten geweint hätte.

«Ich hatte eine riesige hohe Kommode», sagte er. «Und ein altes, von Motten zerfressenes Bärenfell.»

Belinda setzte sich auf die Kante des Sofas und schob seine Füße nach einer Seite. «Warum machst du das? Was soll das?»

Raymond hob den Kopf und sah sie an. Er hatte eine verletzte Miene aufgesetzt, aber dahinter stand etwas anderes. Belinda sah es und fragte sich: Weiß er es?

«Ich will dir gerade von Weihnachten erzählen», sagte er. «Und von dem Fahrrad. Okay?», er streckte die Hand aus und streichelte mit den Fingerspitzen Belindas Unterarm, der auf der oberen Kante des Sofas lag. «Ich war also in meinem Zimmer und versuchte, am Abend vor der Bescherung einzuschlafen. Moe, mein alter Hund, hatte sich auf meinem Bett am Fußende zusammengerollt und schlief fest.»

«Du hast mir nie von deinem Hund Moe erzählt», sagte Belinda gereizt.

Raymond sagte: «Es gibt noch vieles, was du noch nicht von mir weißt.»

«Komm endlich zu dem verdammten Fahrrad», sagte sie und stand wieder auf.

«Ich sparte dafür», sagte Raymond. «Aber es würde bis 1982 dauern, bis ich genug Geld zusammenhätte, und dann könnte ich ein Auto brauchen. Also sagte ich meinem Alten, dass ich mir vom Weihnachtsmann ein Fahrrad wünschen würde und mein Gespartes für das Zubehör nehmen wollte.»

«Hast du tatsächlich ‹Zubehör› gesagt?», sagte Belinda.

«Ich war ein kluges Kind», sagte Raymond. «Ich weiß nicht mehr, was ich gesagt habe. Es ist also der Abend vor der Bescherung, und ich bin im Bett und kann nicht schlafen.» Er trug ein blaues Hemd mit kurzen Ärmeln und die Mokassins, die Belinda ihm geschenkt hatte. Er hatte braune Augen und längere Wimpern als Belinda. Sie liebte seine Augen. Und seinen Mund. Sie würde niemals vorgeben, dass sie ihn nicht attraktiv fand. Sie würde ihn nicht deshalb verlassen.

«Und dann hörte ich ein Geräusch», sagte Raymond. «Füße, auf Zehenspitzen, die Treppe hinunter. O mein Gott, dachte ich. Der Weihnachtsmann.»

Belinda seufzte und setzte sich auf den alten braunen Schaukelstuhl.

«Dann wurde im Keller ausgiebig geflüstert», sagte Raymond. «Und irgendjemand fluchte. Ich stand auf und ging an die Tür und öffnete sie einen winzigen Spalt.»

«Was machte der verdammte Hund?»

«Der saß auf dem Bett und hatte die Ohren aufgestellt. Ich guckte heimlich durch den Spalt und sah meinen Alten, der sich abmühte, ein blaues Fahrrad die Kellertreppe hochzutragen. Eine Pedale hatte sich unter einer Stufe verklemmt.»

Belinda überlegte, wie lange er noch weiterreden würde, wenn sie ihn ließe. Irgendwann müsste er aufhören. Seine Stimme würde heiser werden. Oder er würde müde werden. Oder er müsste auf die Toilette.

«Er hatte es hinter dem Heizofen versteckt», sagte Raymond. «Dem einzigen Platz im ganzen Haus, wo ich nie hingehen würde. Möchtest du wissen, warum?»

«Nein.» Belinda erhob sich aus dem Schaukelstuhl und setzte sich neben ihn aufs Sofa. Sie küsste seine Wange, bis er sich ihr zuwandte, und dann küsste sie ihn auf den Mund, öffnete ihn mit ihrer Zunge.

Ein Aufschub, dachte er, und seine Hände glitten unter ihr T-Shirt. Das ist nur ein Aufschub.

6

CALGARY

Das Wetter im Südwesten Albertas widersetzte sich genauen Vorhersagen. Ein Kollege hatte Alberg mal erzählt, dass es in seinem ersten Dienstjahr dort jeden Monat des Jahres schneite. Nicht viel im Juli und im August, hatte der Mann eingeräumt. Und er sei nicht liegen geblieben.

Aber im Süden Albertas gab es auch Chinooks: warme Westwinde, die mitten im Winter einen trügerischen Frühling brachten.

Genau wie der Indian Summer.

Am Sonntagnachmittag fuhren Alberg und Cassandra auf der Sixteenth Avenue in östliche Richtung, dann nach Süden auf dem Deerfoot Trail, bis es nicht mehr weiterging, und dann wieder nach Osten, sie ließen die Stadtgrenze hinter sich und fuhren dann auf einem zweispurigen schnurgeraden Highway wieder Richtung Süden, vorbei an leuchtend gelben duftenden Rapsfeldern und Wiesen, auf denen Pferde grasten. Im Westen, fünfundsiebzig Meilen entfernt, paradierten am Horizont die weißen Spitzen der Rocky Mountains wie in geordneten Reihen stehende Wachen, Schulter an Schulter.

Schließlich fuhr Alberg in eine lange, leicht ansteigende Einfahrt hinein, die zu einem großen Haus aus Zedernholz führte: dem Haus der Eltern des Bräutigams. An der Südseite des Zauns stand eine Pappelreihe mit zitternden gelben Blättern, und hin und wieder überließ sich eins dem Wind. Das Haus war riesig und von einer breiten Terrasse umgeben, die voller Menschen war. Alberg stöhnte auf, als er das sah, und Cassandra, die immer ungeduldig wurde, weil er so wenig gesellig war, drückte mitfühlend seine Hand.

Sie stellten das Auto auf einem Feld ab, das vorübergehend zu einem Parkplatz umfunktioniert worden war, und gingen auf die offen stehende Haustür zu.

Das Foyer war voller Leute mit Gläsern in den Händen, die sich angeregt unterhielten. Alberg, der sich in seinem Frack nicht wohl fühlte, ließ den Blick durch das Foyer schweifen, das Wohnzimmer und schließlich über die Terrasse, wo er Maura sah und den Steuerberater, den sie geheiratet hatte. Cassandra bahnte sich bereits einen Weg durch die Menge, und er folgte ihr. Im Wohnzimmer nahmen sie Champagnergläser von einem Tablett, das von einem lächelnden Menschen in einer Kellneruniform herumgereicht wurde.

«Komm mit», sagte Alberg und eilte Richtung Terrasse. Er ging durch die Schiebetüren und wartete auf Cassandra. «Das ist Maura», sagte er.

«Ah», sagte Cassandra. Sie hatte herausgefunden, dass nichts die eigene Sicht auf das Leben mehr stabilisierte, als von einem psychopathischen Bibliothekar entführt worden zu sein. Sie hatte vor diesem Moment nicht nur keine Angst gehabt, sondern sie hatte sich sogar darauf gefreut.

Sie folgte Alberg bis zum Ende der Terrasse, wo seine Exfrau und ihr Mann am Geländer lehnten und in den Garten sahen, den Rasen und die hellgrünen Getreidefelder dahinter – Cassandra hatte keine Ahnung, welche Getreidesorte es war, aber es schien bis zu den weit entfernten Bergen zu wachsen.

«Maura», sagte Alberg mit einer Beherztheit, die Cassandra zum Lachen brachte. Und die Frau drehte sich um, hob eine Hand, um das Haar zurückzuhalten, das der Wind ihr ins Gesicht wehen wollte. Sie war größer als Cassandra und beträchtlich dünner: eine elegante Frau, gut gekleidet und modisch frisiert und mit grünen Augen, die Cassandra an das Foto von Albergs ältester Tochter erinnerten – der Braut –, das er auf seiner Kommode hatte, neben dem von Diana.

«Karl», sagte Maura herzlich.

Cassandra wurde warm ums Herz. Sie hatte widerstrebend diese nicht mehr bestehende Ehe respektiert. Jetzt kam eine nachdenkliche Zuneigung hinzu.

«Ich möchte dir Cassandra Mitchell vorstellen», sagte Alberg. «Cassandra, das ist Maura Sullivan, die Mutter meiner Kinder.»

Das sagte er mit einer so seltsamen Feierlichkeit, dass Cassandra wusste, dass er sich über diesen Moment viele Gedanken gemacht hatte. Sie stellte sich vor, dass er es vor dem Badezimmerspiegel geübt hatte, lautlos die Lippen bewegte, damit sie es nicht hörte.

Sie begrüßten sich, und sie und Maura gaben sich fest die Hand.

«Und das ist Des, mein Mann», sagte Maura. Des war untersetzt, athletisch gebaut, hatte ein offenes, freundliches Gesicht und war wahrscheinlich jünger als seine Frau.

«Freut mich, Sie kennen zu lernen», sagte Alberg und

streckte die Hand aus. «Das ist ein besonderer Tag», sagte Des Sullivan. «Sind Sie nervös?»

Alberg war in Gedanken so mit der unausweichlichen Begegnung zwischen Cassandra und seiner Exfrau beschäftigt gewesen, dass er keine Zeit gehabt hatte, sich über seine Rolle bei der Hochzeit Sorgen zu machen. Sie war ziemlich problemlos, dachte er und ging in Gedanken alles noch einmal durch. Er musste Janey lediglich zum Altar führen und dort stehen bleiben, bis – Shit. Er konnte sich nicht mehr an das Stichwort erinnern, das seinen Rückzug signalisierte.

«Da haben Sie verdammt Recht», sagte er heftig. «Ich bin nervös.»

Bald kam seine Tochter Diana, um ihn zu holen, sie war ganz in Rosa und trug rosa Blüten im Haar. Als sie zu dem Zimmer gingen, in dem Janey wartete, ging sie mit ihm die Reihenfolge durch. «Du bist doch nicht etwa nervös?», fragte sie und warf ihm aus den Augenwinkeln einen Blick zu.

«Natürlich nicht», sagte Alberg.

Die Braut trug ein seidig schimmerndes Kleid in einem hellen Gelb und eine Tiara aus winzigen gelben Blumen. Alberg sah sie an und brachte kein Wort heraus. Janey legte die Arme um ihn, und er roch ein ihm unbekanntes Parfüm. «Dein Geschenk ist toll, Daddy, absolut toll.» Er nickte ihr zu und versuchte zu lächeln.

Die Zeremonie fand unter freiem Himmel statt, auf einer großen Veranda mit einem Blumenspalier. Es gab große Vasen mit Blumen, obwohl das Spalier noch in voller Blüte stand, und Stühle für achtzig Personen waren aufgestellt worden.

Albergs Pflicht war schnell beendet. Er trat zurück und erlaubte sich, sich zu entspannen. Er war zufrieden mit sich, er hatte keinen Fehler gemacht. Langsam kam er sich vor wie ein freundlicher Mensch, wie ein großmütiger Mensch sogar; er hatte Zärtlichkeit und Großmütigkeit im Überfluss.

Der Himmel wölbte sich überirdisch blau über ihnen, die wohlmeinende Sonne überschüttete sie mit Wärme, und die Musik, die von vier Musikerkollegen des Bräutigams beigesteuert wurde, schwoll an, als das Brautpaar sich mit einer Keuschheit küsste, die Albergs Beifall fand.

Als Daniel Silverman seine neue Frau durch den Mittelgang führte, fing er Albergs Blick auf, er sah ihn an und blinzelte ihm gelassen und ausdruckslos zu.

7

Am Sonnabendnachmittag war Belinda im Wohnzimmer ihres Vaters und sah ihm zu, wie er den Karton mit dem Etikett «Schubladen, Kommode» durchsah, der auf dem Couchtisch stand. Eine seltsame Erregung lag in der Luft, die durch die völlige Konzentration ihres Vaters auf seine Aufgabe hervorgerufen wurde, eine fast lüsterne Erregung, die Belinda abstoßend fand. Sie bemühte sich, sein absurdes Benehmen mit Gelassenheit zu ertragen, aber das war unmöglich: Es bedrohte sie. Sie hatte eine Haut über das Loch wachsen lassen, das der Weggang ihrer Mutter in ihr Leben gerissen hatte, aber diese Haut war dünn, ein empfindlicher Schutz.

Er saß auf dem Sofa, wühlte in den Kleidern ihrer Mutter, ließ sich Zeit. Auf dem Fußboden wartete ein weiterer Karton auf seine Bearbeitung. Belinda konnte nicht erkennen, wie er beschriftet war.

Sie ging mit ihrem Kaffeebecher in die Küche und füllte ihn auf.

Sie vermisste immer noch das vertraute Geschirr und das Besteck ihrer Kindheit. Auch wenn dies nicht das Haus war, in dem sie aufgewachsen war, auch wenn sie ihrem Vater geholfen hatte, die Utensilien für seine Küche auszuwählen, und auch wenn dies nun schon Jahre zurücklag – Belinda fehlte immer noch das alltägliche Geschirr, das mit dem Blumenmuster auf weißem Grund. Dazu hatte es ein passendes Milchkännchen und eine Zuckerdose gegeben: Der Deckel der Zuckerdose war angeschlagen, und zwei Essteller hatten einen Sprung.

Das Besteck für jeden Tag war aus rostfreiem Stahl. Ein Suppenlöffel und zwei Salatgabeln waren im Lauf der Jahre verschwunden.

Dann gab es das gute Porzellan, marineblau mit Gold, Royal Albert. Es war intakt geblieben und nicht angeschlagen, weil es nur zu besonderen Anlässen wie Weihnachten oder Geburtstagen benutzt wurde. Dann wurde auch das gute Silber aufgelegt. Belinda hatte immer gern das Silber geputzt.

Nachdem ihre Mutter weg war, hatte sich ihr Vater sofort von alldem auf die eine oder andere Weise befreit. Belinda hatte gedacht, dass er damals auch ihre persönlichen Sachen weggegeben hätte.

Belinda blickte aus dem Küchenfenster, von wo aus sie den Rasen vor dem Haus ihres Vaters sehen konnte, die Kieseinfahrt und die kurvenreiche Straße, die den Hügel hinunter bis zur Landenge und dann durch Sechelt führte. Rosenbüsche säumten die Einfahrt, und als Belinda vor ein paar Stunden gekommen war, stützte ihr Vater sich gerade auf seine Schaufel und betrachtete nachdenklich die Rosen.

Er besaß keine Freizeitkleidung. Im Garten oder wenn er spazieren ging, trug er alte abgewetzte Anzughosen und Hemden und schmale graue Hosenträger. Und Tennisschuhe.

Als er das Knirschen ihrer Turnschuhe auf dem Kies hörte, zuckte er zusammen und drehte sich schnell um. Und dann lächelte er Belinda in ihren Khakihosen und dem roten Pullover zu. «Hallo, Sonnenschein», sagte er und wandte dann seine Aufmerksamkeit wieder dem Garten zu. «Ich glaube, ich werde diese verdammten Rosen ausgraben.»

«Warum?»

«Sieh sie dir an. Sie haben schwarze Punkte, sie haben Mehltau, und sie haben Blattläuse.»

«Aber sie haben viele Blüten», sagte Belinda. «Musst du sie nicht mit irgendetwas einsprühen?»

«Ich besprühe sie seit März jede Woche», sagte er und stach den Spaten in die Erde.

Vielleicht nehme ich ein paar Rosen mit nach Hause, dachte Belinda.

Sie ging ins Wohnzimmer zurück.

Ihr Vater legte Nachthemden zusammen. Taschentücher. Halstücher. Er arbeitete schweigend, verbissen, ließ die ordentlichen Stapel wachsen, die er errichtet hatte. Einen für die Heilsarmee, den anderen für den Müll.

«Dad?»

«Ja?»

«Ich möchte Raymond verlassen.»

Augenblicklich sah er hoch. «Sei nicht albern. Du bist schwanger.»

«Im Moment bin ich schwanger.»

Das Gesicht ihres Vaters lief dermaßen rot an, dass Belinda Angst bekam. «So was will ich nicht hören», sagte er. «Du sprichst von einem menschlichen Leben.»

«Noch nicht, Dad. Noch kannst du es nicht Leben nennen.»

«Menschliches Leben. Und es mag dein Kind sein, aber es ist mein Enkelkind.» Er klopfte sich auf die Brust, und Belinda schämte sich für ihn und für sich selbst auch.

Links und rechts von ihm türmten sich Kleiderstapel auf den Kissen des Sofas, das mit einem rot-weiß karierten Stoff bespannt war. Als Belinda das Sofa zum ersten Mal sah, fand sie es hässlich. Aber jetzt gab sie zu, dass ihr Vater Recht gehabt hatte. Es war ein fröhlicher Farbfleck und lud ein, es sich darauf gemütlich zu machen.

Er hob den linken Stapel hoch – Unterhosen, BHs, Unterhemden, Unterröcke, ganze Garnituren und Strumpfhosen in verschiedenen Farben – und ließ das Ganze in einen Plastikmüllsack fallen. Bis jetzt hatte Belinda nichts wieder erkannt. Wenn er anfing, Sachen durchzusehen, die sie wieder erkannte, würde sie sofort gehen.

Jetzt sah sie, dass er ein Paar Socken aus dem Karton holte. Er sah Belinda an, und sie wusste, dass er sie um einen Rat bitten wollte, aber er besann sich anders. Er legte dieses und noch andere Sockenpaare in die Mülltüte. Dann drehte er den Karton um und schüttelte ihn. Ein Duftkissen fiel auf den Couchtisch.

«Was ist das?», sagte Belindas Vater.

Sie nahm es, schnupperte daran, aber sie roch nichts. «Das habe ich für sie gemacht. Es war Lavendel.» Sie warf es in die Mülltüte.

«Vielleicht haben wir es mit einem genetischen Defekt zu tun», sagte ihr Vater und sah ihr aufmerksam ins Gesicht.

«Das ist absolut nicht dasselbe», sagte Belinda.

«Nein, das ist es nicht. Statt dein Kind zu verlassen, so wie deine Mutter es getan hat, willst du deines gleich umbringen.»

«Das ist gemein», sagte Belinda und wappnete sich. Ihr Vater war kein Mensch, dem Wut die Sprache verschlug. Es war wichtig, nicht vor ihm zu kuschen.

Aber diesmal verrauchte seine Wut ebenso schnell, wie sie aufgeflackert war, und er sah blass aus und schutzlos. Er strich sich über die Glatze und streichelte dann sanft den Haarkranz, der ihm geblieben war.

«Es macht mich krank, wenn ich dich so reden höre», sagte er leise. «Was im Moment hier los ist, hat nichts mit Raymond zu tun, mit deiner Ehe.»

Belinda ging zu dem großen Fenster und drückte die Wange an die Scheibe. Tränen quollen aus ihren geschlossenen Augen. Sie konzentrierte sich darauf, sie zu unterdrücken – visualisierte ein Bild, stellte sich zwei winzige Wasserhähne vor, einen in jedem Auge; stellte sich vor, wie sie sie zudrehte. Dann öffnete sie die Augen und wischte sich die Wangen trocken.

Belinda betrachtete durch das Fenster das hohe Gras, es bewegte sich in der Brise, und sie sah ein paar goldene Blätter, die von den Birken, die das Ende des Grundstücks ihres Vaters markierten, zur Erde flattern, und weit unten, am Fuß des Hügels, blitzte die Sonne auf dem bewegten blauen Wasser der Porpoise Bay.

In Porpoise Bay, in der Nähe des Landeplatzes für Wasserflugzeuge, stieg ein Mann aus seinem Auto. Er war durchschnittlich groß, mittleren Alters, hatte graues Haar, war aber schlank und athletisch. Mit äußerst konzentriertem Gesicht ging er über den Parkplatz und bog in die Straße ein, die parallel zur Bucht verlief. Die Frau, der er folgte, war vielleicht fünfzig Meter vor ihm.

Der Mann ging im Unterholz am Straßenrand, es waren fast ausschließlich rankende Brombeerbüsche. Als er sich zum ersten Mal an einem Dorn die Haut ritzte, zuckte er zusammen, aber er ging weiter, hob nur die Arme, um sein Gesicht zu schützen: Er trug Jeans, ein Hemd mit langen Ärmeln und Turnschuhe.

Nach einiger Zeit trat er aus dem Unterholz heraus und blickte die Straße entlang: Die Frau trottete weiter, sie merkte nichts. Er zog eine Grimasse und tauchte wieder in den Brombeeren unter.

Es dauerte nicht lange, dann waren seine Handrücken und sein Nacken und die eine Seite seines Gesichts zerkratzt. Teile der Brombeerranken hatten sich in seiner Kleidung verhakt. Schweißperlen standen ihm auf der Stirn.

Noch einmal befreite er sich von den Ranken und spähte hindurch – die Frau war stehen geblieben. Sie lehnte etwa zehn Meter entfernt am Stamm eines Ahorns.

Schnell zog er sich wieder in die Brombeeren zurück und stand stockstill.

Mehrere Minuten vergingen. Ein Auto fuhr vorbei, sauste nach Sechelt. Die Nachmittagssonne entlockte den Brombeeren einen Duft. Eine Brise raschelte in den Blättern, und hoch oben im Ahorn zwitscherten Vögel.

Schließlich drehte sich der Mann langsam um und blinzelte durch das Laub. Die Frau lehnte immer noch am Stamm des Baumes und machte nichts. Dann sah er, wie sie sich aufrichtete, hinter dem Baum hervortrat und sich an den Straßenrand stellte. Sie blickte nach Norden und bewegte sich nicht.

Belinda ging zu Fuß vom Haus ihres Vaters nach Sechelt zurück, als plötzlich eine Frau auf der Straße stand, sie kam hinter einem riesigen alten Ahorn hervor und nahm das Kopftuch ab, das sie sich über das Haar gebunden hatte. Belinda blieb stehen. Die Frau war etwa fünfzig Meter weit weg.

Belinda bekam einen Schock. Sie wusste nicht mehr, wo sie war, sie hatte Angst.

Sie trat einen Schritt zurück. Ihre Mutter bewegte sich nicht. Sie stand einfach da, starrte sie an – und Belinda sah die Verwüstung in ihrem Gesicht und Schmerz, und sie sah, dass auch ihre Mutter Angst hatte.

Es war wirklich ihre Mutter. Aber Belinda hatte sie herrischer in Erinnerung. Diese Frau war klein und dünn und fast zerbrechlich. Und ihre Mutter hatte schwarzes Haar, aber das Haar dieser Frau war fast vollständig silbergrau.

Die Frau stand weiterhin da und bewegte sich nicht.

Belinda drehte sich um und rannte die Straße zurück, zurück zum Haus ihres Vaters. Sie machte fünfzehn lange Schritte, dann wirbelte sie herum. Ihre Mutter hatte sich immer noch nicht bewegt.

«Hau ab», schrie Belinda. Sie kam sich riesengroß vor. Sie dachte an Michelangelos *David* und dessen Hände, die überproportional groß waren und Wunder bewirken konnten. Was würde sie mit ihrer Größe bewirken, mit ihrer Kraft?

Ihre Mutter sagte etwas.

«Ich kann dich nicht verstehen. Verschwinde!»

Ihre Mutter sprach lauter. Belinda verstand «Liebe» und «Vernunft».

Sie drehte sich wieder um und rannte weiter die Straße zurück, sie stürmte los, wünschte, sie könnte fliegen. Sie sprintete um eine Ecke und blieb stehen, beugte sich vor und rang nach Luft, legte die Hände auf die Schenkel. Tränen traten ihr in die Augen, und die Wut schnürte ihr die Kehle zu.

Belinda zog ein Taschentuch aus dem Reißverschlusstäschchen, das sie um die Taille gegurtet hatte, wischte sich die Augen und putzte sich die Nase. Dann marschierte sie entschlossen zurück, Richtung Sechelt. Wenn ihre Mutter auf eine verdammte Konfrontation aus war, gut, die konnte sie haben.

Der Seitenstreifen der Straße war staubig. Das fiel Belinda auf, und sie spürte, dass die Sonne ihren Rücken wärmte, bemerkte den verlockenden Duft der reifen Brombeeren am Straßenrand. Aber sie schob den Staub, die Sonne und die Brombeeren weg. Sie hatte tausend Fragen an ihre Mutter, und die Tatsache, dass Maria sich gezeigt hatte, hieß, wie Belinda verspätet erkannte, dass sie bereit war, sie zu beantworten. Belinda war aufgewühlt, voller Wut und brennendem Eifer, und sie rannte wieder los, spurtete um die Ecke und sah, dass die Straße vor ihr leer war. Sie blieb stehen. Sie hörte die Rufe der Vögel, und irgendwo, weit weg, schrie ein Kind. Belinda ging zum Ahorn und um ihn herum, aber niemand war da und wartete auf sie.

Belinda lehnte sich an den Baum und sah hinauf, in die dichten Zweige und die Sonnenstrahlen und den Himmel. Nach einer langen Zeit machte sie sich auf den Heimweg.

Der Mann in den Brombeerbüschen hielt den Atem an, als sie langsam, mit gesenktem Blick näher kam. Er dachte, sie zögerte, als sie an der Stelle vorbeikam, an der er sich versteckte. Er dachte, sie würde sich schon halb zu ihm umdrehen. Er dachte, er müsste es jetzt machen, hier, auf dieser öffentlichen Straße. Ein Radfahrer sauste vorbei und fuhr den Berg hinauf. Das Mädchen sah dem Radfahrer hinterher und ging weiter, bis der Mann es nicht mehr sehen konnte.

Er blieb, wo er war.

Das war absolut danebengegangen.

Aber er blieb gelassen und zuversichtlich, und er freute sich darauf, zu erledigen, was erledigt werden musste.

Er wartete einige Minuten lang wie eingesponnen, zerkratzt und blutig. Dann brach er mit Gewalt durch die Ranken, bürstete Blätter und Dornen und zerquetschte Beeren von seiner Kleidung und kehrte zu seinem Auto zurück.

8

Alberg und Cassandra waren seit drei Stunden zu Hause und seit zwei Stunden im Bett, als um ein Uhr morgens das Telefon klingelte: Alberg wurde zu einem Tatort gerufen.

«Tut mir Leid», sagte er zu Cassandra, als er aufgelegt hatte. «Es ist ein Mord. Ich muss weg.»

«Du brauchst dich nicht zu entschuldigen. Herrgott noch mal, das ist dein Job.» Sie schlug die Decke zurück und stand auf. «Aber ich muss mit aufstehen.» Sie zog sich schnell an, wütend auf sich selbst und gedemütigt. Sie würde im Auto warten, bis Earls Café um sechs Uhr geöffnet wurde.

«Sie hat von der Tür einen kleinen Schubs abbekommen, als ich sie aufgemacht habe», wiederholte die Frau immer wieder und sah dabei nicht in die Diele.

«Ich weiß, Madam. Schon gut», sagte Sid Sokolowski. «Gehen Sie einfach wieder hinein, und machen Sie sich eine Tasse Kaffee.»

Die Frau wandte sich an Alberg. «Wissen Sie, ich habe einen Schrei gehört. Zuerst dachte ich, das kann gar kein Schrei sein. Aber dann habe ich es wieder gehört, wissen Sie. Und deshalb habe ich an die Tür geklopft und –» Sie machte eine zögernde, stoßende Handbewegung. Hilda Makepeace war klein und knochig und hatte einen dunkelgrünen Bademantel an. «Und – da lag sie. Zuerst habe ich meinen Augen nicht getraut. So etwas erwartet man doch nicht. Ich wohne seit achtzehn Jahren hier und habe dergleichen noch nie gesehen und wollte es auch nie sehen. Und dann habe ich euch angerufen.»

«Ich weiß, Madam», sagte Sokolowski geduldig. «Das haben Sie uns berichtet. Ich habe es aufgeschrieben.» Er hielt sein Notizbuch hoch.

«Möchten Sie einen Kaffee?», sagte Hilda Makepeace, die verwitwet war. Sie strich sich pausenlos durch ihr schütteres graues Haar, das in aufgeregten Wirbeln von ihrem Kopf abstand. «Ich könnte Ihnen welchen machen. Das macht keine Mühe.»

«Nein, danke –», sagte Sokolowski, aber Alberg fiel ihm ins Wort.

«Das wäre sehr freundlich von Ihnen», sagte er.

Mrs. Makepeace sah erleichtert aus und zog sich hinter ihre Tür zurück.

«Ich möchte noch eine Minute haben, ehe wir die Truppe reinlassen», sagte Alberg zum Sergeant, und ehe Sokolowski etwas erwidern konnte, war er bereits den Flur hinuntergegangen und in der Wohnung des Opfers.

Ich bin von meinem Auto gekommen, ich bin unschuldig, ich bin im Vollbesitz meiner Unschuld. Alles, was ich je in meinem Leben falsch gemacht habe, ist in diesen letzten Minuten aus meiner Akte gelöscht worden. Meine Unschuld blüht in mir auf, während ich langsam auf mein Verbrechen zugehe.

Alberg sah, dass ein rundes Stück Glas aus der Balkontür geschnitten worden war, groß genug für eine Hand: Die Tür war nicht verschlossen. Er stand mitten im Wohnzimmer, mit dem Rücken zum Balkon.

Meine Füße stehen fest auf dem Boden. Meine Knie zeigen keinerlei Schwäche. Mein Herz beruhigt sich, während ich schweigend da stehe. Ich trage Handschuhe. Ich bin schwarz gekleidet. In der Hand halte ich einen Hammer.

In einem Bücherregal sah Alberg ein Fotoalbum. Auf dem Fußboden lag eine Lampe, der Lampenschirm hatte sich gelöst und war zerdrückt, der Messingständer war eingebeult. Eine Blutspur ging von der Leiche durch das Wohnzimmer, die Diele und ins Schlafzimmer.

Ich werde es ordentlich machen, leise, mit Respekt. Ich werde sie, wenn sie schläft, sanft in eine andere Welt befördern. Hier ist sie eingenickt – und woanders wird sie aufwachen. Ich weiß genau, wo ich sie treffen muss.

Alberg stand in der Schlafzimmertür, die Hände in den Hosentaschen, und sah hinein. Eine große Puppe lag verrenkt am Fußende des Bettes auf der Erde. Das Bett war zerwühlt. Das Opfer war unter der Decke hervorgekrochen, hatte keine Zeit gehabt, sie zurückzuschlagen.

Dort war Blut, dort hatte sie den ersten Schlag abbekommen.

Ich gehe den Flur entlang, und ich bin außer mir vor Poesie. Nie zuvor war ich so wach, so talentiert. In das Schlafzimmer. An das Bett. Ich hebe meine Waffe – aber ein weißer Fleck in der Ecke lenkt meinen Blick ab, und mein Herz macht einen Satz, mir versagen die Knie, sie bewegt sich im Schlaf, und der Schlag des Hammers rutscht unentschieden an ihrer Schläfe ab. Und statt zu sterben, wird sie wach.

Sie ist zur Tür gerannt, dachte Alberg. Und er hinter ihr her. Sie rannte zur Tür, blutete – aber vorher hat sie ihn noch getroffen. Der Kopf der Puppe war eingeschlagen. Alberg entdeckte Blut darauf. Und er würde wetten, dass es nicht das Blut des Opfers war. Auf sie war mit etwas sehr viel Härterem als einem Puppenkopf eingeschlagen worden.

In der Diele fällt sie, rutscht aus auf ihrem Blut, und ich treffe sie wieder. Ihre Hände krallen sich in den Fußboden, und mir dreht sich der Kopf, er knackt vor Schmerz. Es ist ein Gedicht des Schreckens. Sie steht wieder auf und rennt weiter. Im Licht, das von draußen kommt, sieht sie aus wie eine Irre – ich habe einen Moment lang Angst.

Alberg ging wieder durch die Diele zurück, vermied sorgfältig, in das Blut zu treten. Er sah auf den Leichnam hinunter, es war die Leiche einer Frau, etwa Mitte fünfzig, durchschnittlich groß, dünn, mit schulterlangem grauem Haar, die erschlagen worden war. Eine sehr schmutzige Art, jemanden umzubringen. Er bemerkte rosa Nagellack auf ihren Fingernägeln.

«Okay, Sid», rief er dem Sergeant zu, der ungeduldig im Flur wartete. «Sie können die Leiche abtransportieren lassen.»

Er rief das Team der Spurensicherung herein und zeigte auf das Fotoalbum. «Ich möchte es mir ansehen, sobald ihr damit fertig seid. Ich bin nebenan.» Und dann ging er den Flur hinunter, um einen Schluck von Hilda Makepeaces' Kaffee zu trinken.

Sie kratzt an der Tür, versucht, sie aufzubekommen. Ich hebe den Hammer und lasse ihn hinunterkrachen. Eine Seite ihres Kopfes ist eingedrückt, und sie geht zu Boden – sie fällt so schnell, so gehorsam, als hätte sie ihr ganzes Leben lang auf diesen einen besonderen Schlag gewartet.

Einen, als sie unten ist.

Einen zum Abschied.

1987

9

VANCOUVER, BRITISH COLUMBIA

Ein Sonnabendmorgen im März. Maria trieb Belinda und Richard beim Frühstück zur Eile an, ihre Antworten waren unkonzentriert, in Gedanken war sie bereits draußen, im Garten. Gartenarbeit und Autofahren; das waren die einzigen Aktivitäten, die man sie unangefochten allein ausüben ließ. Allein sein war hin und wieder sehr wichtig.

Sobald Richard seine Serviette zur Seite legte und sich anschickte, vom Stuhl aufzustehen, sagte Maria: «Du kümmerst dich bitte um den Abwasch, bevor du gehst, Belinda?» Und ging schnell, ohne auf Belindas halbherzigen Protest zu achten, nach draußen.

Es war ein grauer Morgen, still und silbrig. Sie ging zum Geräteschuppen, holte sich eine Harke und fing an, den Rasen zu harken, sie harkte die Blätter zu Haufen zusammen sowie Nadeln und Aststücke von den Zedern, welkes Laub, das von den Bäumen, die um das Haus standen, auf den Rasen geweht worden war. Maria harkte kräftig, stellte die Ordnung wieder her, entdeckte in ihrem Innern eine kleine Portion voll heiterer Gelassenheit und bemühte sich, sie zu vergrößern.

Sie trug Jeans und ein Sweatshirt, darunter ein T-Shirt, und sie hatte auch eine Jeansjacke an, die sie aber nach etwa einer halben Stunde auszog und auf den Picknicktisch warf. Sie nahm die Laubhaufen hoch und stopfte sie in schwarze Plastiksäcke, bis der Rasen wieder sauber war.

Maria hätte nicht sagen können, ob es regnete oder nicht. Vielleicht war das seidige Gefühl auf ihrem Gesicht die Feuchtigkeit des gestrigen Regens, die noch in der Luft hing. Sie ignorierte Richard, der in der Tür erschien, sie beobachtete, wie er hinter dem Fliegengitter undeutlich, aber spürbar herumgeisterte. Sie harkte weiter, kratzte auf den kahlen Stellen in der Erde herum, die sich hier und dort im Gras breit machten, und stellte sich vor, dass sie spüren könnte, wie der Rasen prickelte wie eine Kopfhaut, die heftig gekratzt wurde.

Als ihr Mann sich endlich von der Tür zurückzog, blieb Maria auf dem Rückweg zum Geräteschuppen einen Moment stehen, senkte den Kopf, um Bestandsaufnahme zu machen. Ihre Gelassenheit drohte zu verschwinden wie eine Regenpfütze, über die ein Wind fegte.

Sie stellte die Harke zurück und machte sich daran, den Garten in Ordnung zu bringen, sie riss gelbe Erbsenranken aus dem Maschendraht, der an der Westseite des Hofs an den Zaun genagelt war, riss sie mitsamt den Wurzeln aus, stopfte sie in eine andere Plastiktüte, eine Arbeit, die sie im Herbst hätte erledigen müssen. Sie sollte einen Komposthaufen haben. Vielleicht würde es in diesem Jahr etwas werden. Sie zupfte die toten Blätter von den Lilien, deren neue Blätter bereits mehrere Zentimeter hoch waren. Es war der Beginn von Marias liebster Jahreszeit, wenn der Frühling schon hell im nahen Wald hing, Spritzer von Grün. Ihr Gesicht war feucht und glühte. Ja, dieses Jahr würde sie einen Komposthaufen haben. Und vielleicht ein Hügelbeet oder zwei, für Gemüse.

Schließlich hockte sie sich hin, sie hatte kalte Hände und Erde unter den Fingernägeln. Sie konnte nicht mehr länger so tun, als würde es nicht regnen. Ihr Gesicht war nicht mehr feucht oder verschwitzt, sondern richtig nass vom Regen. Sie strich sich den Regen von den warmen Wangen, sie strich sich den Regen aus dem Haar, und sie sah Phantome, schwarze wirbelnde Gebilde unbekannter Herkunft.

Maria klammerte sich fest an Frühlingsgedanken, stellte sich die Klematis vor, die bald im Spalier an der Haustür blühen würden, weiße Blüten auf der einen Seite, lila Blüten auf der anderen. Aber irgendetwas dort draußen hielt den Atem an. Sie verspürte Übelkeit, die Nadelspitzen der Furcht. Maria zog sich auf die Füße und stolperte ins Haus, durchgeregnet und zitternd.

An jenem Abend saßen sie und Richard im Bett und lasen. Sie saßen eng zusammen – nur ein paar Zentimeter auf der Matratze trennten sie –, aber es war, als wäre Richard in einem anderen Zimmer. Die Stimmung war ihre Schuld. Sie hatte beschlossen, den Tag allein zu verbringen, und um sich zu revanchieren, war Richard auf Abstand gegangen, den er aus dem Nichts schuf, einen belastenden, vorwurfsvollen Abstand. Sie stellte sich vor, wie er irgendwo in der Dunkelheit saß und an einem Webstuhl in seinem Kopf an diesem Abstand webte.

Maria hätte gern die Arme über diesen Abstand ausgestreckt, ihn umarmt, ihn an sich gedrückt. Sie wollte ihn auf die geschlossenen Augen küssen, seinen Mund streicheln, bis er sich öffnete, die Landschaft seines rundlichen, aber kräftigen Körpers mit ihren Fingerspitzen und ihrer Zunge erkunden. Es war Liebe, nicht Lust, die sie mit dieser Sehnsucht erfüllte, aber Lust würde dabei herauskommen.

Doch sie konnte es nicht tun. Sie konnte ihn nicht anfassen, denn er würde sich zurückziehen, sie konnte ihn nicht verführen, denn er würde sie zurückweisen. Richard erlaubte sich sehr selten, sich verführen zu lassen.

Maria blickte auf ihr Buch und gab vor zu lesen, sie zwang sich zu einer aufgesetzten Ruhe, wusste, dass etwas, was sie sich lange und intensiv genug vorstellte, manchmal Wirklichkeit wurde.

Keiner von ihnen war unkompliziert. Sie waren beide

manchmal schwierig. Jeder von ihnen konnte dickköpfig, kompromisslos, eigensinnig sein. Aber Maria fand, dass diese Eigenschaften vielleicht mehr auf Richard zutrafen als auf sie.

Sie hörte, wie er eine Seite umblätterte, und merkte, dass sie selbst schon viel zu lange keine mehr umgeblättert hatte.

Sie lehnte den Kopf an die aufgestellten Kissen und schloss die Augen. «Manchmal», sagte sie laut, «manchmal habe ich wenig Hoffnung für uns, Richard.»

Sie ließ das Buch in ihren Schoß fallen. Draußen fiel ein unbeirrbarer, ein harter Regen, den die stärker werdenden Windböen hin und wieder zu einer wilden, kriegerischen Musik werden ließen. Richard sagte nichts, und Maria lauschte auf den Regen. Dann hörte sie, wie er seine Lampe ausmachte, und fühlte ihn plötzlich ganz dicht bei sich, sein Mund auf ihrem Mund. Sie öffnete die Augen genau in dem Moment, als er ihre Lampe ausmachte.

Er zog sie auf das Bett hinunter und küsste sie weiter, hielt ihr Gesicht in seinen Händen, dann ließ er sie an ihrem Körper hinuntergleiten, um ihr das Nachthemd hochzuziehen. Sie spürte seine Hände auf ihren Brüsten, seine Daumen spielten mit ihren Brustwarzen, und jetzt spürte sie seinen Mund dort, seine Zunge auf ihren Brüsten. Er zog ihr die Unterhose aus, und sie half ihm, kickte sie weg. Sie berührte ihn zart, wünschte, sie hätte eine Feder. Als er in sie eindrang, fasste sie ihn von hinten an und streichelte seine Hoden. Jetzt sprach er mit ihr, und sie antwortete ihm. «Ja, bitte», flüsterte sie. «O ja, bitte ...»

Maria kam diesmal zuerst, und danach fühlte sie sich wie ein Himmel voller Sterne, er stieß wieder und wieder in sie hinein; sie war Raum und Zeit und die Erde selbst.

10

Am Sonntagnachmittag stellte Hamilton Gleitman seinen Drucker an und rollte seinen Bürostuhl vom Computer zum Schreibtisch. Er griff nach einem Aktenordner aus seinem Eingangskorb, schlug ihn auf und sah prüfend auf das Antragsformular darin. Er glättete es mit der Handfläche. Nahm einen Stift zur Hand. Prüfte den Kasten neben dem Wort *Werke.*

Hamilton Gleitman war ein Silberstreif, ein verstohlener Silberstreif mit grauen Haaren, er blitzte schnell auf, war untersetzt, trug fast immer bequeme Jeans und meistens Wanderstiefel. Am Hosenbund seiner Jeans baumelten fast von jeder Schlaufe Ketten, und an jeder Kette war etwas befestigt – Schlüssel, ein Taschenrechner, ein Flaschenöffner, ein Schweizer Armeemesser. Es rasselte leise auf Schritt und Tritt.

Er war ein freiberuflicher Zeitschriftenautor, der auch Gedichte schrieb. Letzteres sah er als seine Berufung.

Hamilton hatte im Gefängnis mit Schreiben angefangen, vor allem deshalb, weil er sich dort langweilte, er hatte Angst, verrückt zu werden. Aber es stellte sich heraus, dass er Talent hatte, und als er entlassen wurde, schrieb er weiter.

«Geburtsjahr»: Hamilton schrieb «1939».

Er hatte herausgefunden, dass sein Leben mehr Klarheit bekam, wenn er es aufschrieb. Es war nicht so, dass Schreiben und Denken gleichzeitig kamen; er wusste nicht, was zuerst kam. Er sah sein Leben inzwischen als einen spitzen Stift, das sich selbst schrieb, ein kursiv geschriebenes Leben, ineinander greifende Abfolgen schwarzer Bögen und Schwünge, manche ausladend, andere eng. Seine Bestimmung war es, für die Welt seine inneren Monologe aufzuzeichnen, die dem, was er sah, einen Sinn gaben und gleichzeitig Poesie schufen.

Er trug seine Adresse ein, ein Apartmenthaus in der Bellevue Avenue in West-Vancouver. Bei «Beruf» schrieb er «Schriftsteller. Selbstständig». Er grübelte über den nächsten Punkt des Formulars nach, versuchte, eine Summe auszurechnen.

Der Drucker hörte auf zu drucken. Er nahm die Seiten seines Artikels über Sammler von Hockey-Memorabilia heraus und stopfte sie in einen hellbraunen Umschlag, den er auf den Tisch im Flur warf. Dann stand er minutenlang im Wohnzimmer, sah aus dem großen Fenster, das nach Südwesten ging. Er hatte eine Aussicht von 180 Grad, die vom Burrand Inlet ganz links bis zum Stanley Park, die Lions Gate Bridge und die English Bay bis nach Point Grey reichte.

In seiner Liebe zu seiner Kunst fühlte er sich mit den Dichtern aller Epochen verbunden. Aber die Themen, über die die Menschen Gedichte schrieben, waren natürlich sehr unterschiedlich, abhängig von dem Menschen, der schrieb. Kein Dichter glich dem anderen. Sie hatten alle ihre Spezialgebiete, die sich naturgemäß aus ihren persönlichen Vorlieben entwickelten. Manche Dichter schrieben zum Beispiel über die Welt der Natur. Oder die Liebe in ihren vielen Schattierungen. Oder vielleicht über die Angst vor dem Tod. Den Wahnsinn. Hamiltons Vorliebe – poetisch gesprochen – war die Scham.

Vor kurzem hatte er beschlossen, dass es an der Zeit sei, sich ganz der Poesie zu widmen: Er würde sein erstes Buch schreiben. Eine Reihe von Gedichten, unterschiedlich lang, unterschiedlich im Ton und im Stil, eine Sammlung, verbunden nur durch das gemeinsame Thema.

Es war ein außergewöhnlich klarer Tag. Hamilton sah nach Westen und konnte die Inseln im Golf sehen und dahinter eine lange, leicht lilafarbene Erhebung, Vancouver Island. Er verbrachte viel Zeit vor dieser Aussicht, er kam sich hier oben vor wie ein Vogel in seinem Nest. Bei starkem Wind stellte er sich vor, er könnte fühlen, wie das Haus schwankte. Eines Tages, wusste er, würde es ein Erdbeben geben, und er würde darin sterben. Nicht viele Menschen wussten, wie sie sterben würden, aber Hamilton Gleitman wusste es. Er hatte es vor einigen Jahren geträumt. Er war schweißgebadet aufgewacht, sein Herz raste in der Brust: Er hatte gespürt, wie die Erde unter seinen Füßen zerbrach, wegsackte und verschwand. Nach einiger Zeit, als er sich so weit beruhigt hatte und über den Traum nachdachte, beschloss er, dankbar dafür zu sein, dass ihm dieses Wissen zuteil worden war. Damit einher ging eine immens große Freiheit, denn wenn er wusste, wie er sterben würde, wusste er auch, wie er nicht sterben würde.

Ja, er lebte hier oben, ja, wie ein Vogel im Nest, für sich allein und ungestört.

Hamilton ging zurück zu seinem Schreibtisch mit dem Bewerbungsformular.

«Erforderlicher Betrag: Lebensunterhalt (Maximum $ 2500 monatlich)»: Hamilton schrieb: «12 Monate à $ 2500 = $ 30 000.»

Er musste drei Referenzen einreichen, und er schätzte, das würde er können. Es gab mehrere Zeitschriftenredakteure, bei denen er sich darauf verlassen konnte, dass sie Gutes über ihn sagen würden. Und natürlich würde er den Typ bitten, der seinen Schreibkurs im Gefängnis geleitet hatte.

Er grinste innerlich. Das Canada Council würde begeistert sein zu erfahren, dass er im Knast schreiben gelernt hatte.

Mehrere Straßen weiter saß ein Bekannter Hamiltons, der Harry hieß, in seinem Wohnzimmer in der Sonne, sein Fernseher lief, er sah im Arts & Entertainment Channel eine Wiederholung von *Magnum*. Es war inzwischen schwer, etwas auf dem

Bildschirm zu erkennen, weil die Sonne fast direkt darauf schien, und sie schien auch auf Harry in seinem Schaukelstuhl, ihm wurde warm, es war gemütlich, und er wurde angenehm schläfrig. Er stand auf und zog die Vorhänge zu. Er kratzte sich am Bauch und legte sich aufs Sofa. Er schaffte es, sich noch einige Minuten auf *Magnum* zu konzentrieren, dann schlief er ein.

Harry war siebenunddreißig.

Viele Möbel standen nicht in seinem Apartment, das er nur als eine vorübergehende Unterkunft betrachtete. Tatsächlich schien es, als würde er sein ganzes Leben im Wartestand verbringen. Er stammte aus einer reichen Familie – zumindest wusste er, dass er irgendwann reich sein würde. Und lange Zeit hatte er keine Ahnung von der Tatsache, dass seine Eltern von ihm ein gewisses Maß an Ehrgeiz erwarteten. Sie waren auf eine nachdrückliche Weise neugierig, was Harry aus seinem Leben machen wollte, das fand Harry zuerst richtig nett. Anrührend. Aber als er noch in der Highschool war, erkannte er, dass sie es so meinten, dass sie ernsthaft von ihm erwarteten, dass er irgendeine Karriere ins Auge fasste. Und so hatte er sich halbherzig auf die Schule eingelassen, suchte nach einem Fach, das ihm Spaß machte und in dem er gut war. Er belegte Englisch und Französisch und Geschichte und Biologie und Mathe. Ein Jahr lang versuchte er es mit Physik, er fand sie beängstigend unverständlich. Beim Sezieren eines Froschs in Biologie drehte sich ihm der Magen um. Im Französischen bekam er den Akzent nicht hin. Mathematik war eine Fremdsprache. Er konnte gerade noch ausreichend Fakten in Geschichte erinnern, um die Prüfung zu schaffen, er hatte seinen Kopf damit bis zum Platzen voll gestopft, spuckte sie dann in der schriftlichen Prüfung aus, kaute gerade noch genug wieder, um durchzukommen, um danach alles zu vergessen. Englisch war langweilig. So gut wie alles war langweilig.

Eines Tages teilte er seinen Eltern mit, er würde Arzt werden. Sein Vater schluckte es nicht, aber seine Mutter gab sich zwei, drei Tage große Mühe, bis ihr seine Noten einfielen. «Nun, ach herrje», sagte er zur Selbstverteidigung.

Er sah sich nach Aktivitäten außerhalb des Lehrplans um – nichts Sportliches, sein Körper war nicht für Sport geschaffen. Das Einzige, was er manchmal gut konnte, war Volleyball, aber das nicht so gut, um etwas damit anzufangen. Er ging in den Chor, jeder Dummkopf konnte singen, nicht wahr? Offensichtlich nicht, entdeckte Harry. Als Nächstes versuchte er sich in mehren Schulaufführungen. Er wurde besetzt und brachte die Leute zum Lachen, was ihm zuerst ein sehr gutes Gefühl verschaffte. Aber er bekam nie andere Rollen, und nach einiger Zeit hatte er es satt, dass die Leute über ihn lachten.

Er schaffte es, die Highschool abzuschließen, und ging aufs College, weil seine Noten für die Universität nicht gut genug waren. Aber selbst im College hatte Harry immer das Gefühl, dass er die Zeit absaß. Er wartete auf den Tag, wenn das Leben wirklich losging, wenn er abheben konnte. In seiner Phantasie malte er sich aus, was er tun würde, wenn er finanziell gut dastünde. Er stellte sich vor, wie er einen nagelneuen BMW bar bezahlte. Er überließ sich einem erfahrenen Verkäufer in einem eleganten Geschäft für Herrenmode. Vielleicht würde er sich eine zwölf Meter lange Motoryacht kaufen. Er würde einen Videoapparat haben und einen Fernseher mit einem großen Bildschirm, einen Stapel ausgeliehener Videofilme und eine Riesenschüssel mit Popcorn. Er hatte wenige Wünsche.

Als Erwachsener hatte Harry weiterhin eine ambivalente Beziehung zu seinem Vater. In einer vollkommenen Welt hätte sein Vater als Erster sterben müssen. Harry wäre wieder in sein Elternhaus eingezogen und hätte sich dann, wenn sie alt war, um seine Mutter gekümmert. Er hätte ihr alles abgenommen.

Jemand zum Putzen eingestellt, jemand, der sich um das Grundstück kümmerte und ihre Finanzen in Ordnung hielt.

Aber jetzt dachte er fast gar nicht mehr daran. Mehr als zwei Jahre waren seit dem Tod seiner Mutter vergangen, und Harry hatte sein Schicksal mehr oder weniger akzeptiert. Der alte Knabe konnte nicht ewig leben, und bis es so weit war, war Harry ein wirklich gut aussehender und glücklicher Bursche. Everett behauptete, er würde zu viel Fernsehen sehen, und vielleicht stimmte das, na und? Vom Fernsehen konnte man viel lernen.

Nach fünfundzwanzig Minuten erwachte Harry erfrischt aus seinem Schläfchen. Er streckte sich wie eine Katze auf dem warmen Sofa und sah, dass die Sonne genau in der Mitte des dunkelgrünen Vorhangs glühte. *Magnum* war vorbei, gleich würde *Detektiv Rockford* anfangen. Harry war jetzt zu nervös, um fernzusehen. Wenn sein Alter Herr auch nur andeutungsweise ein anständiger Vater wäre, würde es jetzt für Harry Zeit sein, bei ihm zum Sonntagsdinner zu erscheinen. Aber nein.

Harry beschloss, zu Everett zu gehen. Everett Danforth war der Geschäftsführer einer Buchhandlung, und er war auch so was wie ein Schauspieler. Aber der signifikanteste Aspekt seiner Persönlichkeit war, dass er gern spielte. Er hatte Glück, dachte Harry und wusch sich flüchtig Gesicht und Hände, dass Everett im Moment nicht spielte. Wenn der Kerl gerade seiner Sucht verfallen war, konnte man mit ihm über nichts anderes als Pferdewetten reden.

Na bitte, dachte er und ging in den Hausflur, schloss die Tür des Apartments hinter sich ab, das war noch ein Aspekt des Fernsehens, der sehr nützlich war. Es hielt Menschen von Sachen ab, die ihr Leben zerstören konnten. Er hatte versucht, Everett dazu zu bringen, mehr TV zu sehen, aber als Harry ihn kennen lernte, war es dafür zu spät. Everett war süchtig. Das Problem war, dachte Harry und fuhr die fünf Stockwerke mit dem leeren Fahrstuhl hinunter, dass Everett manchmal gewann

– und das war wie Öl auf sein Feuer. Manchmal gewann er im Lotto. Oder er setzte manchmal auf ein verdammtes Pferd, das den Mädchennamen seiner Mutter trug oder irgendetwas anderes Verdammtes hatte, und irgendwann, aus irgendeinem unerfindlichen Grund, gewann so ein Pferd tatsächlich, und dann, na, bitte, war Everett wieder flüssig. Diese Dinge passierten nicht sehr oft. Nur oft genug, um Everett weiter nach dem Supergewinn hecheln zu lassen.

Glücklicherweise, musste Harry anerkennen, als er durch das Foyer auf die Straße ging, war Everett (im Gegensatz zu Harry) extrem genügsam, bis auf die Spielsucht. Er wohnte, ohne seine Umgebung wahrzunehmen, in einer voll gestopften und düsteren Zimmerflucht im Souterrain, in der Harry verrückt werden würde. Harry war gar nicht glücklich, wenn er sich vorstellte, dass er sich dort zum Dinner einladen wollte. Er würde Everett dort herausholen, vielleicht zu Flora, obwohl er wusste, dass er für die Rechnung aufkommen musste. Ein Mann fühlte sich einfach nicht wohl bei der Vorstellung, am Sonntag allein zu Abend essen zu müssen, wenn er einen Vater hatte, zu dem er hätte gehen können.

Himmelherrgott noch mal, dachte er. Wann zum Teufel würde der alte Knabe endlich abkratzen?

11

Was würde ihre Mutter machen, fragte Maria sich, wenn sie sich vor ihr aufbaute, sich vergewisserte, dass sie ihre Aufmerksamkeit hätte, und dann sagte: «Mutter. Hilf mir.»

Es war Sonntag, am späten Nachmittag, und sie fuhren zu ihrer Mutter.

Richard fing an, vor sich hin zu summen. Maria stellte sich vor, dass sie die Vibrationen des Summens zwischen ihren geschlossenen Lippen spürte. Er summte eine eintönige Eigenschöpfung. Maria dachte, dass es schade sei, dass sie keine Familie waren, die zusammen Lieder sang. Stattdessen wechselten sie auf Autofahrten einander ab. Richard summte eine Zeit lang, dann sang Belinda vor sich hin, sah dabei aus dem Seitenfenster und träumte von Ruhm, Glück und davon, was sie für Liebe hielt, obwohl es in Wirklichkeit um Sex ging. Dann war Maria dran, aber inzwischen war sie schon nicht mehr in Stimmung, oder die anderen hatten beschlossen, dass sie sich unterhalten wollten.

Sie wusste nicht, um welche Hilfeleistung sie ihre Mutter bitten wollte, wenn sie sie fragen sollte.

Maria rutschte auf ihrem Platz herum und lehnte sich ans Fenster. Sie fuhr nicht gern Auto, wenn jemand anders am Steuer saß. Autofahren gehörte zu ihren liebsten Beschäftigungen. Wieso nahmen Männer, die meisten jedenfalls, immer an, dass natürlich sie bei Autofahrten am Steuer sitzen müssten?

Maria scherte sich nicht darum, dass Richard summte, und fing an zu singen: «Ihr Mondstrahlen», sang sie «hoch dort oben, erhört meine Bitte, findet meinen Liebsten, sagt ihm, dass ich ihm immer treu bin.»

Richard sah sie an, und obwohl sie ihn nicht ansah, wusste sie, dass sein erstaunter Blick bald in Missfallen umschlagen würde.

«Mag auch das Schicksal uns trennen», sang sie noch lauter, «die Jahre vergehen, die Zukunft ungewiss sein.» Jetzt summte er nicht mehr. «Mein Herz gehört nur ihm allein.»

«Das ist hübsch, Mom», sagte Belinda vom Rücksitz.

Maria drehte sich zu ihr um, lächelte sie an und sang den

Rest des Liedes in Richtung ihrer Tochter. «Ach, ihr Winde, weht und findet meinen Liebsten, wo immer er sein mag. Bringt ihm die Botschaft, die ich ihm schicken möchte. Ich weiß, er träumt nur von mir. Mag auch das Schicksal uns trennen», sang sie (und Belinda stimmte ein: «La la la-la, la la la»), «die Jahre vergehen, die Zukunft ungewiss sein. Doch mein Herz gehört nur ihm allein.»

«Jetzt musst du dir eins aussuchen, Dad», sagte Belinda und beugte sich vor.

Maria sah wieder aus dem Fenster, ihr Herz tat ihr plötzlich weh. Sie berührte die Scheibe, folgte von innen mit der Fingerspitze der Spur, die außen ein Regentropfen hinterlassen hatte. Das hatte möglicherweise etwas mit ihren Hormonen zu tun, diese Angst, die sie auf einmal überkam.

«Es war einmal ein Mann», sagte Richard. «Aber bitte, das ist kein Lied. Denn ich singe nicht.»

«Weiß ich, Dad», sagte Belinda. «Es ist ein Rezitativ.»

«Genau», sagte er. «‹Es war einmal ein Mann›» – Belinda fiel ein – «‹und der hieß Schemden.›»

Maria warf ihm einen erstaunten Blick zu. Das hatte er seit Jahren nicht mehr gesungen.

«‹Die Frau kaufte ihm. Ein paar bunte Hemden. Er kaufte ein Rind. Für das Kind. Und nun hört. Was das arme Rind tat. Direkt von der Leine. Fraß es die Hemden. Aber Mrs. Schemden eilte herbei. Sie band das Rind fest. An die Schienen der Bahn. Sie wollte. Bei Gott. Die Hemden zurück. Das Rind, das trat um sich. Flaggte die Bahn. Hustete die Hemden heraus. Und nun ist die Geschichte aus.› Ich weiß nicht, ob wir das richtig zusammenbekommen haben», sagte Richard zu Belinda. Er langte über den Sitz und nahm Marias Hand. Sie überließ sie ihm; gerade hielten sie vor dem Haus ihrer Mutter.

Marias Mutter wohnte in Dunbar, nicht weit von der Fortyfirst Avenue, dem Haus, in dem Maria aufwuchs, als sie von

Winnipeg nach Vancouver gezogen waren. Ihre Mutter hieß Agatha. Sie war eine eckige Frau von neunundsechzig Jahren, die vor kurzem mit Power-Walking angefangen hatte. Ihr Mann Thomas, Marias Vater, war tot.

Agatha widmete dem Power-Walking sehr viel Zeit (sie war Mitglied in einem Verein) und arbeitete ehrenamtlich bei den Müttern Gegen Alkohol Am Steuer. Sie war früher Lehrerin gewesen und genoss die Gespräche mit Richard, in denen er ihr von den Innovationen in der Pädagogik erzählte, und sie sagte regelmäßig, das seien keine Innovationen: Innovationen müssten innovativ sein, neu.

Sie begrüßte sie an der Haustür, trug Tights, eine lange schwarze Jacke über einem weißen T-Shirt und ein Stirnband. Ihre Füße steckten in klobigen schwarzen Walking-Schuhen. «Ihr seid früh», rief sie, aber das stimmte nicht. Maria wusste, dass Agatha einfach nur sicher sein wollte, dass sie sie in ihrem sportlichen Walking-Outfit sahen.

«Wenn du willst, können wir noch ein paar Mal um den Block fahren», sagte Richard. Marias zärtliche Gefühle für ihn waren nie stärker als während der Besuche bei ihrer Mutter.

«Nein, nein, nein, kommt herein, kommt herein.» Agatha küsste Belinda auf beide Wangen und beugte sich hinunter, um Maria ebenso zu küssen.

Sie drängten sich alle in dem winzigen Foyer, von dem eine enge Treppe nach oben ging. Oben befanden sich drei Schlafzimmer, ein Badezimmer und ein großer quadratischer Flur.

Agatha bat sie ins Wohnzimmer. «Ich muss schnell nach oben und mich duschen und umziehen», sagte sie. «Setzt euch. Setzt euch hin.»

«Mutter, soll ich nicht einen Kaffee machen?», sagte Maria, und sie wartete die Antwort gar nicht erst ab, sondern ging in die Küche.

Es war viele Jahr her, seit sie bei ihrer Mutter gelebt hatte, aber es erstaunte sie immer noch, dass ihre Mutter offensichtlich glücklich war, allein zu wohnen, und sich sehr verändert hatte, seit sie eine Familie gehabt hatte. Maria dachte darüber nach, während sie in einen Schrank starrte. Die Sachen standen anders. Das Haus war unordentlicher. Über allem lag eine Patina von Nachlässigkeit. Aber vielleicht war ihre Mutter weniger nachlässig als unbekümmert, dachte Maria und brütete weiter. Agatha war für Maria ein unergründlicher Mensch. Sie war tiefgründiger, als Maria wissen wollte. Sie überlegte, ob es Belinda mit ihr ebenso ging.

Sie stellte den Kaffee auf, dann setzte sie sich an den Tisch in dem sonnigen Alkoven mit Ausblick auf den Garten hinter dem Haus ihrer Mutter. Sie dachte darüber nach, wie das Leben ihrer Eltern gewesen sein mochte, als sie ein Kind war, ein Teenager, eine Erwachsene, die hin und wieder zu Besuch kam, eine verheiratete Frau. Das Leben, das sie sich vorstellte, drehte sich selbstverständlich um Maria: Es war leicht schockierend, dass in all den Jahren die Dinge im Leben ihrer Mutter auch weitergegangen waren. Sie verspürte leise Schuldgefühle, weil sie nicht schon sehr viel früher darüber nachgedacht hatte. Und es irritierte sie etwas, dass ihre Mutter nie auf die Idee gekommen war, mit ihr darüber zu sprechen. Der Punkt war: Kannte sie ihre Mutter überhaupt? Woher auf einmal die Begeisterung für Power-Walking? Beschäftigte es Agatha, dass sie keinen Sex mehr hatte? Maria starrte nachdenklich aus dem Fenster, bemerkte gedankenverloren die Unordnung in dem verkrauteten Garten ihrer Mutter. Sie dachte, dass sie selbst eine Weile ganz gut ohne Sex auskommen könnte. Aber vielleicht dachte sie das nur, weil sie, theoretisch, immer Sex haben konnte.

Belinda spielte im Wohnzimmer Klavier. Richard würde mit hinter dem Rücken verschränkten Händen daneben stehen und die Hände seiner Tochter auf den Klaviertasten beobachten. Aber bald würde er zum Fenster gehen und dann aus der

Haustür, um irgendetwas am Auto nachzusehen oder um bis zur nächsten Ecke und wieder zurückzulaufen. Richard hasste es, nichts zu tun zu haben. Untätigkeit bewirkte bei ihm eine Übersäuerung des Verdauungssystems. Deshalb hatte er Probleme mit den Schulferien. Weihnachten war besonders schlimm. Maria hatte mehrere Rituale für Weihnachten etabliert, die meisten hatte sie erfunden um Richard zu beschäftigen, ihm das Gefühl zu geben, eine Aufgabe zu haben. In Wirklichkeit wollte Richard immer ein Ziel haben, aber eine Aufgabe würde reichen.

Agatha kam nach unten, sie roch wie Pears-Seife und Yardley Lavender zusammen. Maria konnte sie genau vor sich sehen, wie sie auf der Badematte stand, sich kräftig abrubbelte, Deodorant unter die Achselhöhlen sprühte und auf ihrem alten Körper Talkum verteilte. Sie war überrascht und deprimiert, als ihr klar wurde, dass sie ihre Mutter beneidete, die aktiv war und fit und, soweit Maria das beurteilen konnte, ein sorgenfreies Leben hatte. Im Vergleich dazu kam Maria sich ausgelaugt und gehetzt vor.

«Trink einen Kaffee, Mom», sagte sie, aber Agatha entschied sich für einen Obstsaft.

Sie saßen im Wohnzimmer, unterhielten sich, und Maria hatte das Gefühl, als wären sie alle drei unangemeldet hereingeschneit: Niemand käme auf die Idee, dachte sie, dass diese Frau uns zum Abendessen eingeladen hat.

Oben war ein Zimmer, das Marias Zimmer gewesen war. Jetzt war es ein Zimmer, das ihre Mutter ihr «Ideen-Zimmer» nannte. Es stand voller Projekte, manche waren neu, manche alt, manche aufgegeben. Dort standen eine Nähmaschine, eine Strickmaschine, ein Computer.

Maria hätte gern irgendwo ein Nest – ein Studierzimmer – ein zweite Heimat – ein Refugium für ihre Phantasien und für sich selbst – ein Versteck, einen Ort der Zuflucht. Sie dachte darüber nach, beobachtete träge ihre Mutter, die ihren Orangensaft trank, und sah, dass Agatha noch dünner geworden war.

Sie betrachtete ihre Mutter genauer, und Agatha musste es gespürt haben, denn sie gab ihren Blick zurück. Richard redete, Belinda gähnte und warf verstohlene Blicke in die Küche, als wollte sie herausfinden, ob es tatsächlich ein Abendessen geben würde. Maria sah ihrer Mutter prüfend ins Gesicht, und Agatha gab den Blick zurück, ruhig und gelassen. Und in diesem Moment wusste Maria, dass Agatha bald sterben würde.

12

Sie winkte ihm tatsächlich von ihrer Veranda aus nach. Hamilton Gleitman schloss das Auto auf und warf dabei einen Blick zum Haus zurück, und da stand sie, winkte. Er stellte sich vor, dass ihr Tränen über die Wangen liefen, silbern wie die Spuren der Nacktschnecke, und als er zurückwinkte, staunte er dankbar über die große Arglosigkeit der Welt, in der er lebte.

Er fuhr los und entfernte sich zwei, drei Ecken vom Haus der Frau, ehe er anhielt und etwas in sein zweites Notizbuch schrieb: die verletzliche Kurve ihres Nackens, als sie während der Beichte den Kopf senkte; der kräftige Duft, den ein Topf dunkelblauer Hyazinthen verströmte, das Greinen des müden Kindes, das sie zum Mittagsschlaf hingelegt hatte; ihre abgekauten Fingernägel; und die Art, wie sie sich das Haar aus dem Gesicht hinter die Ohren strich.

Die meisten Menschen, die er für seine Zeitschriftenartikel interviewte, waren anrührend vertrauensselig. Die meisten wollten noch nicht einmal seinen Ausweis sehen. Aber selbst bei denen, die ihn danach fragten, gab es keine Probleme, weil er sich ausweisen konnte, er arbeitete immer an einer aktuellen Story und konnte immer den jeweiligen Redakteur angeben, der das bestätigen würde.

Meistens waren es Frauen. Waren sie berufstätig, verabredete er sich mit ihnen am Wochenende oder abends. Ihm war es egal, ob ein Ehemann dabei war oder Kinder; er fand es erstaunlich, wie unbeschwert die Leute plauderten, wenn er sich dabei Notizen machte. Er machte sich zwei Sorten von Aufzeichnungen: eine Sorte war für die Story, die er schrieb (wie Familie A es schaffte, glücklich und zufrieden von einem einzigen Gehalt zu existieren, oder wie B sich erfolgreich selbstständig machte oder wie C ihr Leben als Ehefrau / Mutter / Angestellte / Amateurschauspielerin organisierte – Hamilton war nicht wählerisch, er nahm jeden Auftrag an: Denn nur so hatte er ständig Arbeit), und die zweite Sorte war für Hamilton, den Dichter.

Er war nicht auf der Suche nach etwas Besonderem. Er öffnete einfach alle seine Sinne und ließ die Wohnung und ihre Bewohner auf sich einwirken, und im Verlauf des Interviews fand er für gewöhnlich kleine sensible Punkte, winzige wunde Stellen, die schmerzten, wenn er sie berührte. Eine zerbrochene Ehe. Ein misslungenes Geschäft. Eine persönliche Kränkung. Ein verstorbenes Kind. Wenn er sie entdeckte, würde er natürlich mit Feingefühl und Takt einen Bogen um diese Makel in einem Leben, diese schmerzenden Stellen der Unvollkommenheit machen. Aber manchmal wurde er, ohne Worte, ermutigt weiterzubohren.

Seine heutige Kandidatin, eine Frau namens Aileen Churley, hatte sich schon ziemlich weit auf das Interview mit ihm eingelassen, ehe Hamilton bekam, worauf er geduldig gewartet hatte. Sie hatte ihn durch ihren preisgekrönten Rosengarten geführt, das Thema seiner Geschichte, und dann hatte sie Kaffee gemacht, und er setzte das Interview mit ihr im Wohnzimmer fort, machte sich ausgiebige Notizen, blätterte ungeduldig die Seiten seines Notizbuchs um, er schrieb sehr schnell, lachte bereitwillig über ihre Scherze, und wenn er eine neue Frage stellte, beugte er sich jedes Mal vor und demonstrierte großes Interesse. Er war Ende vierzig, angenehm anzusehen, aber er sah nicht so gut aus, dass er verführerisch oder bedrohlich wirkte.

In regelmäßigen Abständen kam das Interview zum Stillstand, und eine echte Unterhaltung brach sich Bahn, und nach drei oder vier dieser müßigen Zwischenspiele machte sie eine offensichtlich beiläufige Bemerkung über ihren Mann, und Hamilton fiel auf, dass sie ihn das erste Mal erwähnte. Da bemerkte er an ihr eine körperliche Anspannung, die sich vor allem in ihrem Gesicht ausdrückte, aber wahrscheinlich auch ihren ganzen Körper beherrschte: Sie war so steif wie ein Brett, dachte er, musterte ihren Körper von Kopf bis Fuß.

«Teilt er ihre Liebe zu Rosen?», sagte Hamilton und meinte den abwesenden Ehemann, dessen mürrische, verbissene Anwesenheit er jetzt spürte. Sein Notizbuch und sein Stift ruhten harmlos auf dem Couchtisch, er lehnte sich entspannt zurück, seine Körpersprache signalisierte Mitgefühl und Verständnis.

Sie schüttelte den Kopf. Ihr Kummer war greifbar. Sie tat ihm fast Leid.

«Sie sind unglücklich», sagte er leise und zögernd. «Ich kann, wenn Sie wollen, ein anderes Mal wiederkommen.»

Sie machte eine kleine flatternde Handbewegung, wandte ihr Gesicht von ihm ab, bis sie es unter Kontrolle hatte. «Nein», sagte sie und schluckte ein Aufschluchzen hinunter. «Es geht mir gut.» Sie sah ihn unsicher an, wischte sich die Handflächen resolut an den Jeans ab. «Ich habe gerade herausgefunden», sagte sie, «dass er eine Affäre hat.»

Hamilton sah sie an, ließ seine Augen weit werden, hoffte,

dass sie Missfallen ausdrückten, und er beugte sich leicht vor, um ihre Geschichte zu hören.

Wie ein wählerischer Schmetterlingssammler hielt er die Sätze in seinem Notizbuch fest, die er brauchte, um sie und ihre Demütigung wieder aufleben zu lassen. Und dann fuhr er nach Hause, um seine Geschichte zu schreiben.

Der nächste Morgen, es war ein Mittwochmorgen, Ende April, geschah ein kleines Ereignis, das Hamilton Gleitmans Leben verändern sollte.

Er fuhr mit dem Fahrstuhl zur Tiefgarage seines Mietshauses hinunter, stieg aus, seine Turnschuhe waren unhörbar auf dem Betonboden, und wollte zu seinem Wagen gehen, einen von dreien in der ganzen Garage: Die meisten Leute waren wochentags am Vormittag bereits zur Arbeit gefahren.

Plötzlich flog die Tür des Treppenhauses auf, und eine junge Frau stürzte heraus. Sie bemerkte Hamilton nicht, der sich hinter ihr befand. Sie rannte auf einen blauen Honda zu und fummelte nervös am Schloss herum.

Hamilton hatte keine Ahnung, warum er machte, was er machte. Er schlüpfte hinter ein Säule, hakte das Schlüsselbund von seinem Gürtel ab und ließ es fallen. Er blieb ganz still stehen, als das dumpfe, scheppernde Geräusch durch die Garage dröhnte. Es folgte eine absolute Stille.

Hamilton lauschte angespannt dieser Stille. Er roch sie, er zitterte fast, wartete darauf, dass sie gebrochen wurde. Sie wird schreien, dachte er. Aber nein – sie hat Angst, dass ihre Stimme zittert. Woher weiß ich das? Fragte er sich. Schließlich kratzte ihr Schlüssel an dem Schloss – und noch einmal –, und dann fand er ins Schloss. Hamilton schmeckte förmlich die Erleichterung in ihrem Mund, und er spürte die Eile, mit der sie sich hinter das Steuer klemmte und die Tür verriegelte. Der Honda donnerte aus der Garage.

Hamilton lehnte an der Säule und dachte nach. Schließlich hob er die Schlüssel auf, ging mit leichten Schritten zu seinem Auto und fuhr in die Stadt, um bei der Zeitschrift seinen Artikel abzuliefern.

An diesem Abend schrieb er ein Gedicht über die Frau in der Garage. Es hallte wider von ihrem sich selbst scheltenden Lachen der Erleichterung, schließlich war niemand da gewesen, es hatte gar keine Gefahr gegeben ... bis, natürlich, auf die Tatsache, dass es eine gegeben hatte. Die Gefahr war auf leisen weichen Sohlen ganz nahe herangekrochen gekommen, dunkel und bedrohlich, hatte kurz in dem undurchsichtigen Schatten gelauert: Hamilton, nicht zu sehen, aber zu spüren, hatte den stechenden Gestank der Furcht verbreitet.

Als er in dieser Nacht im Dunkeln im Bett lag, überlegte er, dass es ein breites Angstspektrum gab. Wie bei einem Alphabet oder einer Tonleiter, wenn man erst die Grundbegriffe verstand, konnte man es immer und ewig für sich zum Klingen bringen, man konnte endlose Variationen von Melodien und Momenten schaffen.

Er würde sein Arbeitsprogramm verändern, sollte er das Stipendium vom Canada Council bekommen. Einen Gedichtzyklus über die Angst schreiben. Streifen von Mondlicht würden darin vorkommen, Rinnsale von Blut – und grollender Donner. Jedes Gedicht würde einen Augenblick des Schreckens wiedererschaffen.

Hamilton lächelte in der Dunkelheit und spürte, dass seine Augen leuchteten.

13

Agatha hatte Maria unter vier Augen anvertraut, dass sie krank war und an dieser Krankheit sterben würde. Maria musste ihr versprechen, es niemandem zu sagen. Agatha wollte es selber erzählen, wenn die Zeit reif wäre.

Nun war das Osterwochenende gekommen, und sie hatte bis jetzt nichts gesagt. Richard und Belinda wussten, dass es ihr nicht gut ging, aber sie wussten nicht, dass sie sterben würde. Sie wohnte immer noch in ihrem Haus, und dort wollte sie bleiben. Sie erlaubte Maria nicht, sie zu pflegen. Sie zog es vor, das einer Krankenschwester zu überlassen.

Am Sonnabendnachmittag machte Maria auf der kleinen Straße hinter ihrem Haus einen Spaziergang. Es war eine sehr ordentliche kleine Straße, die auf beiden Seiten begrenzt wurde von den Zäunen der Gärten hinter den Häusern und den nichts sagenden verschlossenen Gesichtern der Garagen für jeweils ein Auto. Hinter einem der Zäune hörte sie einen Hund, es war ein ungewöhnlich hoher Zaun aus breiten Holzlatten mit etwa einen Zentimeter breiten Abständen dazwischen, viel höher als Maria. Der Hund hechelte und schnüffelte, versuchte, die Nase zwischen zwei Zaunlatten zu stecken. Maria fand, dass er sich freundlich anhörte …

Mitten auf der Straße blieb sie stehen und krümmte sich, schlug die Hände vors Gesicht und bekam keine Luft mehr. Das Ausmaß des Schmerzes machte ihr panische Angst. Es war ein apokalyptischer Moment: unbarmherzig. Ging die Welt unter? Starb sie jetzt? War beides das Gleiche? Maria blieb still stehen, die Augen hinter ihren Handflächen geschlossen, die, wie sie spürte, keinen Schutz boten. Und wie eine Zunge, die unwillkürlich immer wieder zu einem schmerzenden Zahn zurückkehrt, gingen ihre Gedanken zu dem Hund zurück, der hinter dem Zaun furchtlos und ungeduldig kratzte und jaulte.

Der Moment ging vorüber.

An diesem Abend klopfte sie an Belindas Tür, wartete einen Augenblick, dann stieß sie die Tür auf. «Belinda.»

Belinda lag auf dem Rücken auf dem Bett, die Hände hinter dem Kopf, die Füße gekreuzt. Maria wünschte, sie könnte mit ihr über Agatha sprechen.

«Du warst beim Abendessen sehr still. Was ist los?», sagte Maria.

«Nichts.»

«Darf ich reinkommen?»

«Mir egal.»

Maria trat ein und schloss die Tür. «Ich hasse es, wenn du unglücklich bist.»

Belindas Augen konzentrierten sich auf ihr Gesicht, und Maria spürte, wie sie sich verschanzte – eine unwillkürliche Reaktion, aber eine notwendige. «Tatsächlich?», sagte Belinda.

Maria nickte.

Belinda sah weg. «Er erlaubt mir nicht, den Job bei McDonald's anzunehmen.»

«Hat er gesagt, warum?»

«Er meint, ich sei zu jung. Zu jung!»

«Vierzehn ist auch sehr jung.»

Belinda sah sie wütend an.

«Mehr hat er nicht gesagt?»

«Er findet, dass ich genug Taschengeld bekomme. Er sagt, wenn ich einen Job annehme, hätte ich nicht mehr genug Zeit für meine Hausaufgaben. Er sagt, er will nicht» – und jetzt zitierte sie ihn hörbar wörtlich – «‹dass ich nachts allein in der Stadt bin›.»

Maria lehnte sich an die Tür und sah sich im Zimmer ihrer

Tochter um. Viele Bücher. Aber die Puppen ihrer Kindheit saßen in einer Reihe auf dem obersten Brett des Bücherregals. Ein Schreibtisch, auf dem sich Schulbücher und Hefte türmten. An den Wänden Plakate von Popmusikern und Schauspielern. Der Einzige, den Maria kannte, war James Dean. Dann gab es eine Frisierkommode, übersät mit Make-up. Weiße Volants rahmten die Fenster ein, sie standen offen und ließen die kühle Brise, den Duft der Rosen und das Geräusch des Regens herein. Draußen wurde es dunkel. Belinda hatte die Nachttischlampe an, und der Schein fiel auf einen Wecker, ein Tagebuch und ein Freundschaftsarmband.

Marias Tochter hatte dickes braunes Haar mit goldenen Strähnen und ein entschiedenes, kantiges Kinn. Ihre Augen waren blau, aber von einem anderen Blau als Richards. Belindas Augen hatten die Farbe des Meeres an einem sonnigen Tag, warm, dunkel und leuchtend. Sie offenbarten ihre Seele nicht. Sie verleiteten andere dazu, ihre Seelen zu offenbaren. Noch wusste Belinda das nicht.

«Ich werde mit ihm reden», sagte Maria

Später, im Badezimmer, bürstete sie ihr langes schwarzes Haar, in dem jetzt Silber glänzte. Es häufte jeden Monat mehr Silber an, es sparte, dachte Maria, für mein Alter. Und sie schlang den Gürtel um ihren rosa Bademantel. Machte das Licht aus und ging ins Schlafzimmer.

Richard lag im Bett, er las wie immer.

Maria legte sich neben ihn und nahm ein Buch vom Stapel aus der Bibliothek auf ihrem Nachttisch.

Sie sagte: «Ich möchte, dass wir Belinda erlauben, den Job anzunehmen.»

Richard sagte eine Minute lang gar nichts. Er war es, der das Sagen hatte, und er dachte gerade daran, wie sie wusste.

Maria lernte schnell. Sie war sehr früh und sehr oft mit

ihrem Mann zusammengestoßen, und obwohl diese Auseinandersetzungen ihre Gefühle verletzten und in ihren Ohren schrillten, hatten sie auch etwas Erheiterndes. Sie musste zugeben, dass sie sie ziemlich genossen hatte. Aber später, als Belinda da war, wurde es anders. Wenn es um ihre Tochter ging, wollte sie nicht ziellos um sich schlagen. Irgendwie einigten sie sich auf einen Kompromiss. Meistens setzte Richard sich durch, wenn es um Entscheidungen ging, die Belindas Erziehung betrafen. Aber wenn Maria absolut nicht seiner Meinung war, gab sie nicht nach. Sie hatte genau die Flexibilität angenommen, die sie brauchte, um zu überleben. Sie entwickelte viele Strategien und, was am wichtigsten war, die nie versiegende Fähigkeit, neue zu finden.

Und wenn sie dann wirklich etwas sagte, hatte sie schon gewonnen. Sie wusste es. Richard wusste es. Aber die Spielregeln mussten eingehalten werden.

«Warum?», sagte Richard endlich. Er wollte also diskutieren.

Maria redete von Geldverdienen. Von den Lektionen, die Belinda lernen würde, zum Beispiel Einteilen, Sparen, kluge Entscheidungen zu treffen, wie sie das Geld ausgab. Die Arbeit würde sie Verantwortlichkeit lehren, Gewissenhaftigkeit. Sie müsste pünktlich sein, zuverlässig, sie müsste die Kunden höflich bedienen, auch wenn ihr nicht danach zumute war. Wenn Richard sich ernstlich um die Sicherheit seiner Tochter Sorgen machte, würde Maria sie abholen, wenn sie die Abendschicht hatte. Obwohl Belinda, wie Maria betonte, fast täglich den Bus oder den Skytrain nahm, oft sogar abends.

Sie diskutierten höflich etwa eine viertel Stunde darüber. Dann: «Na schön, Maria. Wir werden es ihr für eine Probezeit von drei Monaten erlauben.»

«Gut», sagte Maria. Sie schlug ihr Buch aus der Bibliothek auf, klappte es wieder zu. Stand auf, um ihre Mutter anzurufen. Aber es war spät. Nach elf. Es war besser, sie nicht zu stören.

Am nächsten Morgen, beim Frühstück, teilte Richard Belinda die gute Nachricht mit. Sie strahlte, umarmte ihn, umarmte Maria, und eilte aus dem Haus, um auf dem Weg zur Schule bei McDonald's vorbeizugehen. Kurz nach ihr ging Richard.

Maria trug das Frühstücksgeschirr zur Spüle und begann mit dem Abwasch. Sonnenlicht durchflutete die Küche. Vom Fenster aus konnte sie durch die Fliederhecke an der anderen Seite des Zauns etwas vom Nachbarhaus sehen. Auf ihrer Seite des Zauns wendeten Rosenbüsche ihre Blüten der Morgensonne zu.

Maria hätte gern vor sich hin gesummt, aber ihr fiel nicht eine Melodie ein. Es war fast eine Erleichterung, als ihre Hände im Seifenwasser zu zittern anfingen. «Es ist alles in Ordnung», sagte sie laut und beruhigend zu sich selbst – oder zu ihrer Mutter –, sie stand an der Spüle und befand sich in einem seltsam gefügigen Zustand, als die bekannte Wut sie heftig schüttelte.

14

Zwei Monate später, an einem nassen und dunklen Junitag, lungerte Harry im Wohnzimmer seines Vaters herum, er hatte die Hände hinter dem Rücken verschränkt und inspizierte die Gemälde und Skulpturen. Er hatte sich über die große Sammlung seines Vaters eingehend informiert, einige der Stücke waren ausgestellt, der Rest in Kisten auf dem Dachboden gelagert. Harry besuchte regelmäßig die Galerien in Vancouver, war auf dem Laufenden, wer gerade angesagt war und wer nicht und wie wertvoll das Zeug war. Er hatte ein kleines Notizbuch, in das er heimlich jedes Kunstwerk, das sein Alter

Herr besaß, eingetragen hatte – jedenfalls jedes, von dem er Kenntnis hatte. Er würde sich nicht wundern, wenn er noch weitere entdecken würde, versteckt in Tresoren oder sonst wo, wenn sein Vater endlich den Löffel abgab.

Näher heran kam Harry nicht an den Reichtum seines Vaters, der eigentlich zumeist seiner Mutter gehörte. Als sie starb, vererbte sie eine Winzigkeit an Harry und den ganzen Rest an seinen Alten, was Harry mit maßloser Wut erfüllt hatte. Und immer noch erfüllte, wenn er sich gestattete, darüber nachzudenken. Er würde alles auf der Welt dafür geben, die Mappe mit den Investmentpapieren seines Vaters von vorn bis hinten durchzusehen, aber sein Vater reagierte jedes Mal ausgesprochen böse, wenn Harry vorschlug, dass es vielleicht eine gute Idee sei, sich mit diesen Dingen vertraut zu machen.

Aber es war einen weiteren Versuch wert, dachte er jetzt.

«Was ist, wenn du senil wirst?», sagte er zu seinem Vater, der auf der anderen Seite des Zimmers saß und ihn misstrauisch beobachtete.

«Du bist ein alter Mann, Herrgott noch mal – so was soll vorkommen.»

Sein Dad verschränkte die Arme vor der Brust und starrte störrisch auf den Boden.

«Sei realistisch», sagte Harry erregt.

«Es ist alles geregelt», sagte sein Dad mürrisch. «Geh weg. Was machst du hier überhaupt?»

«Was ich hier mache? Du hast mich zum Essen eingeladen.»

«Habe ich nicht.»

«Siehst du, Dad, genau das habe ich gemeint», sagte Harry. «Du hast es vergessen.»

«Ich habe es nicht vergessen. Ich habe dich nicht eingeladen.»

«Okay, okay», sagte Harry. Nun, das nächste Mal würde es vielleicht funktionieren. «Ich versuche nur, dir zu helfen.»

«Ich brauche deine Hilfe nicht.»

Harry ging immer noch durch das Wohnzimmer. Er hatte sein Notizbuch eingesteckt, aber sein Interesse für die Gemälde und die Skulpturen war so brennend wie eh und je. «Ich habe vor kurzem mein Testament gemacht», berichtete er seinem Vater.

«Tatsächlich? Jetzt?»

«Yea. Alles geht an dich, Dad, falls irgendetwas passieren sollte und ich als Erster abkratze.» Er sah, dass sein Vater am liebsten mit den Augen rollen würde. «Ich gebe zu, es ist nicht sehr wahrscheinlich, aber es sind schon seltsamere Dinge geschehen.» Er streichelte eine der Inuit-Skulpturen aus Speckstein. Ein großes Walross, weich und warm, als wäre es aus Fleisch und Blut gemacht und eingefroren in einem Moment der Erkenntnis, ein Walross, das über die Unsterblichkeit nachdachte und nicht merkte, dass es genau in diesem Moment unsterblich geworden war. Harry betrachtete die Gemälde, viele handelten von unberührter Natur und der Wildnis, dabei kümmerte sein Vater sich einen Dreck um die verdammte Umwelt. Er starrte seinen Vater an. Er kam sich betrogen vor und war hasserfüllt. Sein Alter Herr hatte sich doch ganz offensichtlich verdammt wenig aus Harrys Mutter gemacht. Ihr Tod hätte seinen rapiden Verfall nach sich ziehen müssen, aber nein, o nein, das Leben ging weiter, die Geschäfte gingen weiter, kaum dass sie unter der Erde war.

Maria verließ rückwärts das Ideen-Zimmer ihrer Mutter, drehte sich um und ging benommen durch den Flur in Agathas Schlafzimmer. Sie stand auf der Schwelle, sah mit den Augen einer Fremden in einen Raum voller vertrauter Dinge, das alte Bett mit den vier hohen Pfosten und dem schweren Chenille-Überwurf, der an manchen Stellen fast durchgescheuert war, eingeschlossen. Es war das Hochzeitsgeschenk von Thomas',

Eltern für Agatha und Thomas gewesen. Aber was bedeutet das jetzt für mich?, dachte Maria. Sie dachte an die Schachteln mit den Dias, die unten in einem Schrank verstaut waren, Fotos von der Familie und von Freunden, die Jahrzehnte umspannten, eine fotografische Dokumentation ihrer persönlichen Geschichte. Eine gefälschte Geschichte.

Maria setzte sich seitlich auf den Stuhl vor der Frisierkommode ihrer Mutter. Auf der Glasplatte lag ein Handspiegel mit silbernem Rücken, Marias letztes Geburtstagsgeschenk für Agatha. Sie öffnete Schubladen mit haufenweise Kosmetika, Haarbürsten, Kämmen, Make-up-Entferner und Flaschen mit Parfüm und Eau de Cologne. Dann hob sie den Kopf und sah ihr Gesicht im Drehspiegel an der Frisierkommode.

Maria beugte sich vor. Sie berührte ihr Gesicht mit den Fingerspitzen, spürte den Wangenknochen nach, dem Kinn, den Knochen unter den Augenbrauen. Sie strich diesem Gesicht einer Fremden die Haare aus der Stirn; versank in dieser Prüfung. Ihr Herz klopfte dumpf, schwer, drängend. Ihr Mund war trocken, aber ihre Handflächen schwitzten. Angst wollte sie verschlingen.

Maria stand auf und verließ schnell das Zimmer, sie ging die Treppe hinunter und aus dem Haus, dann rasch um das Haus herum in den Garten, wo sie unter dem Kirschbaum stehen blieb, den Rücken an den Stamm presste und fest die Arme um sich schlang.

Regen fiel lautlos, aber stetig von einem Himmel, der kriegsschiffgrau angestrichen war. Maria stand unter den kahlen Zweigen des Kirschbaums, bis sie klatschnass war und fror, aber wieder sie selbst war, ihre Umgebung wieder wahrnahm, ihr Herz sich beruhigt hatte und die Angst weg war.

Die Krankheit ihrer Mutter hatte vier Monate gedauert. Maria konnte diese Monate an dem Garten erkennen, an dem mit Unkraut übersäten Gemüsebeet, dem ins Kraut geschossenen

Rasen, den Blattläusen auf den Rosenbüschen. Maria musste sich für diesen Garten nicht verantwortlich fühlen. Das Haus samt Garten gehörte jetzt der Bank. Sie hob das Gesicht, schloss die Augen und öffnete den Mund: Der Regen schmeckte nach Silber.

Durchnässt und vor Kälte zitternd, rannte sie über den aufgeweichten Rasen zur Hintertür und ging ins Haus. Sie zog in der Küche die Schuhe aus, holte sich ein Handtuch aus dem Wäscheschrank und trocknete sich ab. Dann machte sie Feuer im Kamin, machte sich einen Pulverkaffee und setzte sich im Schneidersitz dicht vor das Feuer, um warm und trocken zu werden. Dort saß sie noch eine Stunde später, als Richard kam, um sie abzuholen.

Er kam durch die Vordertür und rief ihren Namen. Sie hörte, dass er durch die Diele in die Küche ging. Hörte, dass er sich dem Wohnzimmer näherte. Spürte, dass er auf der Türschwelle stand, aber sie drehte sich nicht um.

«Maria?»

Stimmt, dachte sie.

Er kam zu ihr, zögerte, dann setzte er sich neben sie. Sie lehnte sich zurück auf ihre Hände, streckte die Beine aus. Das Feuer drohte auszugehen. Maria nahm ein weiteres Stück Holz.

«Findest du nicht, dass du es lieber ausgehen lassen solltest?», sagte Richard.

Maria warf das Holz ins Feuer. Sie beobachteten es eine Zeit lang. Sie wusste, dass er heftig nachdachte. Sie überlegte, ob sie aufstehen und die Vorhänge zuziehen sollte, aber die Anstrengung war ihr zu groß – und sie würde ihre ganze Kraft brauchen, konnte sich nicht leisten, auch nur etwas davon zu verschwenden.

«Morgen werde ich dir hier helfen können», sagte Richard. Er sprach leise, mit freundlicher Stimme, erkannte Marias Schmerz.

Für Maria hatte die Wahrheit messerscharfe Kanten, die silbern glitzerten, und sie liebte die Wahrheit. Einen Moment lang konzentrierte sie sich auf die gierigen, kauenden und schmatzenden Geräusche des Holz verschlingenden Feuers, bemerkte seinen angenehmen Geruch. Dann zog sie die Beine an und schlang die Arme um die Knie.

«Sie war nicht meine richtige Mutter», sagte sie.

Richards Blick streichelte ihre Wange. Sie spürte ihn warm und neugierig auf ihrer Haut.

«Ich bin adoptiert worden.» Plötzlich stieg die Flut in ihr auf. Sie senkte den Kopf und erlaubte den Tränen, ihr Gesicht hinunterzuströmen – sie hatte keine Wahl, weine oder stirb. Richard nahm sie in die Arme.

Liebste Maria,
während ich dies hier schreibe, blicke ich aus dem Fenster und kann dich sehen. Ich beuge mich vor, ziehe den Vorhang zurück und schaue hinaus, und da bist du, du sitzt auf der Schaukel und schwingst langsam vor und zurück. Du trägst noch den schwarzen Faltenrock und die weiße Bluse mit den langen Ärmeln, die Daddy und ich dir zu Weihnachten geschenkt haben. Erinnerst du dich? Ich erinnere mich noch an ein rotes Seidenkleid mit einem Kapuzenkragen, das ich hatte, als ich zwanzig war.

Es ist sehr seltsam, diesen Brief zu schreiben, weil ich die Maria, die ihn lesen wird, nicht kenne. Und vielleicht wirst du ihn ja *nie* lesen. Vielleicht bringe ich irgendwann den Mut auf, dir das, was ich jetzt nur schreiben kann, direkt zu sagen.

Ich würde es dir auch nicht schreiben, wenn Mama nicht gestorben wäre.

Heute ist der Tag ihrer Beerdigung, und als wir dem Pfarrer zuhörten, der diese vielen guten Sachen über sie sagte, ist mir plötzlich aufgegangen, dass ich von einem Blitz erschlagen oder von einem Auto überfahren werden könnte oder irgendeine grässliche Krankheit bekäme – jedenfalls, was ich damit sagen will, Maria, ist, dass ich morgen tot sein könnte. Und Thomas hat immer gesagt, dass es meine Sache sei, es dir zu erzählen, nicht seine. Wenn ich morgen sterbe, würdest du es also vielleicht nie erfahren, und obwohl ich persönlich nicht wirklich überzeugt bin, dass das schlecht wäre, besteht dein Daddy darauf, dass du ein Recht darauf hättest – weil es andere Menschen gibt, die es wissen, und du vielleicht eines Tages zufällig einen dieser Menschen triffst. Ich glaube, er hat Recht. Und wenn du es schon erfahren musst, dann möchte ich, dass du es von mir erfährst.

Aber es ist sehr schwer, denn was ich dir nun erzähle, klingt wie eine Lüge, aber es ist keine. Was ich dir sagen muss, ist, dass du nicht unser leibliches Kind bist. Und ich sehe diese Worte auf dem Papier stehen und möchte sie durchstreichen, denn du könntest nicht noch mehr unsere Tochter sein, *wenn* du unser leibliches Kind wärst. Wenn du das hier liest – egal in wie vielen Jahren von heute –, wirst du wissen, dass wir dich von ganzem Herzen und immer geliebt haben, bis auf deine ersten Lebensmonate.

Es war keine offizielle Adoption. Wir haben dich in unser Leben aufgenommen, als du noch im Krabbelalter warst, und die Legalisierung war nicht schwer in einer Kleinstadt und mitten im Weltkrieg. Als ich zuerst von dir erfuhr, war Thomas nicht da, und ich habe es ihm sofort geschrieben, und er war genauso begeistert wie ich, und sobald er Fronturlaub hatte und nach Hause kam, hat er sich um sämtliche Formalitäten gekümmert.

Es gibt keine weiteren Familienmitglieder. Du bist die Einzige, die übrig geblieben ist.

Kurz nachdem Thomas und ich geheiratet hatten, erfuhr ich, dass ich keine Kinder bekommen könnte. Du siehst also, es sollte wohl so sein, dass du unsere Tochter wirst. Das gehört zu den besseren Plänen Gottes.

Ich liebe dich, Maria.

Ich werfe wieder einen Blick aus dem Fenster. Du sitzt nicht mehr auf der Schaukel, jetzt bist du am Zaun und pflückst grüne Erbsen ab.

Ich bin sehr erleichtert, dass ich das aufgeschrieben habe. Jetzt kann ich es wegschieben und vergessen, und so soll es sein.

Lass die Vergangenheit ruhen, Maria. Was vergangen ist, ist vergangen und vorbei. Wir leben und wir lieben in der Gegenwart.

15

Warum hat sie mir nicht gesagt, wer ich bin, Richard?» Maria stand in der Haustür und war im Begriff, zur Arbeit zu gehen. Sie trug ein Sommerkleid und eine Strickjacke und eine Strohtasche. Es war morgens, Mitte Juli, aber der Tag war ungewöhnlich kühl und verhangen.

«Genauer gefragt», sagte Richard, «warum hat sie diesen verdammten Brief nicht zerrissen?»

«Sie muss einen Grund gehabt haben. Achtundvierzig Jahre lang hat sie mir nicht gesagt, wer ich wirklich bin.»

Wut flackerte in seinen Augen auf. «Werd bloß nicht melodramatisch, Maria. Du selbst bist dir doch nicht fremd. Sondern deine Verwandten. Und wer braucht Verwandte?»

Maria brauchte sie. Sie brauchte Verwandte. Eine persönliche Geschichte bis vor ihrer Geburt. Wenn man der Geschichte beraubt wird, ist das in gewisser Weise wie eine Verkrüppelung, dachte sie.

Sie fuhr in die Stadt, sie war die Büromanagerin einer kleinen Werbefirma, und reichte ihre Kündigung mit sofortiger Wirkung ein. Sie sagte ihren Arbeitgebern, dass ein Notfall in der Familie ihre ungeteilte Aufmerksamkeit brauchte.

Sie wollte noch nicht nach Hause zurückkehren. Richard würde fast den ganzen Tag heute zu Hause sein, und Maria war noch nicht so weit, ihm mitzuteilen, was sie getan hatte und was sie vorhatte. Sie stand auf dem Parkplatz und überlegte, was sie mit dem Vormittag anfangen wollte. Nach einer Weile kam sie zu dem Schluss, dass sie am liebsten Auto fahren würde.

Sie nahm die Georgia Street über den Viadukt und folgte der First Avenue bis zum Freeway, der sie schnell durch die Vororte sausen und sie hoch über die Port Man Bridge ins Fraser Valley fliegen ließ. Als sie die Richtungsschilder nach Fort Langley sah, wechselte sie auf die Abbiegespur.

Agatha und Thomas hatten ihr erzählt, dass die Krankenhausunterlagen über ihre Geburt bei einem Feuer vernichtet worden wären. Es war ihr nie in den Sinn gekommen, daran zu zweifeln.

Als sie langsam Richtung Norden durch Fort Langley fuhr, dachte sie darüber nach, wie es wohl wäre, in einem Dorf wie diesem zu leben – einem ruhigen, angenehmen kleinen Ort zwischen grünen Feldern und dem Fluss, mit grünen Bergen im Norden und am östlichen Horizont Mount Baker mit der weißen Spitze: ein Ort, der als Handelsposten in der Hudsonbucht angefangen hatte. Sie gestattete sich die Frage, in welcher Stadt ihre Eltern wohl gelebt hatten. Maria fuhr über die Brücke nach McMillan Island auf die andere Seite.

In den vergangenen Wochen hatte sie Stunden damit zugebracht, Leute anzurufen, die im Adressbuch ihrer Mutter standen. Es war ein großes, sehr altes Buch mit Ledereinband. Einige der Namen, die sie eingetragen hatte, waren geändert, weil eine Freundin geheiratet hatte. Die meisten waren oft umgezogen. Manche Namen waren durchgestrichen. Maria fiel auf, dass die Handschrift ihrer Mutter sich mehrmals verändert hatte.

In der Zufahrt zur Fähre waren vier Autos. Sie reihte sich ein und stellte den Motor ab. Es war sehr still. Rechts gab es einen Imbissstand, der offensichtlich geöffnet war, aber Maria sah niemanden darin. Der Fahrer des Wagens direkt vor ihr hatte seinen Kopf an das Seitenfenster gelegt, vielleicht schlief er. Jemand hatte sich auf die Motorhaube des ersten Autos in der Schlange gesetzt – ein junger Mann, der niedergeschlagen die Schultern hängen ließ. Maria wusste, dass sie großes Glück hatte, sich leisten zu können, das zu tun, was sie heute getan hatte. Das flüsterte sie leise und dankbar sich selbst zu und sah dann weg, in den Wald, wo sich auf einer Lichtung zwischen den Bäumen ein Haufen mit Autoreifen und eine unbestimmbare Ansammlung Papiermüll breit machte. Die meisten der Bäume waren Zedern, aber es gab auch einige Laubbäume mit dichten Blättern, die von Zeit zu Zeit in der Brise raschelten, die vom Fluss herkam.

Als Erstes hatte sie die Leute angerufen, die sie kannte oder von denen sie zumindest gehört hatte. Die meisten lebten im Lower Mainland von British Columbia, in und um Vancouver. Niemand konnte ihr irgendeine brauchbare Auskunft geben. Alle äußerten sich überrascht, als sie erfuhren, dass Maria adoptiert worden war.

Sie sah die Aufbauten der Fähre, die näher kam, und bald fuhren die Autos herunter, insgesamt sechs, und dann setzte sich Marias Reihe in Bewegung, ein Auto nach dem anderen fuhr über die Metallbohlen der Brücke, die von der Insel auf das Schiff führte. Die Fahrt über den Fraser River dauerte etwa fünf Minuten. Das sind die guten alten Zeiten, dachte Maria, als sie auf den Fluss sah, wo ein mit Baumstämmen beladener Kahn von einem Schlepper flussabwärts gezogen wurde – die Tage vor der Brücke, die mit Sicherheit hier oder ganz in der Nähe gebaut werden und die Fähre zu einem Anachronismus machen würde.

Als das Schiff angelegt hatte und sie alle heruntergefahren waren, folgte sie den anderen Autos auf den Lougheed Highway und bog nach rechts ab. Sie würde eine Zeit lang durch die ländliche Gegend fahren und bei Mission wieder über den Fluss übersetzen, dort gab es eine Brücke. Der Highway war eine Weile zweispurig, dann vierspurig, dann wieder zweispurig. Eine Weile führte er am Fluss entlang, dann änderte er die Richtung und strebte landeinwärts. Die Landschaft, nach der Maria sich gesehnt hatte, wirkte ernst und melancholisch und war in verschiedenen Grautönen angestrichen; selbst der Fluss glänzte in den letzten zaghaften Strahlen einer Sonne, die bald von tief hängenden Wolken vom Himmel gefegt werden würde. Nebel sammelte sich unten und oben an den Hängen

Doch endlich hatte sie mit jemandem gesprochen, der etwas wusste: einer Frau, etwa so alt wie ihre Mutter, die in Baton Rouge, Louisiana, wohnte. Sie hieß Phyllis Mussell und hatte Agatha in der Zeit der Adoption gekannt. Sie konnte Maria nichts über ihre richtigen Eltern sagen, aber sie sagte ihr, wer das könnte.

Maria hatte seine Telefonnummer mithilfe der Auskunft bekommen. Als sie sich vorstellte, schwieg er lange. Und dann lud er sie ein, ihn zu besuchen.

Maria hatte nun das Städtchen Mission erreicht. Hier führte der Highway Richtung Süden, direkt zum Fluss, der noch nicht zu sehen war. Ein dicker Nebel hing zwischen den Bäumen, die wie Regimenter, die vom Fluss marschierten, in Reih und Glied standen. Sie waren teilweise verdeckt, der dichte schwere Nebel sah aus wie der sichtbar gewordene Atem Gottes, bis Maria schließlich das Gefühl hatte, als würden die Bäume sich bewegen, sie kamen aus den Nebelbänken heraus und verschwanden wieder: Für Maria sahen sie aus wie die Legionen der Toten.

Sie hatte genug von der ländlichen Gegend. Sie hatte genug vom Autofahren. Schnell fuhr sie über die hohe Brücke, und schnell überquerte sie das Flusstal, suchte den Freeway. Eine Stunde später war sie zu Hause.

«Da war eine alte Frau», sagte Belinda. «Entschuldigung. Eine ältere Frau ...» Sie hatte sich wegen ihrer Grandma verbessert, die wirklich alt gewesen und vor kurzem gestorben war. Außerdem hatte sie mit vollem Mund gesprochen, wie ihr jetzt auffiel, deshalb machte sie eine Pause, um zu kauen und herunterzuschlucken, ehe sie weiterredete. Und derweil hüllte sie sich in ihren imaginären Schal aus Gelassenheit und Selbstsicherheit, der hin und wieder seine Aufgabe erfüllte, obwohl er völlig zerlöchert war. Vielleicht eine Minute lang. Oder zwei.

«Sie kam an meine Kasse», erzählte Belinda weiter, «und ich lächelte sie an, und sie sagte: ‹Nur einen Becher heißes Wasser, bitte.›» Belinda sah ihre Eltern mit großen Augen an und zuckte die Achseln. «Ich wusste nicht, wie ich mich verhalten sollte. Ich meine, sollte ich nein sagen? Oder ihr das Wasser geben? Und sollte ich dafür etwas berechnen, oder was?»

«Wie hast du dich entschieden?», fragte ihr Vater.

«Erst habe ich mich nach Bill umgesehen, dem Manager, und er war nicht da. Also habe ich gesagt: ‹Natürlich›, und ihr das Wasser gegeben. Und sie setzte sich hin und holte einen Teebeutel aus ihrer Handtasche und hängte ihn in den Becher.»

Belinda schnitt wieder einen Bissen von ihrem Hühnchen

ab, das in einer Rotweinsauce mit Champignons gekocht war. So mochte sie Hühnchen am liebsten. «Ich habe herausgefunden, dass sie jeden Tag kommt, und sie hat noch nie irgendetwas gekauft. Sie sitzt da, trinkt ihren Tee und unterhält sich mit den Leuten. Es ist, glaube ich, ihre Art, wieder aufzutanken.»

«Ich bin froh, dass ihr das erlaubt», sagte Belindas Mutter.

«Ja. Ich auch.»

«Ich muss euch beiden etwas sagen.» Ihre Mutter legte Messer und Gabel auf den Teller und schob ihn etwas von sich weg, als ob sie fertig mit Essen wäre, obwohl sie noch kaum etwas gegessen hatte.

«Ich habe gekündigt», sagte ihre Mutter. Belinda war erstaunt.

«Tatsächlich», sagte ihr Vater und klang interessiert, aber nicht so aufgeregt, wie ihre Mutter zu sein schien.

«Ja.»

«Ist irgendetwas vorgefallen?», sagte ihr Vater

«Richard, ich werde nach meiner richtigen Familie suchen.»

Ihre Hände verkrampften sich auf dem Tisch, und ihr Gesicht war leicht rot geworden. Sie sah entschlossen aus, ihr Gesicht hatte genau den Ausdruck, der Belindas Herz oft sinken ließ. Aber diesmal nicht.

«Kann ich mithelfen?»

«Vielleicht», sagte ihre Mutter. «Wir werden sehen.»

Ihr Vater starrte ihre Mutter an, und Belinda wusste, dass er nicht erfreut war. «Ich wünschte, du hättest mit mir vorher darüber gesprochen», sagte er ruhig. «Im Moment ist die Zeit nicht sehr günstig, um auszuprobieren, ob wir ohne dein gutes Gehalt auskommen.»

«Ich wollte mit dir darüber reden», sagte ihre Mutter. «Zumindest habe ich es versucht.» Sie stand auf und begann die Teller abzuräumen.

Belinda warf ihrem Vater einen schnellen Blick zu. Er blickte auf seinen Teller, sein Gesicht war rot. Sie bemerkte, dass sein Haar mehr von der Stirn frei ließ als früher. Er wirkte ruhig, bis auf das rote Gesicht. Seine Hände waren entspannt und lagen bewegungslos links und rechts von seinem Teller auf dem Tisch. Aber Belinda verspürte ein seltsames Grummeln im Bauch, und sie hielt die Luft an, weil sie Angst hatte, dass ihr Vater jeden Moment irgendetwas für ihn völlig Uncharakteristisches tun würde. Sie wartete angespannt und besorgt darauf, dass ihr Vater seinen Teller nehmen und an die Wand werfen würde. Dann kam ihre Mutter aus der Küche zurück und nahm, als ob sie Belindas Gedanken lesen könnte, schnell seinen und Belindas Teller und trug sie hinaus. Belindas Vater hob den Kopf. Seine hellblauen Augen waren kühl und distanziert. Er lächelte sie an.

DIE GEGENWART

16

Alberg mochte den Jolly Shopper nicht sonderlich. Die Holzschilder und das elitäre Angebot des Sortiments beeinträchtigten sein Wohlbefinden. Das Geschäft stellte etwas dar, das er nicht verstand oder einfach missbilligte, was auch immer. Er hatte dort keine nennenswerte Zeit verbracht, bis auf die paar Male, als er dort Pfeifentabak gekauft hatte, weil er versuchte, mit dem Zigarettenrauchen aufzuhören. Der Laden, dachte er jetzt, als er vorfuhr, hatte eine gewisse Ähnlichkeit mit ihm, wenn er Pfeife rauchte: Er war auf eine merkwürdige Weise unecht.

Als er aus seinem Oldsmobile stieg, sah er, dass die Ladentür nicht wie sonst bei gutem Wetter offen stand, und als er näher kam, bemerkte er das «Geschlossen»-Schild. Das war ärgerlich, aber nicht erstaunlich: Die Öffnungszeiten des Ladens waren ebenfalls elitär. Er stieg wieder ein und fuhr schnell weiter nach Porpoise Bay.

Ein paar Minuten später hatte er das Haus der Buscombes erreicht und hielt auf der gegenüberliegenden Straßenseite. Er blieb einen Moment im Auto sitzen. Seine Augen fühlten sich an, als wären sie voller Sand, und jeder Knochen in seinem Körper tat weh. Es machte ihm Sorgen, zugeben zu müssen, dass er nach einer Nacht ohne Schlaf nicht im gleichen Tempo weitermachen konnte wie früher. Er fragte sich, ob Cassandra ebenso erschöpft war wie er.

Er traf Richard Buscombe hinter seinem Haus an, Buscombe stand am Hang und blickte aufs Meer. Er hatte die Hände hinter dem Rücken verschlungen. Er beobachtete ein

Wasserflugzeug, das in einer großen Schleife Richtung Norden flog, dann zurückkam und tiefer und tiefer ging, bis es schließlich mit spröden Spritzern am Südende der Bucht von Sechelt landete.

Richard Buscombes Haus stand auf einem Hang, etwa vierzig Meter über dem Wasser. Vor dem Haus gab es einen Rasen und ein paar Büsche, und Alberg hatte Rosen bemerkt, die die Einfahrt säumten. Hinter dem Haus befand sich eine Terrasse mit einem Grill, einem Tisch und mehreren Stühlen und eine große Wiese mit hohem Gras, die den Hang hinunter bis zum Rand des Wassers ging.

Buscombe stand vor der Terrasse, das Gras reichte ihm bis zu den Knien. Er trug eine graue Hose und ein weißes Hemd und graue Hosenträger. Er war nicht viel älter als Alberg, mittelgroß, etwas übergewichtig und hatte nicht mehr viele Haare.

Das Wasserflugzeug hatte die Motoren abgestellt. Alberg hörte Vogelgezwitscher, das von irgendwoher kam – auf der Wiese standen vereinzelt Bauminseln –, und unten schlug das ruhige Wasser der Bucht sanft an den Strand.

«Mr. Buscombe», sagte Alberg, und der Mann drehte sich erschrocken um. «Mein Name ist Alberg. Ich bin von der Polizei, der Royal Canadian Mounted Police.» Der Mann sah ihn aufmerksam an. Alberg wusste, dass ihm in diesem Moment viel durch den Kopf ging, angefangen bei seinen Nächsten und Liebsten – wo waren sie? Konnte er sicher sein, dass sie in Sicherheit waren? – bis hin zu seinem Eigentum – hatte jemand in sein Geschäft eingebrochen, sein Auto gestohlen, was könnte sonst noch passiert sein? «Sind Sie der Ehemann von Maria Buscombe?»

Richard Buscombe zögerte. «Ja», sagte er schließlich.

«Ich fürchte, ich komme mit schlechten Nachrichten.»

«Ist sie tot?»

«Ja», sagte Alberg. «Es tut mir Leid.»

Richard drehte sich jetzt langsam um, blickte wieder aufs Meer hinaus und verschränkte die Arme vor der Brust. Alberg blieb stehen, wo er war, und beobachtete den Rücken des Mannes. In der Luft lag ein Duft, den er nicht identifizieren konnte. Die Zeit, die er so stand, kam ihm lang vor. Er dachte, dass er vielleicht im Stehen einschlafen würde, in den Schlaf gesungen vom Lied der Vögel und des Ozeans und des Windes, der das hohe Gras streichelte, es niederdrückte und in verschiedenen Grüntönen aufblitzen ließ.

Richard Buscombe sah ihn wieder an. «Ich weiß nicht, was ich dazu sagen soll.»

Alberg nickte mitfühlend.

«War es ein Unfall? Was ist passiert?»

Alberg sagte: «Ich denke, wir sollten hineingehen.» Obwohl der Mann sehr gefasst wirkte, stellte Alberg sich vor, Richard Buscombe könnte den Hügel hinunterstürmen und sich ins Wasser stürzen.

Buscombe sah Alberg lange an, versuchte erfolglos, in seinem Gesicht zu lesen. Dann ging er über die Terrasse und durch eine Schiebetür aus Glas ins Haus. Alberg folgte ihm. Buscombe setzte sich auf ein rot-weiß kariertes Sofa. Alberg auf einen Stuhl.

«Ich fürchte, Ihre Frau ist ermordet worden, Mr. Buscombe.»

Verblüffung machte sich im Gesicht des Mannes breit. Er sagte nichts, er starrte Alberg einfach an, wartete gespannt auf weitere Informationen. «Wann haben Sie sie zuletzt gesehen?»

«Montag, den 28. September 1987.»

«Aha.» Alberg sah ihn an. Aber Buscombe sagte nichts weiter; er wartete immer noch.

«Und unter welchen Umständen?»

«Umständen?» Er gab einen gequälten Laut von sich, der ein Lachen sein sollte. «Sie lag mit einer Erkältung im Bett, als ich zur Schule ging. Und als ich nach Hause kam, war sie weg.» Plötzlich beugte er sich vor, presste die Hände in die Schenkel. «Sie wurde ermordet? Sind Sie sicher?»

«Wir sind sicher.»

«Einen Moment mal», sagte er und zeigte mit dem Finger auf Alberg. «Ich habe Sie hier schon mal gesehen. Arbeiten Sie hier auf dem Revier? In Sechelt?»

«Das ist richtig.»

«Heißt das –» Er schien völlig durcheinander. «Es ist *hier* passiert?»

«Das ist richtig. Ihre Frau hatte eine Wohnung –»

«Bitte hören Sie auf, sie als meine Frau zu bezeichnen», sagte Richard scharf. «Maria war von dem Tag an, als sie uns verließ, nicht mehr meine Frau.»

«Maria Buscombe hatte eine Wohnung in der Trail Avenue gemietet», sagte Alberg und sah in sein Notizbuch. «Sie ist am vergangenen Freitag eingezogen. Am 30. September.» Er sah Buscombe an. «Ich nehme an, sie hat sich nicht mit Ihnen in Verbindung gesetzt.»

«Nein», sagte Richard. «Hat sie nicht. Nicht ein einziges Mal, seit sie weggegangen ist.»

«Wo ist sie in den vergangenen sieben Jahren gewesen?»

«Woher, zum Teufel, soll ich das wissen?» Er saß buchstäblich auf der äußersten Kante des Sofas. Er schüttelte den Kopf. «Bedaure. Sie hat mir gesagt, sie wüsste nicht, wohin sie gehen würde.»

«Wann hat sie Ihnen das gesagt?»

«Bitte?»

«Sie hat es Ihnen nicht gesagt, ehe Sie zur Arbeit gingen, sonst wären Sie nicht weggegangen. Oder? Und sie war weg, als Sie wieder nach Hause kamen. Also, *wann* hat Sie Ihnen gesagt, dass sie weggehen würde, aber nicht wisse, wohin?»

Richard rieb sich das Gesicht mit den Händen. Es hörte sich

an wie eine Raspel – er hatte sich nicht rasiert. Alberg sah ihn genauer an und bemerkte die grauen Stoppeln. «Sie hat eine Nachricht hinterlassen», sagte Richard. «Die nichts erklärte, gar nichts.» Er sah Alberg müde an. «Sie war in jenem Sommer auf der Suche nach sich selbst. Was sie fand, hat ihr nicht gefallen.»

Alberg merkte, das seine Geduld, wenn er überhaupt noch welche hatte, verebbte. «Ich kann Ihnen nicht folgen.»

«Sie hatte herausgefunden, dass sie adoptiert war. Und war danach wie besessen davon, ihre leiblichen Eltern zu finden. Das ist alles. Das habe ich gemeint.»

«Und? Hat sie das?»

Buscombe wurde rot. «Das ist eine sehr unangenehme Situation für meine Tochter und mich.»

Albergs Augen brannten, sein Körper tat weh, und jetzt begann es in seinem Kopf zu hämmern. «Glauben Sie mir, Mr Buscombe», sagte er sanft, «für Ihre Frau war die Situation sehr viel unangenehmer.» Er beugte sich vor. «Können Sie mir irgendetwas erzählen, was mir bei meinen Ermittlungen weiterhelfen könnte?»

«Nichts. Ich weiß nichts von ihrem Leben in den vergangenen sieben Jahren.»

«Und davor?», sagte Alberg. «Was ist passiert, als sie sich aufmachte, um nach ihrer Familie zu suchen?»

«Sie hat sie gefunden», sagte Buscombe steif. «Ihre Eltern. Aber das ist alles, was sie mir erzählt hat.» Er saß kerzengerade auf der Kante des Sofas und musterte Alberg mit einer merkwürdigen Streitlust.

17

«Ich glaube, du hast abgenommen», sagte Cassandra am selben Tag beim Lunch zu ihrer Mutter.

Helen Mitchell hob die Hand vor ihr Gesicht, als wollte sie sich schützen. Sie hielt sie einen Moment in der Luft, dann ging sie mit den Fingern zu dem grauen Pony über ihrer Stirn.

«Mutter? Geht es dir gut?» Cassandra langte über den Restauranttisch, aber ihre Mutter schüttelte den Kopf und legte beide Hände in den Schoß.

«Natürlich geht es mir gut», sagte sie. «Kein Wunder, dass ich abgenommen habe. Das Essen dort ist grausig.» Ihr Gesicht sah wie gemeißelt aus, Wangenknochen und Kinnlinie traten in aller Deutlichkeit hervor, weil überflüssiges Fleisch fehlte. Doch sie saß aufrecht und schien energisch wie immer, und ihr glatter kurzer Bubikopf schimmerte silbern in der Sonne. In ihren Augen hinter der Brille stand jetzt ein bitterer Ausdruck. «Ich möchte nicht über mich reden. Es ist zu deprimierend. Du hast mir noch nichts von eurer Reise erzählt. Wie geht es deinem Bruder?»

«Gut. Er will, dass du Weihnachten nach Edmonton kommst.»

Helen beschäftigte sich eingehend mit dem Teekännchen aus Edelstahl, das neben ihrer Tasse stand. Sie hob den Deckel ab, drückte den Teebeutel mit dem Rücken des Löffels aus, machte den Deckel wieder zu und goss sich Tee nach.

«Was hältst du davon, Mom? Möchtest du hinfahren?» Helen starrte auf den Teller vor sich, auf dem eine winzige Pfütze zerlaufener Butter und ein paar Krümel waren. Cassandra beobachtete sie unbehaglich. «Mom?» Sie legte ihre Hand über die ihrer Mutter auf der Tischplatte.

Helen blickte auf. «Würdest du mitkommen?»

«Ich – ich weiß nicht, Mom –»

«Willst du es dir überlegen?»

Nein, sagte eine laute Stimme in Cassandras Kopf. Aber sie sagte, und staunte über sich selbst: «Ja, Mom. Ich werde es mir überlegen.»

Der Gesichtsausdruck ihrer Mutter blieb unverändert. Sie sah Cassandra ruhig an, erlaubte Cassandras Hand, auf ihrer Hand zu liegen. Cassandra wollte den Atem anhalten. Sie stand unter Hochspannung, bemühte sich, etwas zu sehen, zu erkennen. Sie wartete verkrampft und sah mit wachsender Angst ihrer Mutter in die Augen.

Helen befreite ihre Hand und nahm ihr Armband ab, ein Goldarmband, auf dem ihr Name und das Datum ihrer Hochzeit eingraviert waren. «Ich möchte dir das geben.»

Cassandra zuckte entsetzt zurück. «Nein. Sei nicht albern.»

«Ich bin nicht albern. Ich möchte, dass du es annimmst. Jetzt gleich.» Sie nahm Cassandras Hand und streifte ihr das Armband über das Handgelenk.

«Cassandra. Bitte.»

«Aber warum?»

«Ich weiß nicht, warum.»

Nachdem Cassandra ihre Mutter wieder in Shady Acres abgeliefert hatte und vor der Bibliothek in ihrem Auto saß, nahm sie das Armband ab und betrachtete es genauer. Das auf der Oberfläche eingeritzte, verschlungene Muster war an verschiedenen Stellen abgewetzt. Es war alt und abgetragen, dieses Armband, elegant und glänzend. Es passte nicht zu Cassandras Handgelenk. Aber sie merkte überrascht, dass es ihr nichts ausmachte, es zu tragen. Sie streifte es wieder über und ging zurück zur Arbeit.

Alberg redete mit Belinda, Maria Buscombes Tochter, in deren Haus. Sie war eine athletisch wirkende junge Frau mit langem dunklem Haar und blauen Augen, die wärmer leuchteten als die ihres Vaters. Sie sah ihrer Mutter nicht sehr ähnlich, dachte er. Aber es war immer schwierig, Ähnlichkeiten zwischen einem Toten und einem lebenden Menschen zu entdecken. Alberg erinnerte sich, wie er ungläubig seinen toten Vater im Sarg angestarrt hatte: Er hatte noch nicht mal sich selbst ähnlich gesehen.

«Sie müssen verstehen, für sie ist es so etwas wie ein doppelter Schlag», sagte Raymond, Belindas Mann, erklärend. Er war ein hoch gewachsener gut aussehender Junge in Jeans und einem dunkelroten Pullover. «Ich meine, erst taucht sie plötzlich auf, die Mutter, die Belinda für immer verloren glaubte. Und Belinda ist völlig durcheinander, verstehen Sie? Sie ist glücklich und wütend zugleich. Und ehe sie sich an die Vorstellung gewöhnen kann, dass ihre Mutter lebt und gesund ist und sie offensichtlich sehen will, und sie sich wieder umdreht, ist die Frau wieder verschwunden, und diesmal für immer.»

«Er redet immer so viel, wenn er nervös ist», sagte Belinda. Raymond saß neben ihr, und sein Arm ruhte hinter ihr auf dem Sofa. Die Haut unter ihren Augen war durchsichtig, und darunter lagen dunkle Schatten.

«Weshalb sind Sie nervös, Raymond?», sagte Alberg.

«Er ist nervös, weil Sie ein Polizist sind und weil sie in seinem Haus sind und mit seiner Frau über den Mord an ihrer Mutter reden», sagte Belinda scharf. «Für Sie, Sergeant, mag es ein gewöhnlicher Tag sein, aber für Raymond und mich ist es mit Sicherheit kein gewöhnlicher Tag.» Sie stand auf und ging in die Küche.

Raymond sah ihr nach und blickte dann eine Weile auf die Tür, als erwartete er, dass sie zurückkam. Dann wandte er sich Alberg zu, runzelte bekümmert die Stirn. «Was ist Ihrer Meinung nach passiert?»

Alberg schüttelte den Kopf. «Das versuchen wir herauszufinden.»

Belinda kam langsam wieder ins Zimmer und trank in kleinen Schlucken ein Glas Wasser. Sie setzte sich auf einen Stuhl neben Alberg und überließ Raymond das Sofa.

Alberg sah auf sein Notizbuch und sagte: «Wollen wir doch mal sehen, was wir hier haben. Sie haben in all den Jahren, seit ihre Mutter fortging, nichts mehr von ihr gehört. Dann tauchte sie gestern Nachmittag – am Sonntag –, als Sie von Ihrem Vater nach Hause gingen, auf der Straße auf. Sie rannten weg, änderten Ihre Meinung, rannten dorthin zurück, wo Sie sie gesehen hatten, und sie war nicht mehr da.» Er sah sie über die Lesebrille hinweg an. «Das war alles?»

«Das klingt absurd, nicht wahr?» Sie trank das Glas aus und stellte es auf den Couchtisch.

Alberg nahm die Brille ab und steckte sie in die Hemdtasche. «Haben Sie nach ihr gesucht?»

«Nein.»

«Haben Sie daran gedacht, nach ihr zu suchen?»

Belinda fasste ihr Haar an einer Seite des Kopfes zusammen, nahm es in beide Hände und sagte nachdenklich: «Ja, wahrscheinlich hätte ich nach ihr gesucht. Sie musste vieles beantworten.»

«Sie waren ziemlich wütend auf sie.»

Sie hob den Kopf und sah ihn zum ersten Mal direkt an. Sie sah ihm in die Augen und hielt seinen Blick fest. Er empfand ihren Blick wie ein Ausloten am Rande einer endlosen blauen Tiefe. Das überraschte ihn, und er dachte an ihr Alter. Einundzwanzig – war sie wirklich erst einundzwanzig?

«Ich war äußerst wütend auf sie», sagte Belinda leise. «Sie hat uns verlassen. Sie hat mich verlassen.» Sie stand schnell auf und Raymond auch. «Entschuldigen Sie, bitte», sagte sie und rannte aus dem Zimmer.

Raymond sagte zu Alberg: «Sie sollen nicht sehen, dass sie weint.»

An diesem Tag hatte die Bibliothek bis neun Uhr abends geöffnet, sodass es fast zehn war, als Cassandra nach Hause kam. Alberg war schon da, was nicht immer der Fall war, wenn sie abends lange arbeiten musste. Noch ehe sie aus dem Auto ausgestiegen war, machte er die Tür auf und erwartete sie, war eine hohe ungelenke Silhouette vor dem Licht, das durch die offene Tür kam. Dann schaltete er das Licht in der Veranda ein, und sie sah sein Gesicht.

Ich mache ihn glücklich, dachte Cassandra verwundert, als sie auf ihn zuging.

«Gott, bin ich müde», sagte er und umarmte sie. «Sid ist hier», sagte er dicht an ihrem Ohr. «Es ist eben gekommen. Ich muss mit ihm reden, deshalb habe ich ihn zum Abendessen eingeladen. Ist das okay?»

«Solange ich es nicht kochen muss», sagte Cassandra. Sie machte sich los und lächelte ihn an. «Hi, Sid», rief sie über Albergs Schulter.

«Schon alles fertig», sagte Alberg. Er hatte einen Hackbraten aus der Gefriertruhe zubereitet, Kartoffelbrei gemacht und zwei Büchsen Erbsen geöffnet.

Sie setzten sich, bedienten sich und fingen an zu essen. Das Licht, das von einer Lampe kam, die niedrig über dem Esszimmertisch hing, blitzte auf Cassandras Handgelenk. Alberg streckte die Hand aus, berührte es und sah sie fragend an.

«Es ist von meiner Mutter», sagte Cassandra. «Sie hat es mir geschenkt.»

Er goss die Fertigsauce über den Hackbraten. «Ein vorgezogenes Geburtstagsgeschenk?»

«Nein, ich weiß nicht, warum sie es mir geschenkt hat.» Sie blickte zu Sokolowski. «Was hörst du von Elsie, Sid?»

«Es geht ihr gut», sagte Sid. Er sah von seinem Teller auf. «Hat sich eine kleine Wohnung gemietet. Ihr gefällt sie, sagt sie. Ich schätze, das war's dann.»

Er sah Cassandra an und wirkte weniger massig als sonst. Vielleicht hatte er abgenommen. Aber vielleicht wirkte er auch wie leicht geschrumpft, weil er im Moment dauernd einen Ausdruck der Bestürzung an sich hatte.

«Sie hat sich noch nicht endgültig entschieden», sagte er zu ihr. «Ich nehme das als gutes Zeichen.»

«Ich glaube, Sie haben Recht», sagte Cassandra aufmunternd.

Sie aßen schweigend. Dann sagte Alberg: «Stört es dich, Cassandra, wenn wir beim Essen von Arbeit reden?» Sie wollte etwas erwidern, und er fügte noch schnell hinzu. «Es hat Zeit, wenn du willst.»

«Nein, natürlich macht es mir nichts aus.»

«Es geht um den Buscombe-Fall», sagte er zu Sokolowski.

«Okay», sagte Sid zustimmend und schob die Gabel unter ein Stück Hackbraten.

Alberg schob seinen Teller ein Stück von sich weg, damit er die Unterarme auf den Tisch legen konnte. «Vor sieben Jahren verlässt diese Frau ihren Mann und ihre Tochter und wohnt seitdem in einem Souterrain in Abbotsford. Sie lässt nichts von sich hören, die ganze Zeit nicht. Vergangenen Freitag ist sie dort ausgezogen, in die Wohnung in Sechelt. Am Sonntagnachmittag ist sie auf der Straße, die zum Haus ihres Mannes führt, als plötzlich ihre Tochter kommt, beide erschrecken sich wahnsinnig, und beide rennen sie weg. Jedenfalls ist sie offensichtlich wegen der beiden hergekommen. Und mir ist der Gedanke gekommen, dass vielleicht irgendjemand nicht wollte, dass sie sie sieht.»

«Ich weiß nicht, Karl», sagte Sokolowski höflich und lud sich Kartoffelbrei auf die Gabel. «Ich neige zu dem, was für mich auf der Hand liegt. Irgendein Kokser, vielleicht vom Festland, ist bei ihr eingebrochen, und sie ist aufgewacht, und er hat sie mit dem Hammer erschlagen, den sie benutzt hat, um Bilder aufzuhängen.»

Alberg sah den Sergeant gereizt an.

«Das ist doch denkbar», sagte Sokolowski. «Mehr als denkbar. Wahrscheinlich.»

«Und dann ist da das Fotoalbum», sagte Alberg stur. «Entweder sie hat die Fotos selber aufgenommen – und ich weiß nicht, wie sie das gemacht haben soll, ohne dass sie nicht wenigstens einmal dabei gesehen worden wäre, oder jemand anders hat sie für sie gemacht. Wer? Hat jemand ihr geholfen, als sie wegging?» Er schenkte ihnen Wein nach. «Für mich lieber keinen mehr, oder ich schlafe ein.»

«Iss», sagte Cassandra. «Es schmeckt gut.»

«Ein paar Monate bevor sie verschwand», sagte Alberg und zog den Teller wieder zu sich heran, «fand Maria Buscombe heraus, dass sie adoptiert worden war.» Er stand auf und holte eine Akte vom Couchtisch im Wohnzimmer. Er zog eine Kopie des Briefes heraus, den Agatha Maria hinterlassen hatte, und gab ihn Sid. «Sie beschloss, Informationen über ihre richtige Familie einzuholen.» Sid zog die Lesebrille aus der Hemdtasche und setzte sie auf. «Deshalb kündigte sie ihren Job und machte sich auf die Suche. Ihr Mann sagte, sie sei ‹auf der Suche nach sich selbst› gewesen», erklärte er Cassandra. «Ich hatte den Eindruck, dass er ziemlich sauer darüber war. Dachte, dass sie ihre Zeit verschwenden würde.» Er fing wieder an zu essen.

«Ha», sagte Sokolowski und sah ihn über den Brillenrand forschend an. «Das finde ich nicht. Ich meine, wie würdest du dich fühlen, wenn du aufwächst und denkst, du bist – na, sagen wir, Pole. Und Jahre später sagt jemand, dass das nicht stimmt. Dann würdest du doch auch herausfinden wollen, wer zum Teufel du nun wirklich bist, oder? Und was wäre, wenn du plötzlich herausfindest, dass du – Engländer bist?» Er machte eine Pause und schüttelte sich bei der Vorstellung.

«Hmm», sagte Alberg.

«Oder du glaubst, dass du vollkommen gesund bist», sagte Sokolowski, «und es stellt sich heraus, dass deine beiden Eltern mit Anfang vierzig gestorben sind, weil sie – ich weiß nicht, vielleicht an irgendetwas Genetischem, von dem du noch nie etwas gehört hast.»

«Das ist richtig», sagte Alberg und warf Cassandra einen Blick zu.

«Oder», sagte Sid, «du dachtest –»

«Okay», sagte Alberg. «Ich hab's verstanden.»

«Was hat sie herausgefunden?», sagte Cassandra

Sokolowski nahm die Brille ab und steckte sie ein, dann beugte er sich vor und ließ den Brief in den Ordner fallen.

«Ich weiß nicht», sagte Alberg. «Der Ehemann sagt, sie hätte ihm nichts erzählt, als sie wiederkam, nur, dass sie ihre Eltern gefunden habe. Ich weiß aber nicht, ob ich ihm glauben soll.»

«Woher kam sie denn wieder?», sagte Cassandra.

«Saskatchewan.» Alberg stand wieder auf, diesmal um sein Notizbuch zu holen, in dem er auf dem Rückweg zum Tisch blätterte. «Der Ehemann hat mir die Adresse eines Mannes gegeben, den sie dort besuchen ging. Ich habe ihn heute Nachmittag angerufen.»

Sokolowski starrte ihn an. «Du wirst doch da wohl nicht hinfahren wollen oder?»

«Oder?», sagte Cassandra wie ein Echo. Einen Moment lang durchlebte sie wieder den Augenblick, der nur Monate zurücklag, als sie zur Tür gegangen war, aufmachte, und Gordon Murphy davorstand, seine weißen Zähne leuchteten, sein Hemd war so weiß, dass es ihren Augen wehtat, sein Arm stieß die Tür auf und schloss sie …

«Kannst du mitkommen, Cassandra?»

Sie kehrte in die Gegenwart zurück und merkte, dass die beiden Männer sie beunruhigt anstarrten.

«Er muss nicht hinfahren», sagte Sokolowski. «Er kann jemanden hinschicken, der sich darum kümmert – was immer es sein mag.»

«Nein, Karl, ich kann nicht mitkommen.» Sie sah auf ihren Teller. Sie hatte fast alles aufgegessen. Gut. Dann musste sie nicht noch mehr Essen in den Mund stecken. «Wie lange wirst du weg sein?»

«Ein paar Tage, mehr nicht. Bist du sicher, dass du nicht zwei, drei Tage freinehmen könntest?»

Cassandra schüttelte den Kopf. «Mach dir keine Sorgen. Ich werde – ich werde irgendetwas arrangieren.»

18

Drei Tage später saß Alberg im Wohnzimmer eines Hauses in Saskatoon. Im Kamin brannte ein Feuer, und auf dem gebohnerten Parkett lagen Teppiche. In dem Haus wohnte Eward Dixon, ein Mann, der auf die siebzig zuging. Er saß in einem abgewetzten Ledersessel, mit dem Rücken zum Fenster, durch das Alberg zu seiner Bestürzung sah, dass es schneite.

«Ich hatte eine Herzoperation», sagte Dixon. «Ich halte mich fit. Im Sommer Golf. Fahrrad-Ergometer im Winter.»

Er trug eine jadegrüne Strickjacke über einem weißen Hemd. Sein Gesicht war bemerkenswert wenig faltig, obwohl er fast keine Haare mehr hatte und der Rest weiß war. Sein Blick war offen und neugierig.

«Man passt auf sich auf, wenn man so etwas durchgemacht hat», fuhr er fort. «Man bekommt sehr viel mehr Achtung vor seinem Körper. Wissen Sie, warum?» Aber er wartete die Antwort nicht ab. «Weil man es nur respektiert, wenn man sich mit dem Tod auseinander setzen musste. Das ist weder gerecht noch richtig, aber so ist es nun mal – dass es aus ist, wenn der Körper nicht mehr mitmacht.»

Er war ein mittelgroßer Mann. Seine Frau, die jetzt mit einem Tablett ins Wohnzimmer zurückkehrte, war eine ungewöhnlich hoch gewachsene Person: groß, knochig, eine Frau, die sich mit einer linkischen Schüchternheit bewegte. Alberg sprang auf, nahm ihr das Tablett ab und stellte es auf den Couchtisch.

«Sie müssen eins von ihren Buttercremetörtchen nehmen», sagte Edward Dixon und sah ihn mit seinen durch die Brille vergrößerten, haselnussbraunen Augen an. «Na los», sagte er und machte eine ungeduldige Handbewegung in Albergs Richtung. Er grinste, als Alberg eines nahm und hineinbiss. «Gut, was?»

Alberg wandte sich Mrs. Dixon zu, deren Vornamen er vergessen hatte. Er riss die Augen auf und schüttelte mit vollem Mund bewundernd den Kopf.

Edward Dixon gluckste vergnügt in seinem Sessel. «Die Leute nehmen einfach aus Höflichkeit eins. Aber ich habe noch keinen erlebt, der nicht beeindruckt gewesen wäre. Das sind absolut die besten Buttercremetörtchen, die Sie je gegessen haben, stimmt's?»

«Absolut», sagte Alberg andächtig und sah auf den Kuchenteller.

«Nehmen Sie sich noch eins», sagte Dixon mit ausholender Geste, während seine Frau Kaffee eingoss. Als sie zwei Tassen eingegossen hatte, wollte sie das Zimmer verlassen. «Mavis, bleib hier», sagte Edward Dixon. Er streckte eine Hand nach ihr aus. Sie legte den Finger an die Lippen und wollte wieder gehen.

«Bleiben Sie doch, wenn Sie möchten, Mrs. Dixon», sagte Alberg

«Dann werde ich mir auch eine Tasse holen», sagte sie.

In der einen Minute, die sie brauchte, um sich ein Gedeck aus der Küche zu holen, starrte Edward Dixon ins Feuer, und Alberg wischte sich die Krümel von den Fingern; sie hatten offenbar beschlossen, dass ihre Unterhaltung erst beginnen konnte, wenn Mavis Dixon wieder bei ihnen war.

Als sie es sich auf dem Sofa bequem gemacht hatte, sah Dixon zu Alberg und sagte: «Es geht also um eine polizeiliche Ermittlung. Sie sind von der Polizei, haben Sie gesagt.» Er sah genau auf den Ausweis, den Alberg aus der Innentasche seines Jacketts zog. «RCMP. Meine Gefühle sind gemischt, was die Mounties betrifft.» Neben seinem Sessel stand ein Rauchwarenständer, aus dessen schmalem Bord er sich jetzt eine weiße Pfeife zog. «Wir haben hier auf dem Land viele Ureinwohner», sagte er nuschelnd, die Pfeife im Mund.

Alberg war überrascht, dass ein Mann, der eine Herzoperation hinter sich hatte, Pfeife rauchen durfte. Er fragte sich, was Mrs. Dixon davon hielt.

«Und diese Menschen sind von den Mounties oft nicht gut behandelt worden.»

«Ich weiß», sagte Alberg. Er versuchte, sich nicht gegen Dixons unverhohlen forschenden Blick abzuschotten.

Dixon wartete, aber Alberg war fest entschlossen, sich auf diese Diskussion nicht einzulassen.

Schließlich sagte Dixon: «Sie möchten etwas über Marias Adoption erfahren.»

«Ja», sagte Alberg. «Alles, was Sie darüber wissen.»

«Weil sie tot ist.»

«Ja.»

«Ermordet.»

«Ja.»

Dixon legte die Pfeife hin und rieb sich die Schläfen. «Was für eine verfluchte Tragödie.»

Das Haus erinnerte Alberg an seine Mutter. Auf den Lehnen und Armstützen des Sofas und der drei Sessel lagen gehäkelte Schondeckchen, allerdings nicht auf dem Ledersessel. Die Buttercremetörtchen waren tatsächlich köstlich. Auf dem Klavier hinter sich sah er aus dem Augenwinkel eine Versammlung von Verwandten in Bilderrahmen. Mavis Dixon hatte im Garten hinter dem Haus vielleicht immer noch eine Wäscheleine, dachte er, und wenn das Wetter schön war, legte sie Wert darauf, die Wäsche draußen aufzuhängen.

«Ich habe es vergessen – woher kommen Sie?», sagte Edward Dixon plötzlich und hatte wieder die Pfeife zwischen den Zähnen.

«Sie meinen, wo ich geboren bin?», fragte Alberg. «London, Ontario.»

«Nein, jetzt.»

«Oh. Sechelt, British Columbia.»

«Ist das ein kleiner Ort?»

«Ja. Ziemlich klein.»

«Nun, das ist gut. Denn um die Sache mit Maria zu verstehen, muss man kleine Städte kennen.»

Er hatte die Pfeife nicht gestopft. Er zog an ihr, machte saugende Geräusche, die er selber offenbar gar nicht merkte, und er gestikulierte mit ihr, das Requisit verlieh ihm etwas Raumgreifendes, das er sonst nicht hatte. Aber er rauchte nicht. Alberg war erleichtert.

«In einer Kleinstadt kennt jeder jeden», fuhr der alte Mann fort. «Was manchmal gut ist und manchmal schlecht. Aber oft kennt man die Leute nicht so gut, wie man denkt. Verstehen Sie, was ich meine?» Wieder schien er keine Antwort zu erwarten. Er legte die Pfeife sorgfältig in den Aschenbecher, der oben auf dem Rauchwarenständer eingebaut war, und bürstete die Knie seiner Hose ab. «Ich war damals zehn Jahre alt. Ich kannte die Familie Gages. Sie hatten schon zwei Kinder, zwei Jungen, und dann kam Maria. Ich glaube nicht, dass sie geplant war. Hol's der Teufel, ich glaube nicht, dass überhaupt eins von ihnen geplant war. Meine Güte, ich glaube nicht, dass *ich* geplant war. Warten Sie hier einen Moment.» Er stand auf und ging aus dem Zimmer.

Alberg lächelte Mavis Dixon an und trank einen Schluck aus seiner Tasse, die prompt nachgefüllt wurde.

«Mavis?», rief Dixon mit polternder Stimme von unten aus der Diele hoch. «Wo sind die Fotoalben? Schon gut, ich sehe sie.» Er kam mit einem alten Album mit schwarzen Deckeln zurück und tippte mit dem Finger auf eine Stelle. «Hier. Das sind sie. Ira und Nadine Gage. Marias Mom und Dad.»

Es war ein eingefärbtes Schwarzweißfoto und zeigte ein Paar, etwa Anfang zwanzig, das am Rand eines gepflügten Feldes stand. Der Mann blickte in die Kamera, die Frau schmiegte sich an seine rechte Schulter, hatte aber den Kopf gedreht, um den Fotografen anzulächeln. Der Mann trug graue Hosen, ein weißes Hemd mit aufgerollten Ärmeln und weiße Schuhe mit schwarzen Kappen. Sie trug einen kurzärmeligen weißen Sweater, den sie in eine Hose mit weiten, weich fließenden Hosenbeinen gesteckt hatte, und weiße Schuhe. Ihr Haar war kurz und lockig.

«Das war vor ihrer Heirat», sagte Dixon.

«Und wie waren Sie mit ihnen verwandt?»

«Meine Mutter war Iras Cousine. Sie ist ungefähr um die Zeit, als es passierte, nach Saskatoon gezogen.» Er ging durch das Zimmer und ließ sich in den Ledersessel sinken. «Und sie kannte Agatha und wusste, wie sehr Agatha sich Kinder wünschte, aber keine eigenen bekommen konnte.» Er zuckte die Achseln. «Und so hat es sich ergeben. Damals liefen diese Dinge ziemlich unbürokratisch.»

Alberg sah wieder auf das Foto. Der Kopf des Mannes neigte sich der Frau zu, und ihr Körper lehnte sich an seinen. Hinter ihnen sah man einen schlanken Baum, und die Schatten der Blätter waren fein über das Bild verstreut, verdeckten wie ein Schleier Ira Gages Gesicht und warfen ein hübsches Muster auf Nadines elegante Hose.

«Erzählen Sie mir von ihnen.»

Dixon nahm seine Pfeife und klopfte sie leicht im Aschenbecher aus, befreite sie von nicht vorhandener Asche. «Nadine kam aus Rosetown. Wie sie und Ira sich kennen gelernt haben, weiß ich nicht. Es ging ihr gut, bis das erste Kind geboren wurde. Das war Thaddeus. Er wurde im gleichen Jahr geboren wie ich, nur zwei Monate später.»

Dixon legte die Unterarme auf die Schenkel, beugte sich vor, blickte ins Feuer und hielt die Pfeife locker in der rechten Hand. Durch die beiden Eckfenster hinter ihm sah Alberg den Schnee fallen.

«Es ist nicht außergewöhnlich, dass eine Frau nach der Geburt Depressionen bekommt», sagte Dixon und sah seine Frau an, als ob er ihre Bestätigung suchte. «Aber ich glaube, Nadine Gage erwischte es ziemlich schwer. Sie musste eine Zeit lang hier in Saskatoon stationär behandelt werden.»

Alberg hörte zu, und ihm wurde bewusst, dass dies zu den Dingen gehörte, die er an seinem Job am liebsten mochte: die Geschichten. Möglicherweise, überlegte er, stimmte es, was er irgendwo gelesen hatte, wonach es nur eine begrenzte Anzahl von Geschichten gab, die einfach in unzähligen, fast belanglosen Variationen immer und immer wieder durchlebt wurden, wiederholt wurden. Aber für ihn wurden sie dadurch nur noch faszinierender.

Dixon stand auf und legte noch einen Holzscheit auf das

Feuer, nahm sich bewusst mehrere Sekunden Zeit bei der Auswahl des Stücks aus dem ordentlich aufgeschichteten Stapel in der mit Backstein eingefassten Nische neben dem Kamin.

«Sie hatte fast sofort noch ein Kind», sagte er und schob das neue Holz in die Mitte der Flammen. «Ich bin mir verdammt sicher, dass es bestimmt nicht geplant war», sagte er und sah Alberg über die Schulter hinweg an. Er stellte den Feuerhaken weg und setzte sich. «Wieder dieselbe Geschichte. Ira holte seine Schwester, um ihm zu helfen, denn diesmal blieb Nadine länger im Krankenhaus. Und selbst nach ihrer Entlassung ging es ihr lange danach noch richtig schlecht.»

Er rieb sich mit der Faust das rechte Auge. Eine seltsam kindliche, anrührende Geste. «Meine Mutter hat viel darüber gesprochen. Sie sagte, die Leute waren nicht sehr mitfühlend, sie selbst eingeschlossen. Und sie sagte immer, wenn die Leute mehr Mitleid gehabt hätten ... Ach, also kurz und gut.» Er sah Alberg an. «Ich werde einfach zum Punkt kommen. Die Jahre vergingen, ohne weitere Kinder, was jeder, der sie kannte, sehr gut fand. Und dann wurde Maria geboren.»

Edward Dixon stand auf und ging hinter seinen Sessel, sah aus dem Fenster in den dunkel werdenden Himmel und den Schnee, der immer noch fiel. «Als Maria ein paar Monate alt war, stand Nadine mitten in der Nacht auf und brachte alle um. Erst Ira. Man nahm an, dass er gar nicht aufgewacht ist. Sie stach ihm ins Herz. Und dann die Kinder. Erst Thaddeus. Er wurde auch nicht vorher wach.» Er drehte sich um und legte die Hände auf die Sessellehne und stützte sich ab. «Aber die anderen schon. Geoffrey schlief im gleichen Zimmer wie Thaddeus. Maria war in einer winzigen Kammer auf der anderen Seite der Diele. Geoffreys Schreie weckten Art Johnson, den Landarbeiter, den sie angestellt hatten und der unten in einem Raum neben der Küche schlief. Aber bis er oben war, war es für Geoffrey zu spät.»

Dixons Blick ging in die Ferne, er runzelte die Stirn, als wäre er selbst dabei gewesen und versuchte nun, sich genau daran zu erinnern, was er gesehen hatte. «Art sagte, sie sei aus dem Zimmer der Jungen gekommen, in der Hand das Messer, und ihr langes weißes Nachthemd war voller Blut und ihre nackten Füße auch. Und sie sah ihn an, zögerte kaum merklich, und dann rannte sie über den Flur. Und da hat er sie angegriffen.» Über sein Gesicht lief ein Schauder. «Er bekam das Blut überallhin.»

Alberg wartete. «Was hat man mit ihr gemacht?», sagte er schließlich.

«Man hat sie in eine Anstalt gesperrt. Heute sagt man dazu geschlossene Psychiatrie.» Er ging wieder um den Sessel herum und setzte sich hin.

«Hat Maria das je herausgefunden?»

Dixon nickte müde. «Genauso wie Sie. Sie hat in demselben Sessel gesessen wie Sie. Nur dass es Sommer war. Wie lange ist das her, Mavis – fünf Jahre? Sechs?»

«Eher sieben.»

«Hat sie, außer mit Ihnen, noch mit anderen gesprochen?»

Dixon nickte. «Sie hat mit ihrer Mutter gesprochen», sagte er bedeutungsschwer. «Gleich nachdem sie bei uns war.»

1987

19

Und soweit ich weiß», sagte Edward Dixon, «ist sie immer noch dort.»

Marias Wahrnehmung veränderte sich. Das war sehr merkwürdig. Plötzlich wurde das Licht aus dem Zimmer, in dem sie saßen, herausgesaugt, Dixon wurde von der Dunkelheit verhüllt wie in einer Höhle, nur ein einziger kleiner Punkt beleuchtete von irgendwoher sein Gesicht. Maria fragte ihn, wo dieser Ort war, an den ihre Mutter vor vielen Jahren gebracht worden war, und als er antwortete, bildete seine Stimme leuchtende Buchstaben, die in der Luft hingen: Er öffnete den Mund, Buchstaben des Alphabets schwärmten in die Luft, glühten im Dunkeln wie eine phosphorisierende Buchstabensuppe. Maria sah die Buchstaben prüfend an, aber dieses Alphabet kannte sie nicht.

Höflich nickend und lächelnd, zog sie sich rückwärts aus dem Haus zurück – so kam es ihr jedenfalls vor – und schaffte es bis zu dem Mietauto, das sie vor der Tür geparkt hatte. Es war ein kleines, silbernes Auto, das gehorsam wartete. Maria stieg ein und musste sich alles vorsagen, was sie zu tun hatte: Die Tür schließen, den Zündschlüssel reinstecken, den Sicherheitsgurt anlegen, den Schlüssel umdrehen – gut. Der Motor sprang an. Jetzt den Schalthebel auf «Drive» stellen.

Maria blieb einen Moment ruhig sitzen. Dann drehte sie den Kopf langsam nach rechts. Edward Dixon stand am Fenster und sah zu ihr hin. Maria spürte nichts. Sie hob die Hand in einer halb winkenden, halb segnenden Geste. Sie legte beide Hände ans Steuer. Dann sah sie wieder geradeaus und fuhr weg.

An der Ecke bog sie links ab und war bald an der Hauptstraße, an der sie weit hinten die grauen Gebäude der University of Saskatchewan sehen konnte, wo der Mann, der nicht ihr Vater war, studiert hatte. Zügig fuhr sie ins Zentrum der Stadt, zum Bessborough Hotel, wo sie wohnte, weil sie dort einmal als Kind mit den Leuten, die nicht ihre Eltern waren, übernachtet hatte. Sie war acht Jahre alt und zog die Schreibtischschublade auf, entdeckte ein Tintenfass, schraubte den Deckel auf und verschüttete dabei die Tinte. Sie erinnerte sich an die blauschwarze Pfütze, die sich langsam auf dem Grund der Schublade ausbreitete bis zum Briefpapier des Hotels. Sie schob die Schublade langsam zu und wartete dann einen ganzen Abend ängstlich darauf, dass ihre Eltern, die nicht ihre Eltern waren, die Bescherung entdeckten. Was sie nicht taten. Ihr gefiel die Vorstellung, dass es heute noch irgendwo in diesem Hotel eine Schreibtischschublade mit einem großen, aber verblassten Tintenfleck gab.

Ihr Zimmer – dessen Schreibtischschublade tintenfleckfrei war – hatte einen Ausblick auf den South Saskatchewan River und die Universität, die am anderen Ufer hochragte. Es war ein warmer Sommertag. Der Fluss war von einem dunkleren Blau als der Himmel, und ein frischer Wind zerrte an den Zweigen der Bäume, die am Rand des Wassers standen.

Maria atmete in tiefen, beruhigenden Zügen ein und aus, presste dabei die Hände zwischen die Brüste und setzte sich an den Telefontisch, um die Anstalt anzurufen, in der ihre Mutter seit achtundvierzig Jahren lebte.

Sie fuhr mit ihrem gemieteten Silberauto dorthin, hatte ein Fenster geöffnet und trödelte auf dem zweispurigen Highway. Sobald der Verkehrsstrom nachließ, hörte sie immer wieder eine Feldlerche, eine der wenigen Vogelstimmen, die sie kannte, und dieser Klang bewirkte in ihr ein einzigartiges Gefühl, eine Mischung aus Schmerz und Freude. Es war eine Melodie ihrer Kindheit. Das flache weite Grasland, der kreisrunde Horizont, die sich auftürmenden Gewitterwolken, die über das Sommerblau des Himmels huschten – auch das waren Dinge aus ihrer Kindheit, die ebenso stark und lebendig waren wie die gebirgige Landschaft am Meer, in der sie jetzt zu Hause war. Durch das Autofenster kam das Lied der Feldlerche, der Geruch von Raps und der scharfe Präriewind – und immer wieder gelang es Maria für wenige kurze Momente zu vergessen, wohin sie fuhr und warum.

Aber schließlich erreichte sie ihr Ziel.

Es war ein großes und bis auf die Gitter vor den Fenstern nicht unfreundliches Gebäude aus rotem Backstein. Als Maria ausstieg, fragte sie sich, aus welcher Gegend sie wohl den Backstein bekommen hatten.

Innen gab es einen kleinen Empfangsbereich, der wie ein Polizeirevier wirkte. Man konnte den Hauptteil des Gebäudes nur durch eine Tür erreichen, die sich hinter dem Empfangsschalter befand. Eine Wand aus Plexiglas, in die Öffnungen hineingeschnitten waren, ging vom Tresen fast einen Meter in die Höhe. Dahinter saßen zwei Frauen, die eine arbeitete an einem Computer, die andere sah durch eine Brille auf Akten, die Maria nicht sehen konnte.

Maria beugte sich vor und sagte durch eine der Öffnungen: «Ich möchte Nadine Gage besuchen.» Das trug ihr einen neugierigen Blick von der jungen Frau mit dem Pferdeschwanz am Computer ein.

«Einen Augenblick, bitte», sagte die andere mit einem Lächeln. Sie war älter und hatte Krücken, die in der Ecke zwischen Schalter und Wand standen. Sie nahm das Telefon ab und sagte etwas mit leiser Stimme.

Während sie wartete, drehte sich Maria um und sah aus dem Fenster. Die Gewitterwolken waren jetzt viel näher. Wenn sie wieder ging, würde der Regen vielleicht schon wieder vorbei sein, ein kühler köstlicher Schauer, der von der wiederkehrenden Sonne vertrieben wurde.

«Kann ich Ihnen helfen?»

Maria drehte sich um.

«Ich bin Carol Hartley, die Direktorin. Sie möchten also Nadine besuchen.» Sie hatte die Hände in Hüfthöhe gefaltet und den Kopf etwas zur Seite geneigt und sah leicht erstaunt aus. Na ja, kein Wunder, dachte Maria.

«Ja. Mein Name ist Maria Buscombe. Ich bin ihre Tochter.»

«Tatsächlich», sagte Carol Hartley.

«Ich bin als Baby adoptiert worden.» Die Frau sah sie kritisch prüfend an, und Maria versuchte vergeblich, sich zu entspannen. «Ich habe erst gestern erfahren, dass – dass sie hier ist.»

«Sie sind vertraut mit den Umständen, unter denen sie eingewiesen wurde?», sagte die Direktorin.

«Das bin ich. Ja.»

Der Blick der Frau war wie Schmirgelpapier. Maria hätte am liebsten die Augen abgewendet und wäre von einem Fuß auf den anderen getreten.

«Warum wollen Sie sie besuchen?»

Maria fand plötzlich ihre Fassung wieder und überlegte mehrere Antworten.

«Verzeihen Sie, bitte», sagte sie schließlich. «Aber das ist eine lächerliche Frage. Die Frau ist meine Mutter.»

«Lassen Sie mich die Frage anders stellen», sagte Carol Hartley gelassen. «Warum glauben Sie, dass sie Sie sehen sollte?»

«Vielleicht sollte sie mich nicht sehen», sagte Maria. «Das ist eine Frage, die Sie besser beantworten können als ich.» Sie merkte, dass die Frauen hinter dem Tresen ihnen zuhörten, und verspürte eine plötzliche Wut, dass diese Unterhaltung nicht unter vier Augen stattfand.

Die Direktorin setzte sich auf eine Bank neben der Tür und bedeutete Maria sich zu ihr zu setzen. «Es ging Nadine nicht gut», sagte sie und sprach jetzt leiser. Maria gab keine Antwort. «Sie hatte mehrere Herzanfälle.» Die Direktorin spielte mit der Goldkette, die sie um den Hals trug. Ihr langes Haar war mit Nadeln zu festen Locken hochgesteckt. Maria roch Parfüm. Auch hier muss es Menschen mit Allergien geben, dachte sie. In ihrer Vorstellung segelte die Direktorin durch den Schlafsaal und hinterließ in ihrem Kielwasser ältliche verrückte Menschen, die plötzlich so niesen mussten, dass sie aus den Betten fielen.

«Glauben Sie, dass das Treffen mit mir möglicherweise noch einen auslösen könnte?»

Die Direktorin musterte sie wieder eingehend. Sie war etwas älter als Maria, eine Frau, die körperlich stark und selbstsicher wirkte und eine undurchdringliche Gelassenheit ausstrahlte. Sie erhob sich. «Kommen Sie mit.»

Maria folgte ihr durch einen langen Flur mit einer ungewöhnlich hohen Decke. Sie kamen in einen langen Raum, der von einer Wand zur anderen durch einen hüfthohen Tresen geteilt wurde, der selbst wiederum in zehn etwa ein Meter breite Würfel unterteilt wurde, mit jeweils einem Stuhl zu jeder Seite. In der Mitte des Tresens stieg eine Wand aus dickem Maschendraht hoch, der an allen vier Ecken der Decke befestigt war. Der Raum war leer.

«Warten Sie hier», sagte Carol Hartley. «Ich werde mich erkundigen, was sie dazu sagt.» Sie ging in den Flur zurück.

Maria setzte sich in einen der Würfel.

In der Wand auf ihrer Seite des Tresens befand sich unter der Decke eine Fensterreihe, die vergittert war. Maria sah durch die Scheiben, dass der Himmel sich jetzt verdunkelt hatte und die Bäume vom Wind gepeitscht wurden. Auf der anderen Seite des Tresens befanden sich zwei Türen, eine an jeder Seite, neben den Fenstern. Maria hatte ihre Handtasche auf den Boden neben ihren Stuhl gestellt. Sie bewegte jetzt den Stuhl, um sich noch genauer in die Mitte des Würfels zu setzen.

Sie dachte, dass sie vielleicht träumte oder in einem Film mitspielte. Ihr Mund war sehr trocken – sie sehnte sich danach, ins Freie zu gehen und ihr Gesicht in den Regen zu halten, der jetzt zu fallen begann, die Tropfen auf ihre Lippen und in ihren offenen Mund rinnen zu lassen. Sie zuckte zusammen, als die Tür hinter ihr aufging und Carol Hartley wieder hereinkam.

«Sie sagt, sie will Sie sehen.» Sie lächelte ein wenig. Sie setzte sich still auf einen Stuhl an der Tür.

Als sich die Tür auf der anderen Seite des Tresens öffnete, machte Marias Herz einen gewaltigen Satz. Einen Moment lang dacht sie, es hätte buchstäblich aufgehört zu schlagen, und sie fragte sich, wie lange es dauern würde, dieses aufblitzende Wissen zwischen dem Tod und dem Moment, in dem ihr Hirn den Tod akzeptierte. Eine alte Frau in Grau trat durch die Tür, gefolgt von einem männlichen Pfleger in Weiß. Marias Herz trat wieder schlingernd in Aktion, entwickelte einen hohlen, schnellen, aber stetigen Rhythmus, als sie der ältlichen Person entgegensah, die ihre Mutter war und widerstrebend und unsicher durch den Raum auf sie zukam. Maria hörte das Schlurfen ihrer Füße in den Hausschuhen und das Geräusch des Regens, der wütend an die Fensterscheiben prasselte: Alle Geräusche hallten in diesem großen hässlichen, nüchternen Raum mit dem Linoleumfußboden.

Als die Frau näher kam, sah Maria, wie dünn und gebrechlich sie wirkte und dass sie nicht in Grau gekleidet war, sondern eine Trainingshose und ein Sweatshirt in einem verschossenen Blau trug. Ihr langes weißes Haar war zu einem Zopf geflochten. Ihr Rücken hatte einen leichten Buckel, und Arthritis hatte ihre Hände zu Klauen entstellt, die sie zögernd vor den Bauch hielt. Der Pfleger stellte ihr einen Stuhl hin, sie setzte sich, ließ die Klauen auf dem Tresen ruhen, hob den Kopf und sah Maria durch den Maschendraht unbewegt an. Ihre Augen waren gerötet, aber hellwach. Das Schweigen dauerte lange, wie es Maria vorkam.

«Nennen sie dich also immer noch Maria?» Die Stimme klang erstaunlich kräftig.

Maria nickte.

20

Hamilton Gleitman fand seinen Hörsaal im Buchanan Building der University of British Columbia, wählte einen Platz in der Nähe der Tür und stellte seinen Rucksack auf den Tisch. Er nahm einen Stift heraus, ein Notizheft und einen Aktenordner und verstaute den Rucksack zu seinen Füßen. Er sah sich um, sah die Leute an: die Ersten, die seine Gedichte hören würden.

Es waren etwa fünfundzwanzig. Viele waren jünger als Hamilton, aber einige waren älter. Manche redeten miteinander, aber die meisten saßen für sich allein und waren in den Stundenplan des Sommerkurses vertieft oder in ein Buch, oder sie kritzelten in ihre Hefte.

Die Tische waren Pulte, die mit den Stühlen verbunden waren, und einen Moment lang hatte Hamilton ein Gefühl, als ginge er wieder zur Grundschule. Er würde sich nicht wundern, wenn er in einer Ecke ein Tintenfass sähe. Mein Gott, er war so alt, dass er sich tatsächlich noch an Tintenfässer und Federhalter erinnern konnte.

Der Dozent betrat den Saal und fing an, vor der Klasse auf

und ab zu gehen, er hatte die Hände gefaltet und die Ellenbogen angewinkelt. Er war ein hoch gewachsener schwerer Mann Mitte fünfzig, ein Romancier und der Dozent für kreatives Schreiben. Als Hamilton sich für das Seminar eintrug, war ihm der Name ein Begriff, obwohl er keines seiner Bücher gelesen hatte. Sie standen alle in den Regalen der Bibliothek im Stadtzentrum, er lieh sie alle aus, er las sie alle an, und keines hatte ihm gefallen. Aber dann war er für den Sommerkurs angenommen worden.

«Okay, Leute. Dann wollen wir uns mal miteinander bekannt machen», sagte der Dozent und schob die Brille höher auf die Nase. Er trug eine graue Weste über einem grauen Hemd, dessen Kragen offen stand. Seine Hose war schwarz, und er hatte schwarze Socken und Birkenstocksandalen an den Füßen. Ach herrje, dachte Hamilton. Die Augenbrauen des Mannes waren schwarz und buschig, seine lange Nase glänzte, sein dichtes Haar, das grau wurde, war zerzaust, aber sein Schnurrbart war gepflegt. «Okay», sagte er und zeigte mit dem Zeigefinger. «Sie zuerst.»

Köpfe drehten sich, die Blicke gingen zu dem armen Schwein an einem Ende der ersten Reihe. Es war ein trübseliger Jugendlicher, der bekannte, dass er im regulären Semesterkurs des Dozenten für kreatives Schreiben nicht angenommen worden war. Dann zog er den Kopf ein und sprach langatmig und mit leiser Stimme. Hamilton musste sich anstrengen, um es zu verstehen. Immer wenn der Junge den Kopf hob, konnte er ein paar Ausdrücke verstehen: «Interesse an narrativen Formen», hörte er und «dem linearen Denken verhaftet» und «das Erbe des Strukturalismus». Der Romancier ging mit gesenktem Kopf und hinter dem Rücken verschränkten Händen auf und ab, hörte angestrengt zu. Als der junge Mann fertig war, setzte er sich wieder hin und sah schüchtern hoch und erntete ein zustimmendes Nicken des Schriftstellers.

Du lieber Gott, dachte Hamilton, was zum Teufel hatte er hier verloren?

«Der Nächste!»

Ein Mann in den Dreißigern, in Jeans und einem blauen T-Shirt, dessen Blick ungläubig zwischen dem Teenager und dem Dozenten hin- und herging, sagte: «Ich bin in der Werbebranche tätig. Ich möchte lernen, wie man einen Roman schreibt.»

«Manche würden behaupten, dass sie das bereits können», sagte der Romancier. Höfliches Gelächter lief durch den Saal.

Es vertrieb die Zeit, solange er auf das Ergebnis der Bewerbung um das Stipendium wartete, rief Hamilton sich wieder ins Gedächtnis. Trotzdem, du lieber Gott.

Der PR-Mann sah den Romancier müde an.

«Verzeihung –», sagte der Dozent. «Okay. Gut! Willkommen an Bord – Sie werden eine Herausforderung sein», fügte er mit einem Grinsen hinzu. «Der Nächste!»

Hamilton trommelte mit den Fingern unruhig auf seinem Aktenordner mit den zehn Seiten seiner Bewerbung für diesen Kurs.

«Ich schreibe Kurzgeschichten», sagte eine Frau in der ersten Reihe. Sie war vielleicht fünfundzwanzig und hatte rote Haare, die ihr in einem einzigen Zopf tief in den Rücken hingen. Ihre Stimme war kehlig, selbstsicher und melodiös, und sie führte die Publikationen an, in denen ihre Short Storys erschienen waren. Der Dozent stand vor ihr, drehte sich leicht zur Seite und strich sich mit dem Finger der rechten Hand über den Schnurrbart und nickte.

«Eine schwarze Freude erklingt, wenn wir sündigen, es ist die reine Sphärenmusik», begann Hamiltons Text.

«... und ich interessiere mich für die längere Form», sagte die Kurzgeschichtenautorin. «Ob sie mich mehr fordert oder» – sie zuckte die Achseln und lächelte selbstgefällig – «ob es sich nur um eine unnötig lange Kurzgeschichte handelt.» Sie hob die Hand und warf sich den Zopf über die Schulter, streichelte ihn und lächelte den Dozenten an.

Der Romancier sah die Verfasserin von Kurzgeschichten ausdruckslos an. Hamilton konnte sehen, wie er sein reichhaltiges Vokabular durchging, auswählte, verwarf.

«Der Nächste!», rief er und wandte sich schnell der zweiten Reihe zu.

Außerdem, dachte Hamilton, brauchte er Anerkennung. Es war Zeit für ein Lob. Er brauchte es, wie eine verdurstende Pflanze Wasser brauchte.

«... einen historischen Roman», sagte der Student, ein älterer Mann, der aussah, als hätte er seinen Sonntagsanzug angezogen, mit blank polierten schwarzen Schuhen, Krawatte und schwarzen Hosenträgern, die aus Hamiltons Blickfeld entschwanden und wieder hineinkamen, wenn er sich vorbeugte, um den alten Mann im Profil zu sehen. Der Mann langte nach unten und hievte eine große braune Einkaufstüte aus Papier auf das Pult.

Die Tüte war nicht beschriftet. Hamilton überlegte, wie er an eine Einkaufstüte ohne Werbung gekommen war.

«Ich habe die ganzen letzten zehn Jahre immer wieder dran geschrieben», sagte der Mann und holte einen Stapel getippter Seiten heraus. «Seit meiner Pensionierung. Ich möchte Ihre Meinung dazu einholen. Ihre Einschätzung.» Seine Augen funkelten hinter der Brille. Hamilton dachte einen Augenblick, dass er vielleicht einen Witz machte. Vielleicht hatte er das Telefonbuch abgeschrieben. Oder einen Roman des Dozenten kopiert.

«Bravo», sagte der Dozent herzlich. «Aber wir müssen die Arbeit eines jeden Teilnehmers bewerten. Deshalb können wir uns nicht mit dem ganzen Werk beschäftigen, wie Sie sicher verstehen.»

Der ältere Mann sah enttäuscht aus, und in dem Blick, mit dem er seine Kommilitonen bedachte, lag Verdruss.

«Der Nächste!»

Hamilton, der am Ende der dritten Reihe saß, dachte über sein frisch entwickeltes Bedürfnis nach, gelesen und gelobt zu werden.

Der Mann neben ihm rutschte nervös hin und her. Er war auch jung, noch ein Teenager, und er trommelte unablässig mit dem Absatz des rechten Schuhs auf den Boden. Es machte nicht viel Lärm, weil er Turnschuhe trug und der Fußboden aus Linoleum war, trotzdem war es verdammt störend. Hamilton versuchte, den Kopf so weit abzuwenden, dass er dieses nervöse Klopfen des Hackens auf den Boden nicht sehen musste, aber das war schwierig, und jedes Mal, wenn er es aus den Augenwinkeln sah, stieg sein Blutdruck.

Wieder gab es Gelächter im Hörsaal, aber es klang diesmal angenehm und spontan. Selbst der Dozent lächelte. Hamilton beugte sich zur Seite, um an einem Mann vorbeisehen zu können, der in der Reihe vor ihm saß, aber er konnte die Person, die sprach, nicht sehen.

Und nun hieß es wieder: «Der Nächste!»

«Ich schreibe seit meinem zwölften Lebensjahr», sagte ein Mann mittleren Alters mit beginnender Glatze. Mehr konnte Hamilton nicht von ihm erkennen, nur, dass er eine Jacke trug, die ihn als Mitglied einer Bowlingliga auswies.

«Ich habe eine Truhe voller Manuskripte. Romane. Ich stehe jeden Morgen um vier auf, auf die Minute genau, wie eine Uhr, und setze mich zwei Stunden an den Computer.» Er drehte sich um und sprach zu den Studenten, stützte sich auf die Lehne, die Tisch und Stuhl verband. «Es ist absolut erstaunlich, wie viel man in nur zwei Stunden an fünf Tagen in der Woche schafft.»

Eine Truhe voll, dachte Hamilton wütend, sein Hände lagen flach auf dem Aktenordner.

Der Romancier stand vorn und sah den Mann mit den Manuskripten durchdringend an. Hamilton fragte sich, ob er auch um vier Uhr morgens aufstand. Er stellte sich vor, wie der Wecker des Mannes klingelte. Er würde hinfassen, den Wecker zum Schweigen bringen, die 4:00 sehen. Er würde die Bettdecke zurückschlagen, die Füße schwungvoll auf den Boden stellen und schnell und leise aufstehen, um seine schlafende Frau nicht zu stören. Auf Zehenspitzen würde er ins Bad gehen, wo er sich die Kleidungsstücke schon am Abend zurechtgelegt hatte, sich anziehen und sofort zu seinem Computer gehen, der in seinem Arbeitszimmer stand. Nein, zuerst würde er sich wahrscheinlich einen Kaffee machen. Und während der Kaffee durchlief, setzte er sich an die Arbeit. Und er würde zwei Stunden arbeiten. Dann wäre es immer noch erst sechs Uhr morgens. Lächerlich.

«Was machen Sie hier?», sagte der Teenager neben ihm. Hamilton drehte sich um, aber der Junge sah den Mann mit der Bowlingjacke an.

«Wie bitte?», sagte der Bowlingspieler.

«Was Sie hier machen. Wenn Sie all diese Bücher schon geschrieben haben.» Das Gesicht des Jungen war rot und wütend. «Ich meine, Shit –»

«Also bitte, Kevin», sagte der Romancier-Dozent nachsichtig und sah den Jungen geradezu wohlwollend an, bis Kevin in seinem Stuhl zurücksank und das Klopfen mit dem Hacken wieder aufnahm.

Hamilton hielt es für unwahrscheinlich, dass seine Arbeit von diesem Publikum die nachdenkliche Aufmerksamkeit bekäme, die sie verdiente.

«Dies ist hier ein Seminar für Schriftsteller», sagte der Romancier streng zu allen Teilnehmern. Zur Betonung zog er die buschigen Augenbrauen zusammen. «Und wissen Sie, wie wir erkennen, wer die Schriftsteller unter uns sind?»

Das war, dachte Hamilton, eine rhetorische Frage.

«Schriftsteller», sagte der Romancier, «sind Menschen, die schreiben.» Er strahlte sie an.

Hamilton konnte sich nicht vorstellen, um vier Uhr morgens aufzustehen. Hamilton schrieb seine Gedichte in der Nacht. Er hielt den Aktenordner in der Hand, presste ihn fest zu.

«Der Nächste!», rief der Dozent.

Hamilton seufzte tief auf. Langsam griff er nach unten. Die Objekte, die an seinen Gürtelschlaufen baumelten, machten ein blechernes, beruhigendes Geräusch, als er den Rucksack vom Boden hochhob.

«Ich bin Dichterin», sagte eine Frau, die einen rosa Jogginganzug trug und eine dicke Strickjacke um die Schultern gelegt hatte. «Und ich schreibe hauptsächlich Gedichte. Aber vor kurzem habe ich mit Kurzgeschichten angefangen, und jetzt möchte ich die Möglichkeiten erkunden, die ein Roman bietet.»

Hamilton glitt von seinem Stuhl, rutschte hinter ihm durch und griff nach der Türklinke.

«Den Mut verloren?», sagte der Dozent, der die Arme verschränkte und ihm durch seine Brille zulächelte.

Hamilton stellte sich vor, dass er sich im Auto des Dozenten auf dem Rücksitz versteckte, in der Hand einen langen Metallspieß. Ein Stich in den Hintern, dachte er, wenn du halbwegs über die Granville Street Bridge bist, und wir werden sehen, wen dann der Mut verlässt. Er lachte laut auf. Schüttelte den Kopf, und immer noch schmunzelnd verließ er den Hörsaal, leise schlug die Tür hinter ihm zu.

21

Du bist ein hübsches Mädchen», sagte Nadine. «Bist du verheiratet?»

Maria nickte.

«Hast du Kinder?»

Maria nickte wieder. «Eine Tochter. Belinda.» Das Sprechen fiel ihr schwer.

Marias Mutter sah sie unentwegt an. «Ich habe sie gefragt, was aus dir geworden ist», sagte sie. «Aber sie wollten es mir nicht sagen. ‹Sie hat ein gutes Zuhause gefunden›, mehr verrieten sie nicht. Hattest du ein gutes Zuhause?»

«Ja.»

«Gut.»

Der Regen hatte nachgelassen und legte sich wie ein fließender Umhang aus durchsichtigem Silber auf die Scheiben.

Maria fragte: «Warum hast du das getan?» Sie verspürte eine erstaunliche Erleichterung.

Ihre Mutter lehnte sich in dem Holzstuhl zurück. «Wann hast du es herausgefunden?»

Maria vernahm keine Regung in dieser Stimme. Sie war staubtrocken. «Gestern», sagte sie.

Ihre Mutter schüttelte langsam den Kopf und wandte den Blick ab. Sie war klein, gebrechlich und verkrüppelt – es war schwer, sich vorzustellen, dass sie die Kraft gehabt hatte, jemanden zu erstechen. Aber sie hatte ihren schlafenden Mann erstochen und auch die älteren Kinder.

Maria legte die Arme auf den Tresen und beugte sich bis dicht an den Maschendraht vor. «Bitte.»

Ihre Mutter warf einen Blick auf den Wärter hinter sich, der an der Tür wartete, durch die sie hereingekommen waren.

«Bitte», sagte Maria. Ihr schwirrte der Kopf. Sie versuchte, sich zu beruhigen – sie musste nachdenken. «O Gott», flüsterte sie und bemühte sich um Fassung, sie spürte den Blick der Direktorin im Nacken.

Nadine sah sie regungslos an. «Ich weiß nicht, warum du glaubst, dass ich dir das beantworten könnte. Ist das alles, was du wissen möchtest?»

Maria senkte den Blick, blinzelte schnell die Tränen weg. «Ja, ich glaube schon.» Nadine sah sie prüfend an, und Maria versuchte, in ihrer Mutter die junge Frau auf Edward Dixons Fotografie zu erkennen. «Nein, das ist nicht alles. Erzähl mir von meinem Vater.»

Sie sah den Schmerz, der über das Gesicht ihrer Mutter huschte, und sie fragte sich, was Nadine gespürt haben mochte, als sie das Messer in die Brust ihres Mannes stieß. Hatte er die Augen aufgerissen? Hatte sie zu spät ihre Meinung geändert?

«Hast du ihn geliebt?», fragte sie. Ihre Mutter sah sie weiter an, antwortete aber nicht. «Wie war er?» Nadine hob ungeduldig die Schultern. «Bitte», sagte Maria und beugte sich wieder zum Maschendraht vor. «Ich muss es wissen.»

«Die Begegnung mit dir ist sehr aufwühlend», sagte ihre Mutter gereizt.

«Aber du musst damit gerechnet haben, dass ich irgendwann auftauchen würde. Du musst zumindest darüber nachgedacht haben.»

«Eine Zeit lang, ja. Aber nicht in letzter Zeit. Seit Jahren nicht.»

Der Regen hatte aufgehört, und durch das Fenster sah Maria, wie die Wolken schnell Richtung Osten abzogen. Sie wollte hier nicht länger bleiben.

Würde sie es Richard und Belinda erzählen? Nadine war keine passende Großmutter für Belinda. Obwohl Richard sie vielleicht sogar noch interessanter finden würde als Agatha, dachte sie.

Sie blickte ihre Mutter prüfend an, suchte nach vertrauten Zügen. Würde sie, Maria, auch Arthritis bekommen?, fragte sie sich. Oder Belinda? Nadine hatte Herzanfälle gehabt – würden sie und Belinda ebenfalls darunter leiden?

«Warum bist du immer noch hier?»

«Weil ich es so möchte.»

«Warum?»

Nadine sah sie distanziert an. «Ich müsste dich verdammt viel länger kennen als fünfzehn Minuten, bevor ich –»

Maria schlug auf den Tresen und erhob sich halb von ihrem Stuhl. Der Pfleger warf ihr einen Blick zu, blieb aber, wo er war. «Hör mir jetzt mal zu», sagte sie. «Du hast mir meine Familie genommen. Deinetwegen habe ich gedacht, ich sei jemand ganz anderes, als ich bin.» Sie stach mit dem Finger in die Luft. «Du schuldest mir etwas.» Langsam setzte sie sich wieder hin. Sie zitterte.

«Was schulde ich dir?», sagte ihre Mutter verächtlich. Sie saß steif auf ihrem Stuhl und rang die Hände im Schoß.

Sie leidet vielleicht, dachte Maria. Immer noch zitternd, musterte sie ihre Mutter durch den Maschendraht. Sie versuchte, sich an Belindas Geburt zu erinnern – aber in ihrem Kopf hallten nur Schreie. Maria hielt sich vorsichtig die Ohren zu, drückte die Hände fest an, dann nahm sie sie weg – und das Geräusch war verschwunden.

Vielleicht leidet sie, dachte sie wieder und sah ihre Mutter an.

«Nichts», sagte Maria dumpf. «Du schuldest mir nichts.» Sie suchte ihre Handtasche und hob sie vom Fußboden auf.

«Warte.» Nadine beugte sich vor, und Maria sah die rosa Kopfhaut, wo das weiße Haar gescheitelt war. «Du hast nach deinem Vater gefragt.»

Maria stellte die Handtasche auf ihren Schoß und sah ihre Mutter an.

«Für alles andere, was du wissen willst, ist es zu spät», sagte Nadine. «Aber –» Sie sah auf ihre Hände hinunter, die grotesk und hilflos auf dem Tresen lagen. «Dein Vater –» Zum ersten Mal fiel ihr das Sprechen schwer, und Maria dachte, dass sie vielleicht einen Schmerz in ihrer Stimme hörte. «Er war – stark. Gesund. Intelligent.» Sie sah Maria nüchtern an. «Gute Gene, auf einer Seite jedenfalls.»

Maria war fassungslos. «Aber wie konntest du das tun. Wie konntest du ihn umbringen?»

Nadine schwieg.

«Warum?»

«Ich habe ihn nicht umgebracht.»

Maria wollte ihr glauben. Eine Sekunde lang glaubte sie ihr, denn eine Sekunde lang dachte sie: Ich werde den Rest meines Lebens nach einem Weg suchen, der beweist, das sie unschuldig ist. Meine Mutter. Unschuldig.

«Ich habe Ira Gage getötet», sagte Nadine. «Deinen Vater habe ich nicht getötet.»

Maria saß Nadine gegenüber, sah sie durch den Maschendraht an.

«Sprich», sagte sie.

DIE GEGENWART

22

Alberg saß in seinem Motelzimmer in Calgary auf der Bettkante, es war dasselbe Motel, in dem er und Cassandra vor genau einer Woche, als Janey heiratete, übernachtet hatten. Vor einer Woche waren die Tage golden und blau gewesen und die Sonne warm, jetzt fiel hier Schnee, so wie gestern in Saskatoon. Alberg wusste, dass er nicht liegen bleiben würde. Aber nächsten Monat würde er liegen bleiben

Er war nach Calgary gekommen, um nach dem Landarbeiter zu suchen, der Maria gerettet hatte.

Ihm wurde bewusst, dass er den Aschenbecher mit dem Streichholzbriefchen anstarrte, auf dem der Name des Hotels stand. Er stellte ihn vom Nachttisch auf den Tisch. Aber dort stand das Telefon. Er stellte ihn wieder um, vom Tisch auf den Nachttisch auf der anderen Seite des Betts, aber das war auch nicht gut. Schließlich verstaute er den Aschenbecher in der untersten Schublade der Kommode, die er nicht benutzen würde.

Dann ging er wieder zum Tisch und wählte Janeys Nummer. Der Musiker nahm ab. Janey, sagte er zu Alberg, sei nicht zu Hause. Zu Hause, dachte Alberg verwundert. Sie war jetzt bei diesem Musiker zu Hause. Er hinterließ eine Nachricht, rief dann bei Diana an und bekam den Anrufbeantworter. Schließlich versuchte er es bei seiner eigenen Nummer in Gibsons, und hier hatte er mehr Glück.

«Es tut mir Leid, dass ich diese Reise machen musste», sagte er zu Cassandra.

«Hör mal, Karl. Ich kann mich nicht für den Rest meines

Lebens verkriechen. Ich muss es überwinden, und ich werde es überwinden.»

«Ich weiß. Aber trotzdem. Es tut mir Leid.»

«Es wäre allerdings besser, wenn wir woanders wohnen würden.»

Alberg wurde das Herz schwer, trotz der Tatsache, dass er sich schon gewappnet hatte. Sich darauf vorbereitet hatte. Sogar Pläne gemacht hatte.

«Jedes Mal, wenn jemand an die Tür klopft –»

«Ich weiß. Ich habe auch darüber nachgedacht.» Aber nicht irgendwo auf dem Land, hatte er beschlossen und hoffte, dass sie damit einverstanden sein würde.

«Wenn du wieder da bist, machen wir uns auf die Suche nach einem Haus. Okay?»

«Auf die Suche nach einem Haus?»

«Ja. Wie findest du das? Ich verkaufe mein Haus, und wir kaufen eins zusammen.»

«Ein Haus? Wo?»

«Ich weiß nicht, wo. Hier, in Gibsons. Sechelt. Egal.»

«Bist du dir sicher?»

Sie schwieg einen langen Moment. «Soll das heißen, du nicht? Ich dachte, du wolltest heiraten, Herrgott noch mal. Und jetzt weißt du nicht, ob wir ein Haus kaufen wollen?»

«Nein, nein, nein.» Er stand auf, aber die Strippe war zu kurz, sodass er sich wieder setzen musste. «Nein, nein, nein. Nein.»

«Karl, was hast du?»

«Nichts, nichts. Ich habe dich falsch verstanden. Mehr nicht. Ja. Ein Haus suchen. Großartig. Das ist großartig!». Er merkte, dass er strahlte.

«Wann kommst du nach Hause?», sagte sie. «Du fehlst mir.»

«Du mir auch», sagte Alberg immer noch lächelnd. «Ich weiß es nicht genau. Das hängt von dem Mann ab, den ich morgen Vormittag treffe. Es könnte sein, dass ich morgen Abend zurückfliegen kann.»

«Hast du irgendetwas Brauchbares erfahren?»

Er zögerte. Er wollte ihr die Geschichte erzählen, aber er hatte noch nicht genug zusammen. Er war voller Erwartung. Das wollte er im Moment für sich behalten, bis er mehr wusste. «Ja», sagte er. «Die Reise war sehr nützlich.»

Cassandra stand im Nachthemd in der dunklen Küche des früheren Schulhauses, sie sagte Gute Nacht, legte auf und stand einfach da, hörte, wie der Regen an die Scheiben prasselte und der Wind an den Dachpfannen rüttelte. Sie überlegte, ob sie lieber eine Milch oder einen Tee wollte.

Sie machte den Kühlschrank auf und musste lächeln: Ihre Mutter hatte Ordnung hineingebracht. Die Reste waren von Tellern oder aus Plastiktüten in kleine Behälter mit Deckeln gefüllt worden. Außerdem hatte sie sämtliche Gewürztöpfchen abgewischt und mit dem Etikett nach vorn hingestellt. Die Schubladen waren ausgewischt und mit frischem Küchenpapier ausgelegt. Cassandra nahm eine Büchse Mineralwasser aus dem Kühlschrank und goss sie in ein großes Glas mit Eiswürfeln.

Sie kehrte ins Wohnzimmer zurück, wo ein gemietetes Gästebett in der Ecke hinter Karls Schaukelstuhl stand. Die Leselampe daneben schien auf das Bett, einen Stapel Bücher auf dem Fußboden und ein aufgeschlagenes Buch auf dem Bett. Cassandra stellte das Glas auf die Erde. Sie schlüpfte ins Bett, klopfte die Kissen zurecht und machte das Licht aus.

Einige Minuten vergingen.

«Cassandra?»

Sie drehte den Kopf und sah, dass ihre Mutter an einem Ende des Sofas saß. Sie setzte sich schnell auf. «Was ist los?»

«Nichts. Ich konnte nicht schlafen. Mehr nicht.»

Cassandra stellte ein Kissen auf und lehnte sich dagegen. Die Geräusche des Regens auf dem Dach waren zu einem leisen Tröpfeln abgeklungen, und der Wind war nicht mehr zu hören. Der Bademantel ihrer Mutter war ein heller Fleck in dem dunklen Zimmer.

«Ich bin froh, dass du mich gebeten hast, bei dir zu übernachten. Ich bin froh, mich noch nützlich machen zu können.»

«Ich bin auch froh, Mutter.»

«Wollt ihr zwei heiraten?»

Cassandra lehnte den Kopf an die Wand. «Ich weiß nicht. Vielleicht.» Sie sah zu ihrer Mutter, deren Gesicht im Schatten lag, aber Cassandra konnte die Hände in ihrem Schoß erkennen, sie strichen über den Stoff des Morgenmantels, der weiß war und gesteppt, mit rosaroten Paspeln am Kragen und an den Aufschlägen der Ärmel. Sie versuchte zu erkennen, ob ihre Mutter Slipper an den Füßen trug, aber die Füße waren von den Falten des Morgenmantels verdeckt. «Um genau zu sein», sagte sie mit einem Lächeln, «wollte ich ihm neulich Abend einen Heiratsantrag machen. Und dann sagte er, dass er verreisen müsse.»

«Du lieber Gott, Cassandra, was hat denn das damit zu tun?»

«Weißt du, Mom, ich kann es noch nicht ertragen, allein zu sein. Aber das ist kein Grund, zu heiraten.»

«Aber es *ist* ja auch nicht der Grund, nicht wahr?»

«Nein. Aber es hätte so ausgesehen.»

Ihre Mutter beugte sich vor, und das schwache Licht der Laterne vor dem Fenster, das durch die Vorhänge gefiltert wurde, fiel auf ihr Gesicht. «Das ist eine sehr schwierige Zeit für dich. Ich wünschte, ich könnte dir helfen.»

Als alles vorbei war, hatte Cassandra sich zu ihrer Mutter auf die Bettkante gesetzt und gesagt: «Mir ist etwas Schlimmes passiert, Mom. Ich muss es dir sagen.» Und während sie sprach, hatte Helen Mitchell sich in ihrem Bett aufgesetzt, und sie hatte Tränen in den Augen, sie liefen langsam ihre runzligen Wangen hinunter. Sie berührte Cassandras Gesicht und nahm sie in die Arme. Das hatte Cassandra sehr beeindruckt, denn ihre Mutter hatte ihre Zuneigung nie offen gezeigt, noch nicht mal, als Cassandra ein Kind war.

«Ich erinnere mich noch an die Zeit», sagte Cassandra verträumt, «als Makkaroni mit Käse mein Lieblingsessen war, das ich jeden Mittag essen wollte.»

«Daran erinnere ich mich. Du warst noch nicht eingeschult», sagte ihre Mutter.

Cassandra hörte eine Sirene in der Ferne, einen klagenden Ton, der ihr Karl wieder ins Gedächtnis rief.

«Dein Vater mochte keine Nudeln mit Käse. Graham auch nicht. Aber ich. Wie geht es dir sonst – abgesehen von der Tatsache, dass du nicht allein sein willst?»

«Mir geht es gut, Mutter», sagte Cassandra. In dem gedämpften Licht und aus dieser Entfernung wirkte Helen Mitchells Gesicht jung und frisch. «Mir wird es wieder gut gehen.»

Am nächsten Morgen parkte Alberg seinen Leihwagen vor dem Haus im Südwesten Calgarys, wo Art Johnson mit seinem Sohn wohnte, der geschieden und kinderlos und etwas jünger als Alberg war. Der Sohn war konzessionierter Wirtschaftsprüfer, der mit einem Partner ein kleines Büro in der Twelfth Avenue hatte. Aber heute war Sonntag, und er würde zu Hause sein.

Alberg hatte nach dem Arbeiter zunächst in der Stadt, wo die Morde passiert waren, gesucht. Die Frau, die früher, als der Ort noch eine Post hatte, die Leiterin des Postamts gewesen war, hatte ihm von Johnsons Sohn, Thomas, erzählt. «Thomas. Thomas Hardy Johnson, nach dem Engländer, der *Tess von d'Urbervilles* geschrieben hat», sagte die ehemalige Postmeisterin. «Er hat in Saskatoon an der Universität studiert», sagte sie.

Alberg spürte ihn mithilfe des Vereins der Ehemaligen auf, dem Thomas Hardy Johnson, seit er Examen gemacht hatte, regelmäßig Spenden zukommen ließ.

Alberg ging die Treppe hinauf und durch eine Fliegengittertür, die auf eine Veranda führte, die halb so groß wie das ganze Haus war. Er klopfte an die Innentür und wartete frierend darauf, hereingebeten zu werden. Es war ein sehr kalter Tag – obwohl es wenigstens nicht mehr schneite und die Sonne herausgekommen war. In einer Ecke der Veranda stand ein Stapel zusammengeklappter Liegestühle, und daneben waren mehrere Körbe zum Aufhängen mit gefrorenen Blumen aufgereiht. Wie Tote, die auf ihre Beerdigung warteten.

Ein hoch gewachsener Mann mittleren Alters mit Stirnglatze und leichtem Bauchansatz öffnete die Tür. Er empfing Alberg mit einem missmutigen Gesichtsausdruck, nicht ausgesprochen feindlich, aber sehr zurückhaltend. Der Mann war nicht erfreut, Alberg ins Haus zu lassen. Vielleicht weil Alberg Polizist war, vielleicht aus Sorge um seinen alten Vater – wer weiß. Aber für Alberg war diese Art von Empfang nichts Ungewohntes, und er hatte gelernt, sich nicht darüber zu ärgern.

«Karl Alberg. Ich habe mich angemeldet.»

«Richtig.» Johnson trat zurück und ließ ihn eintreten.

In der voll gestellten Diele blieb Albergs Blick an einer Reihe von Garderobenhaken hängen, die er noch aus seiner Schulzeit kannte. Dort hingen zwei Jacken mit Schals und Mützen. Auf einer Gummimatte standen ein Paar Gummischuhe und ein Paar Halbstiefel; wasserdichte Schuhe mit Metallschnallen. Der Fußboden war aus Holz, in der Mitte lag ein Läufer mit gummierter Unterseite.

Johnson nahm Alberg die Jacke ab und hängte sie auf einen freien Haken. Er schien auf etwas zu warten. Alberg rieb sich kräftig die Hände und machte eine Bemerkung über das Wetter. Schließlich dämmerte es ihm, dass sein Gastgeber wollte, dass er die Schuhe auszog. «Aha», sagte er. Er lehnte sich an die Wand, zog die Schuhe aus und ging dann auf Strümpfen hinter Thomas Hardy Johnson her.

Die Diele, die auf ihn wie eine einzige Garderobe wirkte, war dunkel und wurde von einer Hängelampe mit einer viel zu schwachen Birne beleuchtet, es war ein voll gestellter, düsterer Raum, sodass er vom Wohnzimmer angenehm überrascht war. Zur Straßenseite hin hatte es ein Fenster, und zwei große Fenster an der Seite gingen auf einen weitläufigen Garten hinaus.

«Nehmen Sie Platz», sagte Thomas Hardy. «Ich gehe und hole Dad.»

Der enge Flur ging in einen kreisrunden Bereich über, von dem aus eine Treppe in den ersten Stock führte. Alberg hatte gesehen, dass das Esszimmer dem Wohnzimmer gegenüberlag. Die Küche und ein weiteres Zimmer – wahrscheinlich das des Alten, um ihm das Treppensteigen zu ersparen – würden sich hier unten auf der Rückseite des Hauses befinden und auch ein Badezimmer, überlegte er.

Er sah sich in dem Wohnzimmer um, das nicht den Eindruck machte, als würden hier zwei Junggesellen hausen. Die Polstermöbel waren mit einem dezent gestreiften Stoff in Blau-Grün bezogen, Sofa, Sessel und Schaukelstuhl passten zusammen. Aber in der Ecke neben dem Kamin standen ein ausladender, mit Tweed bezogener Sessel, ein abgeschabter Lederschemel und eine Stehlampe als Leselicht. Und in einer anderen Ecke standen ein gepolsterter Schaukelstuhl mit hoher Lehne, ein Fernseher und eine Topfpflanze. Von der Decke hing eine üppige Pflanze mit langen Zweigen, die über und über mit roten Blüten besetzt waren. Alberg sah keine Anzeichen für Musik, keinen CD- oder Plattenspieler und auch kein Bücherregal, obwohl sich auf dem Fußboden neben dem Sofa Zeitungen stapelten und auf dem Lederschemel ein aufgeschlagenes Buch mit dem Gesicht nach unten lag.

Er hörte die beiden Männer über den Flur kommen und drehte sich um, um sie zu begrüßen.

Art Johnson war viel kleiner als sein Sohn, aber sein Rücken war verkrümmt, sodass es schwer zu sagen war, wie groß er früher gewesen sein mochte. Er war glatt rasiert und fast völlig kahl, der weiße Haarkranz war exakt geschnitten. Er trug eine graue Hose, ein weißes Hemd und darüber eine braune Weste. Seine dunkelblaue Krawatte war mit winzigen weißen Pferden gemustert, und seine Füße steckten in Lederslippern. Sein Sohn stand dicht neben ihm, und Alberg fragte sich, wie unsicher der alte Mann auf den Füßen war und ob er normalerweise einen Stock benutzte, aber nicht vor Fremden, wenn er es vermeiden konnte. Er konnte sich diesen Mann nicht als Arbeiter vorstellen. Wir reden über eine andere Zeit, dachte er; und von Menschen, die vielleicht keinen einfachen Weg hinter sich haben, um bis hierher zu kommen.

«Mr. Johnson? Ich bin Karl Alberg.» Er trat dicht an den alten Mann heran und streckte die Hand aus. «Vielen Dank, dass sie eingewilligt haben, mit mir zu sprechen.» Die Größe der Hand und die Kraft des Händedrucks überraschten ihn.

Art Johnson ging zu dem Schaukelstuhl mit der hohen Lehne und setzte sich. Was, zum Teufel, wird er mir sagen können?, dachte Alberg und sah ihn an.

Thomas Hardy sagte: «Ich gehe nach oben und werde etwas arbeiten, Dad. Ruf mich, wenn du mich brauchst.»

«Er war noch nicht mal geboren, als es geschah», sagte Art Johnson und sah seinem Sohn nach, als er durch das Zimmer ging. «Wahrscheinlich arbeitet er zu viel. Ich weiß, dass er mehr arbeitet, als er müsste.» Er drehte sich um und sah Alberg an, der auf dem Sofa Platz genommen hatte. «Er hat nicht viel mehr vom Leben als seine Arbeit. Ich sorge für ihn, so gut ich kann. Er ist ein trauriger Mensch. Mein Thomas. Zum Glück hat er mich. Ich bin nicht sehr unterhaltend. Aber ich sehe das

Leben auf eine Weise, die ihn interessiert. Nun. Wie wäre es mit einem Gläschen Sherry?»

Alberg zögerte. «Es ist noch ein bisschen früh, oder?», sagte er. «Aber, hol's der Kuckuck, warum nicht.»

Der alte Mann kam schwerfällig auf die Füße und schlurfte aus dem Zimmer. Alberg hörte, wie er im Esszimmer eine Schranktür öffnete, Gläser auswählte, einschenkte, die Flasche zurückstellte, die Schranktür schloss. Alberg zwang sich, sitzen zu bleiben, als Johnson mit einem kleinen Messingtablett, auf dem zwei fast bis zum Rand gefüllte Sherrygläser aus Kristall standen, ins Wohnzimmer zurückgeschlurft kam. Alberg nahm sich eins. Johnson stellte das andere auf den kleinen Tisch neben seinem Stuhl, drehte sich um und warf Alberg über die Schulter ein leises triumphierendes Lächeln zu. Er stellte das Tablett auf den Boden und setzte sich.

Alberg prostete ihm zu. «Ausgezeichnet.»

Johnson nickte erfreut. «Also. Was, glauben Sie, kann ich für Sie tun, Staff-Sergeant?»

Die Sonne glitzerte auf dem Schnee im Garten und fiel mit sommerlicher Wärme auf den taubengrauen Teppich und Albergs bestrumpfte Füße. «Maria Buscombe, früher Maria Gage, ist in Sechelt, das ist mein Revier, ermordet worden. Teil der Ermittlungen in diesem Mordfall ist, ihre persönliche Geschichte kennen zu lernen.»

«Sie gehen ziemlich weit zurück», sagte Art Johnson.

«Ja. Ich habe bei ihrer Adoption angefangen, und eins hat zum anderen geführt.» Alberg zuckte die Achseln.

«Das ist immer so», sagte Johnson trocken. Er nahm sein Sherryglas, das in seiner riesigen Pranke winzig und zerbrechlich wirkte.

«Ich glaube aber, dass Sie das letzte Glied der Kette sind», sagte Alberg. «Jedenfalls, wenn ich Edward Dixon richtig verstanden habe.»

Johnson nippte an seinem Sherry, aber er schien den Geschmack gar nicht zu spüren. «Erzählen Sie mir von Maria», sagte er. «Haben Sie sie gekannt?»

«Nein», sagte Alberg.

«Dann ist sie für Sie nur ein weiteres Mordopfer?»

«Nein. Für mich ist sie ein Puzzle.»

«Als ich sie das letzte Mal sah», sagte Johnson unvermittelt und sah aus dem Fenster, «war ihr kleines Gesicht so weiß wie der Schnee dort draußen. Ihre Augen waren geschlossen, ihre Wangen klebten … von getrockneten Tränen. Sie lag in einer mit einem Kopfkissen ausgelegten Apfelkiste und war mit einer Decke zugedeckt. Das war, kurz bevor sie sie mitnahmen. Sie hat so lange geschrien, bis sie nicht mehr konnte.»

«Erzählen Sie mir von ihren Eltern», sagte Alberg ruhig.

Johnson sah ihn wieder an. «Wahrscheinlich werde ich heute Nacht davon träumen, und wenn, dann zuerst von ihren Schreien.» Er stellte das Sherryglas hin. «Ira arbeitete hart. Er war eine Kämpfernatur. Er liebte seine Kinder. Er vergötterte seine Kinder. Nadine hat er, glaube ich, auch geliebt.» Er stand auf und schlurfte um den Sessel herum. «Meine Gelenke werden steif. Ich muss immer wieder meine Haltung verändern.» Er stützte die Unterarme auf die Rücklehne des Sessels. «Das Leben war verdammt hart. Erst die Weltwirtschaftskrise, dann der verdammte Krieg. Die Frauen packten alle Päckchen für Großbritannien und fragten sich, ob ihre Männer zur verdammten Armee eingezogen werden würden.» Er schüttelte den Kopf und starrte den Sonnenstreifen auf dem Fußboden an. «Trotzdem», sagte er leise, «gab es auch gute Momente.»

«Hat Nadine auch Päckchen nach England geschickt?»

Johnson sah ihn einen Augenblick ausdruckslos an. «Nadine? Nun, sie hat es versucht. Wissen Sie, Nadine –» Er hielt inne, ging um den Sessel herum und setzte sich wieder. «Nadine war anders. Man sagt, die Geburt der Kinder hätte sie zeitweise verrückt werden lassen, was man, glaube ich, postnatale Depression nannte, aber das stimmte nicht. Nadine war schon immer verrückt. Nein. Ich möchte mich korrigieren.» Er wandte den Blick ab und verzog nachdenklich das Gesicht. «Sie war sehr labil. So ist es richtig.»

Alberg dachte nach. «Sie meinen, sie wurde nicht nur durch eine Geburt aus dem Gleichgewicht gebracht?»

«Ja. Genau das meine ich.»

«Und was passierte, wenn sie aus dem Gleichgewicht kam?»

Johnson starrte wieder auf den Sonnenstreifen und dachte nach. «Sie wurde sehr unruhig. Und entweder ist sie dann geplatzt, oder sie wurde von Melancholie niedergedrückt. Manchmal geschah etwas, das sie besänftigte. Zum Beispiel ... Einmal hängte sie die Wäsche auf die Leine, es war ein heißer windiger Sommertag, und gegen Mittag wurde der Wind stärker, und ein Gewitter zog auf, und die Wäsche wurde im Regen pitschnass. Ich erinnere mich, dass sie auf den Stufen stand und zusah, wie der strömende Regen auf die Wäsche fiel. Und auf sie. Sie war durchnässt. Sie hatte eine Hand am Kopf, mit der sie sich das Haar aus dem Gesicht hielt, und ich stand daneben und fragte mich, was sie wohl tun würde, wenn der Regen aufhörte und die Sonne herauskam. Sie wissen selbst, wie schnell das Wetter auf der Prärie umschlägt, der Wind macht *hui»* – er machte eine wischende Handbewegung – «und schon ist der Regen vorbei. Und ein doppelter Regenbogen stand am Himmel. Von Horizont zu Horizont. Nadine legte die Hände zusammen, genau so, und betrachtete den Regenbogen und weinte. Und an diesem Tag ging es ihr gut.»

«Und an anderen Tagen?»

«An anderen Tagen wanderte sie die Straße entlang und kam stundenlang nicht mehr zurück. Oder sie warf mit Gegenständen um sich und schrie Ira und die Kinder an. Und mich.»

«Wie war sie, wenn sie – ausgeglichen war?», sagte Alberg.

«So freundlich und angenehm, wie man es sich nur wünschen kann. Auch klug. Und sie hatte einen feinen Sinn für Humor. Mit einem trockenen Witz.»

«Wissen Sie, was sie umgehauen hat in jener Nacht, in der sie ihre Familie umbrachte?»

Johnson schüttelte den Kopf. «Ich habe immer und immer wieder darüber nachgedacht. Was haben wir versäumt? Ich suche immer wieder danach. Warum war ich nicht schneller oben? Ich suche immer wieder nach der Antwort. In meinen Träumen. Vierundfünzig Jahre sind seit der Tat vergangen, aber in meinen Träumen ist sie sehr gegenwärtig.»

«Sie haben Maria das Leben gerettet», sagte Alberg.

«Ja. Aber ich muss an die anderen denken. So ist der Mensch.» Er trank einen Schluck Sherry. «An jenem Tag schien es ihr gut zu gehen. Sie war ruhig. Sie machte jedenfalls einen ruhigen Eindruck. Und dann – o Gott. Sie war so stark. Und glitschig vom Blut der anderen.» Er zog ein Taschentuch aus der Tasche. «Ja, die Kleine habe ich gerettet.» Der alte Mann sah Alberg an, seine Augen glänzten feucht. «Aber jetzt ist sie am Ende trotzdem ermordet worden.»

«Ja», sagte Alberg. «So ist es.»

«Ich muss Ihnen etwas sagen, was Ihnen wahrscheinlich nicht weiterhelfen wird. Ich zögere, weil es nach Klatsch klingt. Aber es ist keiner. Ich weiß, dass es wahr ist. Ich weiß nur nicht, ob es wichtig ist. Nadine hatte einen Freund.»

Alberg hatte die Vision von einer Frau auf einem Drahtseil. Sie trug ein knöchellanges Kleid, und das lange Haar floss ihr den Rücken hinunter – es war ein Bild, das im Moment völlig unpassend war, aber es ließ ihn nicht los. Sie streckte die Arme aus, um nicht das Gleichgewicht zu verlieren, und in ihren zögernden Bewegungen lag eine zarte Anmut, die seinem Herzen einen Stich versetzte. In seiner Vision war er mit ihr auf gleicher Höhe, aber er sah sie nur von der Seite und etwas von hinten, sodass er ihr Gesicht nicht erkennen konnte. Sie stand in der Finsternis, wurde aber von beiden Seiten grell angestrahlt. Das Seil, auf dem sie balancierte, ging von Unendlichkeit zu Unendlichkeit

«Tatsächlich?», sagte er leise.

«Ja. Ich habe sie gesehen, dreimal.»

«Wie lange ging das schon?», sagte Alberg

Johnson zuckte die Achseln und schüttelte den Kopf.

«Wusste ihr Mann davon?»

«O Gott, nein.»

«Kann es sein, dass er es herausgefunden hatte? Und sie zur Rede stellte? Denn das hätte sie – umgehauen. Oder?»

«Das könnte man meinen.» Johnsons Blick ging Richtung Flur, er hörte die Schritte seines Sohnes auf der Treppe. «Das gehört zu den Dingen, die ich mich frage.»

«Wie hieß er?», sagte Alberg.

«Stewart», sagte Johnson. «Alan Stewart.»

«Seid ihr beide bald fertig?», sagte Thomas Hardy Johnson von der Türschwelle her.

«Fast», sagte Alberg, der den Blick nicht von dem alten Mann abwandte.

«Was können Sie mir noch über ihn erzählen?»

«Er war ihr Arzt. Er hat sich vor fünfzehn Jahren zur Ruhe gesetzt. Genau wie ich. Nur dass er an die Küste gezogen ist.»

«Wissen Sie, wohin an der Küste?»

«Vancouver.»

23

Thanksgiving war Alberg vormittags im Büro, um Liegengebliebenes aufzuarbeiten. Es war kurz vor zwölf, als er sich mit einem Seufzer zurücklehnte und die Lesebrille absetzte. Er betrachtete die Fotografie seiner Töchter, die an der Wand neben seinem Schreibtisch hing. Er beugte sich vor, um sie kritisch anzusehen, und merkte, dass es Zeit für ein neues Bild war. Dieses war veraltet. Sie waren wieder älter geworden. Und jetzt war eine der beiden verheiratet; von Rechts wegen müsste der Musiker auch auf dem Bild sein. Alberg war froh, dass er es nicht war.

Er sah sich unruhig in seinem Zimmer um. Er wollte hier irgendetwas verändern, jetzt, wo er nicht mehr den vorzeitigen Ruhestand erwog. Er wollte eine Wand herausbrechen lassen oder wenigstens ein größeres Fenster haben oder vielleicht die Wände gelb streichen, irgendetwas. Inzwischen, dachte er und nahm einen Aktenordner vom Schreibtisch, würde er das Zimmer aufräumen.

Als er wenig später vor Sids Haus anhielt, stand Sokolowski auf der Veranda des Nachbarhauses. Alberg stellte den Motor ab und stieg aus dem Oldsmobile, als die Haustür aufging. Eine junge Chinesin, hinter deren Beinen sich zwei kleine Kinder versteckten, kam heraus. Alberg war nicht nahe genug dran, um zu verstehen, was Sid sagte, während er ihr etwas überreichte. Die Frau sah überrascht aus, aber sie nahm es an. Sid salutierte andeutungsweise und ging wieder, und Alberg sah, dass er ihr irgendein Essen gebracht hatte. Die Frau verschwand wieder im Haus.

«Hi», sagte Alberg

«Karl, was machen Sie denn hier?»

«Was war das denn eben?»

Sid schloss die Gartentür und vergewisserte sich, dass der Riegel eingeschnappt war. «Thunfisch, überbacken.»

«Selbst gemacht?»

«Natürlich selbst gemacht.» Er warf Alberg einen verbitterten Blick zu. «Soweit ich weiß, gibt es niemanden, der mir ein Essen kochen würde. Nicht mehr.»

Alberg folgte ihm auf dem Weg, der zu Sids Haus führte, und ging mit ihm hinein, es roch nach Möbelpolitur.

«Sie sind gerade eingezogen, die Leute von nebenan», sagte Sokolowski. Alberg wappnete sich gegen die unausweichliche Bemerkung über Rassen und / oder Nationalitäten. «Reinliche Menschen, die Chinesen», sagte der Sergeant und eilte in die Küche.

«Ruhig. Aber gerissen. Man muss aufpassen, wenn man mit ihnen Geschäfte macht. Nicht, dass ich welche mit ihnen machen möchte.» Er stand am Fenster und sah in den Garten hinter seinem Haus. «Aber ich wünschte, sie wären auf der anderen Seite eingezogen. Dort wohnt immer noch derselbe alte Kauz. Der mit den Blättern auf seinem so genannten Rasen und der alten Karre von Auto, die er da einfach abgestellt hat, und mit dem Löwenzahn im Sommer.» Er klang unverhältnismäßig gereizt.

«Haben Sie einen Kaffee da?», sagte Alberg.

«Sicher.» Sid nahm zwei Becher aus dem Schrank. «Ich wollte gerade einen trinken.»

Sie gingen mit dem Kaffee ins Wohnzimmer. Ehe sie sich setzten, blieb Sid stehen, um etwas vom Teppich aufzulesen – es war ein kleines abgestorbenes Blatt, glaubte Alberg.

«Ich möchte mit Ihnen über Maria Buscombe sprechen», sagte Alberg.

«Schießen Sie los», sagte Sokolowski. Er saß in einem großen tiefen Sessel, der vor dem Fernseher stand. Auf den Beistelltisch hatte er seinen Kaffeebecher abgestellt. «Hat der Mann in Saskatchewan irgendetwas gebracht?»

Alberg zog das Notizbuch aus der Tasche. «Ja. Ich glaube schon.» Er blickte auf seine Notizen und berichtet Sokolowski von Edward Dixon und Art Johnson und Maria Buscombes Eltern. «Die Mutter ist achtzehn Monate nach Marias Besuch in der Anstalt gestorben. Ich weiß nicht, ob der Arzt noch lebt – und wenn, was er uns sagen könnte. Ich werde morgen versuchen, ihn ausfindig zu machen.»

Wieder verfestigte sich ein Bild in seinem Kopf: ein schreiendes Baby, das sich an den Rand des Körbchens krallt, während gegenüber, im Zimmer der Brüder, ein Schatten, die Mutter, mit dem Messer zusticht. Alberg hatte es sehr früh geschafft, Abstand zwischen sich und seine Arbeit zu legen. Er schaffte es, sich durch schreckliche Sachen durchzuarbeiten ohne, sich davon berühren zu lassen, er konzentrierte sich gedanklich auf die Probleme, die auftauchten, ließ sie aber nicht an seine Gefühle heran. Doch manchmal brannte sich ein Bild in sein Bewusstsein, das er nicht mehr abschütteln konnte

«Es ist trotzdem schwer, sich vorzustellen, was das alles mit dem Mord zu tun haben könnte», sagte Sokolowski. In seiner Stimme lag keine Abwehr, nur eine gewisse Gereiztheit.

Alberg sah auf sein Notizbuch. Er trank einen Schluck Kaffee. «Sid. Die Frau verlässt Mann und Tochter und lässt eine absolut nichts sagende Botschaft zurück. Wenn man dem Mann glauben kann. Wir wissen, dass sie sich in einer Kellerwohnung in Fraser Valley verkroch. Herrgott noch mal. Jetzt wissen wir auch, dass sie sieben Jahre lang jedes Jahr einen Scheck über zwanzigtausend Dollar auf ihr Bankkonto eingezahlt hat. Diese beiden Dinge hängen zusammen: ihr Verschwinden und das Geld.»

«Das kannst du nicht mit Gewissheit sagen», sagte Sid geduldig.

«Der Zusammenhang ergibt sich aus den Bildern im Fotoalbum.» Er spreizt sich auf dem Sessel wie auf einem Thron, dachte Alberg gereizt. «Jemand hat ihr einmal jährlich ein Foto von ihrer Tochter gegeben. Warum? Um ihr zu zeigen, dass es der Tochter gut ging. Wer? Es ist nicht unlogisch, daraus zu schließen, dass es derjenige ist, der ihr jährlich die zwanzigtausend bezahlt hat.» Er klappte das Notizbuch zu. «Wir müssen jetzt herausfinden, wer von ihrer Abwesenheit profitierte.»

«Zwanzigtausend ist nicht genug, um dafür deine Familie zu verlassen», sagte Sokolowski leidenschaftlich. Alberg fragte sich plötzlich, ob Elsie sich in Vancouver selbst ernähren konnte oder ob Sid ihr – widerwillig – finanziell unter die Arme griff und sie damit in die Lage versetzte, von ihm getrennt zu leben.

«Es war genug, um davon zu leben», sagte Alberg.

«Nun, sei es, wie es sei», sagte Sid. Er leerte seinen Becher und stellte ihn auf den Beistelltisch. «Ich sehe, dass Sie viel Arbeit vor sich haben.»

«Wollen Sie heute Abend zum Essen kommen?» Alberg stopfte das Notizbuch wieder in die Tasche und erhob sich. «Truthahn, Kürbiskuchen, Wein.»

«Ach, ich weiß nicht, Karl.» Der Sergeant stand auf und begleitete Alberg zur Tür. «Thanksgiving. Das ist doch ein Familienfest.»

«Richtig. Und Ihre Familie ist über alle Berge und meine auch.» Er ging über die Veranda. «Es werden nur Cassandra, ihre Mutter, ich und Sie da sein. Sechs Uhr.»

Als er losfuhr, winkte er Sokolowski zu, dieser klobigen düsteren Gestalt auf der Treppe, und fragte sich, ob er je wieder so nahe bei seinen Töchtern wohnen würde, dass sie alljährlich Thanksgiving zusammen essen würden. Er fragte sich auch bedrückt, was Janeys einsilbiger Musiker zum Familientreffen beisteuern würde.

24

Am anderen Ende des Flurs», sagte Helen Mitchell, die im Schaukelstuhl saß, «stirbt gerade ein alter Herr. Seit Tagen schon», erzählte sie Alberg, der auf einem Stuhl saß, der zu klein für ihn war. «Verwandte und wer sonst noch alles sitzen an seinem Bett.» Helen sah aus dem Erkerfenster in die Abenddämmerung, die Shady Acres einhüllte. «Abwechselnd. Sie lösen sich ab.» Sie richtete das Kissen hinter ihrem schmalen Rücken. «Neulich hatten sie ihren Lunch dabei.» Sie sah indigniert in Albergs Gesicht. «Kentucky Fried Chicken.»

Alberg musste lachen. Er sah, dass sie über seine Reaktion überrascht war, und freute sich, als sie beschloss, in sein Lachen einzustimmen.

«Vielen Dank noch mal, dass Sie bei Cassandra waren, als ich wegmusste», sagte er.

«Vielen Dank für das Thanksgiving-Essen», sagte Helen Mitchell. «Und dafür, dass Sie mich nach Hause gefahren haben». Sie zögerte. «Ich möchte mit Ihnen reden. Warum stehen Sie nicht von diesem Stuhl auf und setzen sich auf die Fensterbank?»

Alberg machte das.

Er fühlte sich in ihrer Gegenwart nie ganz wohl. Als würde sie ihn kritisieren. Trotzdem glaubte er, dass sie ihn akzeptierte. Er hatte schließlich beschlossen, dass Helen Mitchell dem Leben überhaupt kritisch gegenüberstand und dass sie diese Haltung ständig ausströmte wie Dampf. Alberg war der Ansicht, dass Cassandra bei ihren überlangen Besuchen bei ihrer Mutter zu viel von diesem ungesunden Gas einatmete, weshalb sie manchmal, wenn sie nach Hause kam, unter Depressionen und Kopfschmerzen litt.

«Ich glaube nicht, dass ich illoyal zu meiner Tochter bin, wenn ich es Ihnen erzähle», sagte Helen Mitchell. Alberg war ganz höfliche Aufmerksamkeit.

«Als sie weg waren, hat Cassandra mit gesagt, dass sie vor kurzem beschlossen hat, Sie zu heiraten. Aber dass sie es doch nicht tun würde. Wegen ihrer Angst, allein zu sein.»

Alberg schüttelte den Kopf. «Na ja.»

«Es geht mir nicht darum, dass Sie mit mir darüber reden», sagte sie. «Ich wollte es Ihnen einfach nur sagen.»

«Okay.» Er nickte. «Danke.»

Sie sah ihn aufmerksam an. «Sie wird nie darüber hinwegkommen. Oh, sie wird es wegschieben, und das Leben wird weitergehen, und sie wird irgendwann wieder allein bleiben können. Aber diese grausige Erfahrung wird immer in ihr sein. Das wissen Sie, nicht wahr?»

Er versuchte, nie daran zu denken. Dann hatte er schon lieber das Bild des schreienden Säuglings im Kopf als Gordon Murphy, diesen eingebildeten psychopathischen Scheißkerl, der Cassandra gekidnappt hatte. «Ja», sagte er widerwillig. «Das weiß ich.»

«Also warten Sie nicht», sagte sie und beugte sich vor. «Lassen Sie sich nicht von ihr abservieren.»

Alberg nickte. «Okay.» Er lächelte. «Ich werde es versuchen.»

Sie lehnte sich zurück. «Ich könnte Ihnen ein Glas Wein anbieten.»

«Sie meinen, jetzt?»

«Hätten Sie gern eins?»

«Hätte ich gern, ja.»

Sie stand auf und holte eine Flasche Wein aus dem kleinen Kühlschrank in der Ecke und zwei Weingläser aus dem Schränkchen darüber. Sie goss ein, stellte die Flasche zurück und reichte Alberg ein Glas. «Alles Gute zu Thanksgiving», sagte sie und stieß mit ihm an.

«Alles Gute zu Thanksgiving», sagte Alberg, und sie tranken.

Sie setzte sich und sah ihn nachdenklich an. «Welche Strafe hat man Ihnen aufgebrummt, weil Sie diesen Irren zusammengeschlagen haben?»

Alberg sah es wieder vor sich wie in einem Blitzlicht: Gordon Murphy, schwitzend, grinsend, in seinem Sportzeug. Und er fühlte sie wieder: diese ungeheure Befriedigung, als seine Faust dieses schmalzige Grinsen traf und es zerstörte.

Er hob die Augenbrauen. «Ihn niedergeschlagen? Ich? O nein, Helen. Er ist gestürzt.»

Cassandra machte den Abwasch, als Alberg nach Hause kam. Er gesellte sich zu ihr und griff sich ein Geschirrtuch und fing an abzutrocknen. Es war ein sehr gutes Gefühl, ein sehr einträchtiges Gefühl, dachte sie, zusammen zu arbeiten. Sie sprachen beiläufig über Sid, dessen schlechte Laune sich nur hin wieder während des Essens gebessert hatte, und darüber, ob es wahrscheinlich war, dass Elsie zu ihm zurückkehrte. Plötzlich hörte Cassandra sich sagen: «Karl. Willst du mich heiraten?»

Er bekam den Mund nicht mehr zu. Er war geradezu erstarrt.

Cassandra fing an zu lachen.

«Was?», sagte er. «Was?»

Sie lachte noch mehr, wedelte mit dem Geschirrtuch in der Luft herum und bespritzte ihn mit Seifenwasser.

«Das meinst du nicht ernst», sagte er. «Du treibst ein grausames Spiel mit mir.»

Sie ließ das Geschirrtuch fallen und verschränkte die Arme, lachte immer noch.

«Cassandra?»

Sie schüttelte hilflos den Kopf. «Ich meine es so. Ich meine es wirklich so.» Ihr Lachen verschwand und wurde von braunen

Wimperntuschetränen abgelöst. Alberg wischte sie mit dem Tuch weg, das er zum Geschirrtrocknen benutzt hatte.

«Sag das noch mal», sagte er.

Sie war unerwartet erregt und deshalb ganz durcheinander. Sie wollte wegsehen, aber tat es nicht. «Willst du mich heiraten?», sagte sie und sah sein Lächeln.

Und er sagte, ja, ich will.

1987

25

Maria trug den Namen in ihr Adressbuch ein, sorgfältig schrieb sie in Druckbuchstaben: Alan mit einem «l», Stewart mit «ew», nicht mit «u». Ihre Mutter sah ihr auf die Finger. Maria fragte sich, ob sie sich vorstellte, dass sie beide sich trafen, die erwachsene Tochter und der alte Vater. Aber Nadines Augen wirkten so unbeteiligt, dass sie genauso gut ans Abendessen hätte denken können.

Maria dachte an Agatha, die ihr Halloween-Kostüme genäht und sie Lesen gelehrt hatte, die mit ihren Teenagerallüren fertig geworden war und sich bei Unfällen und Krankheiten um sie gekümmert hatte, während ihre richtige Mutter hinter Gittern schmachtete.

«Was machst du hier so?», fragte sie Nadine, die plötzlich müde aussah. «Wie verbringst du deine Tage?»

«Wieso?»

«Weil ich ab jetzt an dich denken werde, und ich möchte mir gern vorstellen können, was du gerade machst.»

«Hör mir mal zu.» Nadine beugte sich leicht vor. «Ich bin seit achtundvierzig Jahren hier. In deinem Leben ist kein Platz für mich, und in meinem ist keiner für dich.»

Ernüchtert spürte Maria, wie sie errötete, und senkte den Blick. Der Tresen war aus Holz und mit einem Grün gestrichen, von dem irgendjemand befunden hatte, dass es ein guter Farbton für Anstalten sei. Auf Marias Seite war ein Brandmal von einer Zigarette, das aus der Zeit stammte, als das Rauchen in staatlichen Gebäuden noch gestattet war, etwas Farbe war abgekratzt von Menschen, die genauso nervös gewartet hatten wie sie, und irgendjemand hatte einen Namen eingeritzt – «Reggie» stand in Großbuchstaben auf der Kante des Tresens, und Maria fragte sich, ob Reggie der Name desjenigen war, der wartete, oder dessen, auf den gewartet wurde.

Sie hob den Kopf und musterte ihre Mutter gründlich. Suchte nach Zeichen des Wahnsinns. Aber dieser Zustand war etwas Vorübergehendes, hatte man Maria beigebracht, etwas, das durch die Geburt der Kinder hervorgerufen wurde, etwas, wofür Maria also zum Teil verantwortlich war.

Sie wusste nicht, was sie jetzt sagen sollte. Kratzte mit dem Fingernagel etwas Farbe ab, legte eine schmale Spur um das Wort Reggie frei, schwieg. Ihre Mutter schwieg ebenfalls, sie hatte offensichtlich kein Interesse an Maria. Und warum sollte es auch anders sein? Hätte sie sich je für sie interessiert, dann hätte sie wahrscheinlich nicht danach getrachtet, sie umzubringen.

«Erzähle mir von meinen Großeltern», sagte sie. «Deinen Eltern.»

Ihre Mutter warf wieder einen Blick nach hinten, als hoffte sie, dass der Pfleger sagte, es sei Zeit zu gehen. «Warum?»

«Hatten sie – hatten sie viele Kinder? Oder nur dich? Oder was?»

«O, um Himmels willen!», sagte Nadine erregt. Sie hob die klauenähnlichen Hände. «Ich werde hier nicht sitzen und –»

«Hast du irgendetwas für mich? Briefe? Fotografien? Irgendetwas?»

«Nichts. Nicht ein verdammtes bisschen.»

«Was ich – haben sie dich geschlagen?», sagte Maria. «Haben sie dir wehgetan? Waren sie gewalttätig? Deine Mutter – war sie auch verrückt?» In ihren Augen standen Tränen, und sie hielt sich am Rand des Tresens fest. «Du hättest mich auch umgebracht, oder? Oder?»

Nadine sah Maria lange an und durch sie hindurch. Dann legte sie die Hände auf den Tresen und stand mühsam und schmerzgeplagt auf. Der Pfleger hinter ihr erhob sich ebenfalls.

«Maria. Ich kann mich an diesen Tag nicht erinnern. Maria. Geh nach Hause.» Sie drehte sich um und entfernte sich langsam, der Pfleger folgte ihr.

Am nächsten Morgen besuchte Maria noch einmal Edward Dixon.

Dann verließ sie Saskatoon und fuhr nach Nordwesten.

Es dauerte nur ein paar Stunden, dann war sie da. Damals, vor Jahrzehnten, hätte die Fahrt viel länger gedauert, als die Straßen noch schmal und mit Kies bedeckt waren.

Als Maria über den Gipfel eines Hügels fuhr, kam ziemlich plötzlich die Stadt in Sicht. Sie hatte sich gemütlich auf einem Stück Prärie ausgebreitet und wurde von den allgegenwärtigen Getreidespeichern dominiert: ein friedlicher und stiller Ort. Maria fuhr langsam durch ihn hindurch. Sie sah Fliederbüsche. Ein gleichmäßiger Wind wehte. Maria betrachtete mit den Augen einer Fremden die in der Hitze geparkten Autos – die Katze, die sich unter einer Veranda zusammengerollt hatte – den Jungen auf dem Fahrrad – den Mann im Anzug, der aus dem Drugstore kam und einen Musterkoffer trug. Sie fuhr in weniger als zwei Minuten auf der Hauptstraße durch den Ort hindurch. Auf der einen Seite hinein und auf der anderen hinaus.

Sie fuhr weitere zwanzig Minuten geradeaus und bog dann in westliche Richtung, dann nach Norden, dann wieder nach Westen.

«Es steht vielleicht gar nicht mehr», hatte Edward Dixon protestierend gesagt. Aber sie ging darüber hinweg und hielt ihm Papier und Stift hin. «Es ist fast fünfzig Jahre her», sagte er bittend. «Es ist sicher nicht mehr da.»

«Bitte», hatte Maria gesagt. Und schließlich hatte er ihr eine Karte gezeichnet.

Sie fuhr die Straße entlang, in der einst das Haus ihrer Mutter gestanden hatte, ihr war heiß, und sie schwitzte, weil sie die Fenster des Autos hochgekurbelt hatte. Sie hatte auch die Türen verriegelt. Trotzdem merkte sie, dass sie hin und wieder einen Blick auf den Rücksitz warf, vielleicht in der Erwartung, ihre Mutter dort sitzen zu sehen, die sie womöglich samt Auto von der Straße drängen wollte. Dieses arthritische alte Weib, dachte Maria, bekämpfte so ihre Angst. Ich könnte sie mit der flachen Hand niederschlagen; mit diesen verkrüppelten Händen könnte sie jetzt noch nicht mal ein Messer halten, geschweige denn jemand damit erstechen, dachte sie, als sie Zentimeter für Zentimeter die Straße entlangkroch, der Kies knirschte unter den Reifen – stellenweise lag kein Kies mehr auf der Straße, nur die nackten, ausgetrockneten Rillen.

Sehr viel schneller als erwartet war sie da.

Mehrere hohe Bäume drängten sich neben der Straße aneinander. Ob sie vor achtundvierzig Jahren auch dort gestanden hatten? Maria wusste nicht, wie lange es dauerte, bis Bäume so hoch waren, oder wie sie hießen. Sie hielt bei den Bäumen an und stellte den Motor ab. Sie blieb einen Moment ruhig sitzen, sie schwitzte und sah geradeaus auf die Straße, die immer weiterging, bis sie schließlich weit hinten von der Ferne verschluckt wurde.

Sie warf einen schnellen Blick nach links, sah Gebäude und blickte schnell weg. Einmal war eine Frau zu ihrem Haus in Vancouver gekommen und hatte gefragt, ob sie das Zimmer sehen dürfe, in dem sie vor Jahren aufgewachsen sei und das Belindas Zimmer geworden war. Doch was konnte Maria denn den Bewohnern dieses Hauses sagen?

Sie stieß die Tür auf und stieg aus und betrachtete den Hof des Farmhauses genauer. Sie brauchte ein paar Sekunden, ehe sie begriff, dass das Haus leer stand.

Das hatte Maria nicht für möglich gehalten. Entweder existierte das Haus nicht mehr, hatte sie gedacht, oder es wäre bewohnt.

Sie schloss die Autotür und ging die Einfahrt hinauf. Der Hof war mit rostigen Maschinenteilen übersät, die Maria nicht identifizieren konnte. Die Bäume an der Straße gaben einer alten Scheune Schutz, deren Dach eingefallen war. Außer dem Haus konnte Maria noch zwei weitere kleine Ruinen auf dem Grundstück sehen, sie waren ganz grau, und Wind, Schnee und Regen und die Zeit hatten sie verwittern lassen.

Der Präriewind lachte in den Baumwipfeln, polterte scharf mit den verrosteten landwirtschaftlichen Geräten herum und heulte hohl in der eingefallenen Scheune.

Maria drehte sich um und sah das Haus an.

Es schien bedrohlich näher zu rücken und dann wieder zurückzuweichen. Es war ein unauffälliges zweistöckiges Holzhaus, ausgeblichen und grau wie die eingefallene Scheune, ein vollkommen gewöhnliches Haus. Doch seine Existenz traf Maria mit der Kraft eines Schlages: Es schien zu atmen. Als sie das Haus anstarrte, dachte sie zum ersten Mal an die Brüder, von deren Existenz sie nie gewusst hatte. An Thaddeus, der so alt wäre wie Edward Dixon. An Geoffrey, das mittlere Kind.

Sie musste es gehört haben. Sie musste es gehört haben. Sie schüttelte heftig den Kopf, als wollte sie die Erinnerung befreien. Aber sie hatte keine Erinnerungen.

Natürlich stand sie jetzt an einem heißen Tag im August hier. Auf der Fahrt war Maria an üppigen Getreidefeldern vorbeigekommen, und die Bäume hinter ihr hatten verschwenderisch dichte Blätter. Die heiße Sonne war aus geschmolzenem Gold und bleichte das Blau des Himmels aus.

Der Tag, an dem die Tat vor vielen Jahren geschah, war ein Tag im Dezember gewesen.

Starr blickte Maria zum Haus hoch und sah die junge Nadine, sie hatte einen gesunden Körper, aber keinen gesunden Verstand. Sie sah, wie sie in die kalte leere Weite der schneebedeckten Welt blickte, sah, wie sie sich umdrehte und ins Haus ging.

Es muss Erinnerungen geben, dachte Maria. Irgendwo versteckt in meinem Kopf. Und ich verbiete sie mir.

Es war sehr still in dem verlassenen Hof. Maria hörte nur den Wind, der die Bäume wispern ließ, sie spürte, wie er ihre Wangen streichelte.

Und ich verbiete sie mir.

26

__________*(... ihre Hände auf Belindas Schultern, sie hielten sie fest – warum? Sie konnte sich nicht erinnern, sie erinnerte sich nur an die mageren Schultern unter ihren Händen und an Belindas Wimmern: «Entschuldigung, Mommy, ich habe es nicht so gemeint ...»)*

Abrupt wachte Maria auf und schwang die Beine aus dem Bett. Im Badezimmer, im Dunkeln, wusch sie sich das Gesicht mit kaltem Wasser, im Dunkeln, ja, draußen war es dunkel, keine Geräusche, vielleicht hin und wieder ein Auto. Maria zog den Morgenmantel fest zu und öffnete die Tür des Motelzimmers. Sie sah hinaus auf einen Parkplatz, eine Telefonzelle und eine Straße mit großen Bäumen auf der anderen Seite, die Bäume schwankten im Wind. Sie hielt das Gesicht in den Wind: Er würde die dunklen Träume aus ihrem Kopf wehen.

Am Freitag kam Maria nach Hause.

Zehn Tage später fuhr sie über die Lions Gate Bridge nach West-Vancouver.

Vom Marine Drive fuhr sie Richtung Süden, kreuzte die Bahnschienen und bog schließlich in eine enge gebogene Straße ein. Sie fand die Hausnummer, nach der sie suchte, an der Seite einer kleinen grauen Garage, parkte das Auto und stieg aus. Sie versuchte, nicht darüber nachzudenken, was sie tat, denn wenn sie darüber nachdächte, würde sie es wahrscheinlich nicht machen.

Die Zäune und die Garagen, die sie sah, waren fast ganz von Grün bedeckt, von Bäumen, Hecken und Büschen. Nichts wirkte getrimmt. Was diese Straße besonders machte, waren nicht die Bauten, sondern das Land, auf dem sie standen. In südlicher Richtung erstreckten sich weitläufige Grundstücke bis an den Ozean, mit eigenen, privaten Stränden. Manche der Anwesen, jetzt Millionen von Dollars wert, waren seit fünfzig oder mehr Jahren in Familienbesitz.

Maria ging über die Straße zu der kleinen grauen Garage. Ein niedriger grauer Lattenzaun umzäunte das Grundstück in voller Länge. Maria ging durch die Gartentür.

Sie lief einen schmalen Weg entlang, der sich beachtlich in die Länge zog, über eine große Rasenfläche führte und hinter Rhododendronbüschen verschwand. An den Zäunen zu beiden Seiten des Grundstücks hinter der Garage und unter den Fliederbüschen befanden sich geschwungene Blumenbeete. Zu Marias Linken erstreckte sich der größere Teil der Rasenfläche und ein kleiner, mit Kletterrosen bewachsener Aussichtsturm.

Als sie zu den Rhododendronbüschen kam, sah sie dahinter einen Steingarten, der sich bis zu dem tiefer gelegenen kleinen grauen Haus hinunterzog, und hinter dem Dach des Hauses waren der Strand und die Burrard Bay zu sehen. Links erhoben sich die Wälder des Stanley Park und die Lions Gate Bridge, die den Park mit der Nordküste verband. Genau geradeaus lag Vancouver mit Point Grey, das sich nach Westen erstreckte – sie konnte einige Gebäude der University of British Columbia sehen. Am Haus fiel das Land steil ab: Es musste einen Weg zum Strand geben, aber von dort, wo sie stand, konnte sie ihn nicht sehen.

Sie folgte dem gepflasterten Weg um die Rhododendronbüsche herum durch den Steingarten bis zur Terrasse, die um das ganze Haus führte. Hier blieb sie stehen und horchte und hörte ein Potpourri von Geräuschen: Das Meer schlug an den Strand, der teils aus Sand und teils aus Steinen bestand; Vogelstimmen; kreischende und lachende Kinder; Motorboote, die vorbeifuhren; ein Wasserflugzeug mit Kurs auf den Hafen von Vancouver; ein Rasenmäher. Aber kein Geräusch aus dem kleinen grauen Haus, das aus Holz und Stein gebaut war und sich behaglich in sein Reich kuschelte, mit dem Gesicht zum Panorama und dem Rücken zum Rest der Welt.

Maria hatte ausgiebig darüber nachgedacht, was sie heute anziehen würde. Sie hätte genauso lange darüber nachdenken sollen, was sie sagen würde. Aber das war unmöglich nach dem, was sie über den Mann wusste, nämlich praktisch gar nichts.

In der Nacht hatte sie schlaflos dagelegen und sich plötzlich viel jünger gefühlt, als ob die Entdeckung eines Elternteils die Jahre von ihr abfallen ließ.

Sie war aufgeregt bei dem Gedanken, ihm gegenüberzustehen. Sie war in Aufruhr – dieser Satz ging ihr dauernd durch den Kopf.

Sie hatte keine Ahnung, wie er aussah oder was er sagen würde. Und während der Zeit, die sie nach ihm suchte, hatte sie eine Vielzahl von körperlichen und anderen Merkmalen ausgewählt und auf viele verschiedene Arten zusammengesetzt. Eine mentale Kritzelei. Als sie jetzt dieses kleine Haus betrachtete, überlegte sie, ob er womöglich ein Zwerg war, ein Verwandlungskünstler, ein drolliger kleiner Kerl mit buschigen weißen abstehenden Augenbrauen, die seinem Gesicht einen ständig erstaunten Ausdruck verliehen.

Das ist zwecklos, sagte sie sich, als sie auf das Haus hinunterblickte.

Dann dachte sie: Welche Eigenschaften der Person, die aus mir geworden ist, habe ich von ihm geerbt? Diese Überlegung erfüllte sie mit Verwunderung. Es war ein kostbarer Augenblick. Maria stand in der Sonne, der Duft der Rosen lag in der Luft, sie stand auf dem Grund und Boden, der ihrer Familie gehörte, und fühlte sich plötzlich verwurzelt und sicher. Es war ein falsches, ein trügerisches Gefühl, und das wusste sie, aber in dem Augenblick, in dem es sie erfüllte, war es wie ein Triumph.

Sie hatte ein Kleid an, ein gelbes Kleid mit kurzen Ärmeln, einem weiten Rock und farblich passendem Gürtel, ein Kleid ohne Kragen, das vorn mit großen runden Knöpfen geschlossen wurde. Sie trug eine kleine weiße Handtasche. Ihre flachen Schuhe waren ebenfalls weiß, und sie hatte eine Strumpfhose an, obwohl sie Strumpfhosen hasste.

Sie setzte sich wieder in Bewegung, ging den nun bergab führenden Weg zur Terrasse hinunter, die bald im Schatten liegen würde. Der Steingarten zog sich zu Marias rechter Hand bis zur Terrasse hinunter, hörte aber auf der anderen Seite an einem steilen Hang auf, wo eine kurze breite Treppe aus verwittertem, fleckigem Holz anfing. Maria stieg sie vorsichtig hinunter, hielt sich am Geländer fest.

Das Haus stand auf einem Plateau und war ganz von einer Terrasse umgeben. Zwischen Terrasse und dem Hang rechts und am Zaun am Rand des Plateaus waren noch mehr Blumenbeete, und eine zweite Treppe führte einen drei Meter hohen Abhang zum Strand hinunter.

Maria spähte in die kleinen Fenster auf der Rückseite des Hauses und sah eine Küche und ein Wäschezimmer. Im Abwasch in der Küche türmte sich Geschirr, und auf dem Fußboden des Wäschezimmers stand ein Korb mit Kleidungsstücken. Diese Zeichen, dass das Haus bewohnt war, versetzten Maria einen Stich. Sie fühlte sich bedrängt und sagte sich: Nein. Ich bin noch nicht so weit.

Sie trat rückwärts von den Fenstern zurück, blickte hoch und ging zu den Treppen, die zum Steingarten hinaufführten, dachte an das Auto, das auf der Straße stand und auf sie wartete. Sie dachte an Richard und Belinda, die nicht wussten, wo sie war. Niemand weiß, wo ich bin, dachte sie und hatte einen Moment lang eine absurde Angst.

In der Ecke der Terrasse befand sich ein Geräteschuppen, dessen Tür offen stand. Maria sah eine Schubkarre, die unter einem Arbeitstisch stand, auf dem Gartenwerkzeuge und anderes Gerät unordentlich herumlagen. An der Seite des Hauses hing ein Gartenschlauch, und daneben stand eine große grüne Gießkanne. Dieses Stück der Terrasse hinter dem Haus war ein unordentlicher, ungepflegter Arbeitsbereich des Grundstücks, der Maria in seiner Privatheit beruhigte. Breite, überstehende Dachbalken, von denen ein riesiger Weihnachtskaktus hing, ergaben einen Unterstand.

Maria merkte, dass sie nie so weit sein würde. Deshalb müssen wir manchmal all unseren Mut zusammennehmen, dachte sie: um die Dinge zu tun, für die wir noch nicht bereit sind.

Sie trat an die Ecke des Hauses und sah auf das Meer, stellte sich vor, sie stünde am Jericho Beach und blickte auf das gleiche Meer, aber in die andere Richtung, nach West-Vancouver. Durch ein Fernglas könnte sie sich vielleicht selbst sehen, ihr gelbes Kleid ein winziger synthetischer Sonnenfleck vor dem Grau des kleinen Hauses ihres Vaters.

Vom Einwohnerregister der Stadt wusste sie, dass er hier allein lebte.

Sie zwang sich, um das Haus herumzugehen, zur Vorderseite, die vollständig aus Glas war; sie konnte nicht hineinsehen, weil sie das Sonnenlicht spiegelte. An einer Seite befand sich eine Tür mit einem Klopfer in der Mitte, einem Löwenkopf aus Messing, den Maria anhob und auf die Messingplatte darunter schlug. Sie hörte den Widerhall im Haus, ein seltsam schepperndes, aber lautes Geräusch. Dann wartete sie mit gesenktem Kopf, blickte auf den Fußabtreter hinunter, auf dem «Willkommen» stand, spürte den Sommer und das krank machende Rasen ihres Herzens.

Sie hörte Schritte und das Öffnen der Tür. Sie hatte das Gefühl, dass sie lange brauchte, um den Blick zu heben.

«Ja?», sagte er.

Und dann sah sie ihn an. Alan Stewart. Er war ein massiger Mann. Nicht dick, aber schlaff. Er ist unordentlich, dachte sie. Etwas an der Art, wie er sich kleidete, brachte sie auf den Gedanken.

Maria sah ihn an, ihr Blick war wie ein Laserstrahl. Sie starrte ihm direkt in die Augen.

Er sagte nichts weiter, starrte einfach nur zurück. Maria wusste nicht, was sie sagen sollte. Sie öffnete den Mund, hoffte, dass die Worte von selbst kommen würden, aber sie kamen nicht. Sie starrten sich weiter an. Vielleicht, dachte sie, vielleicht denkt er, ich sei ein Unfallopfer, jemand, der einen Autounfall auf seiner Straße hatte oder an seinem Strand gefallen ist.

«Ich glaube, Sie sind mein Vater», hörte Maria sich sagen. Sie beobachtete ihn gespannt.

Er atmete tief und nachdenklich ein, es klang wie ein Seufzen, und senkte den Kopf. Er sah auf den Fußboden hinunter, auf seine Füße oder auf ihre. Er hielt sich am Rand der Tür fest, die er langsam zudrückte. Er zog seine Finger erst im allerletzten Moment weg.

Maria starrte den Löwenkopf aus Messing lange an. Sie stellte sich vor, dass er auf der anderen Seite der Tür stand, sich dagegen lehnte, bereit, sie abzuwehren, und sich nicht zu atmen traute.

Sie zog sich zurück. Stieg die Treppe zum Steingarten hinauf und klammerte sich mit der einen Hand an ihre weiße Tasche und mit der anderen an das abgewetzte Geländer. Sie stolperte an den Rhododendronbüschen vorbei. Was nun? Was nun? Ihre Beine zitterten. Sie ging über den Rasen zum Aussichtstürmchen und brach auf einer Bank zusammen, wurde eingehüllt vom Duft der Rosen.

27

Jetzt bist du schon seit Tagen wieder zu Hause, Mom», sagte Belinda, «und du hast uns noch fast gar nichts erzählt.»

Sie saßen beim Abendessen, und Maria wurde klar, dass sie nur beim Abendessen wirklich miteinander sprachen. Und das auch nicht jeden Tag; wenn Richard eine Sitzung hatte, aßen sie und Belinda vor dem Fernseher.

«Ich habe euch von dem Foto erzählt», sagte Maria. Auf dem Tisch standen Rosen, die in einer flachen Glasschale schwammen. «Das Foto – von Nadine und Ira. Davon habe ich euch erzählt, wie jung sie aussahen, wie elegant. Wie liebevoll.» Richard räusperte sich. Er wusste nicht, was er sagen sollte, aber er wollte zeigen, dass er immer noch da war.

«Ja, aber, ich meine, was hast du über sie herausgefunden?», sagte Belinda.

Natürlich stellte Richard keine Fragen. Aber Maria sah es ihm an der Nasenspitze an, dass er mehr wissen wollte.

«Nicht viel, fürchte ich», sagte Maria. Sie hatte wieder Huhn gekocht. Heute Huhn, morgen Lachs – nein, vielleicht keinen Lachs. Es war keine Lachssaison. Es gab nur Zuchtlachs, und Maria hatte irgendetwas gegen gezüchteten Fisch.

«Dann bist du also ganz vergeblich so weit gefahren», sagte Belinda. «Das war's dann also.» Sie nahm das Haar auf eine Seite und teilte es energisch in drei Strähnen. «Du kannst mir absolut gar nichts über meine Großeltern erzählen?», sagte sie und fing an, sich einen Zopf zu flechten.

(... Belinda sitzt unruhig auf der Stuhlkante, schwingt die Beine vor und zurück, während Maria bürstet, Maria, die zu spät zur Arbeit kommt, bürstet ihr das lange dunkle Haar. Belinda zappelt, sie windet sich, wimmert und sagt japsend: «Mommy, das tut weh. Aua.» Maria gibt ihr mit der Rückseite der Haarbürste einen Klaps auf den Kopf. Belinda schreit laut auf, und Maria schlägt wieder zu. «Sitz still – sitz still!», schreit Maria, versucht, Belindas Jammern zu übertönen. «Sitz still» – zack. Sie spürt und hört das Geräusch gleichzeitig, es ist wie ein Peitschenknall, ein scharfer, befriedigender Peitschenknall ...) Oh, diese schlimmen Erinnerungen schneiden in ihr Bewusstsein wie ein Messer in die Butter ...

«Du sollst dich nicht am Tisch frisieren», sagte Maria scharf und schob ihren Teller weg. «Selbstverständlich habe ich etwas herausgefunden. Selbstverständlich habe ich das. Aber nichts, was für euch von Interesse sein könnte.»

Sie spürte, wie die Gewalttätigkeit von damals die Jahre überwand und auf sie zukroch wie ein schwarzer Fleck, wie der Tintenfleck in der Schublade.

Sie starrte auf die Rosen, gestohlen an Alan Stewarts Aussichtstürmchen. Dann stand sie auf und fing an, den Tisch abzuräumen.

Maria war am nächsten Tag wieder hingegangen und dann am übernächsten. Schließlich machte Alan Stewart auf. Er hielt die

Tür auf und stand dahinter, bis sie eingetreten war. «Es tut mir Leid», sagte er. Maria gab keine Antwort.

Er führte sie in ein geräumiges helles Zimmer, dessen Schiebetüren auf die Terrasse gingen, von der aus man den Strand sehen konnte. «Bitte, nehmen Sie Platz», sagte er. Und sie setzte sich in die Mitte des Sofas. Er ließ sich in einen Sessel fallen, um den herum Zeitungsseiten auf dem Boden verstreut lagen, und auf dem Beistelltischchen stand ein Becher. «Darf ich Ihnen einen Kaffee bringen?»

Maria schüttelte den Kopf. «Sind Sie gesund?»

«Der Blutdruck ist etwas zu hoch», sagte er nach einem Moment. «Aber sonst – ja.»

«Ich kannte meinen genetischen Hintergrund nicht, wissen Sie –», sagte Maria.

«Ich glaube – sie haben beschlossen, dass es so das Beste wäre. Ihnen einen neuen Start zu verschaffen. Bei einer neuen Familie.»

«Wer hat das beschlossen?»

«Das weiß ich nicht. Ihre Verwandten. Iras Verwandte.» Er hatte graues, dichtes, ungekämmtes Haar und haselnussbraune Augen. Sein Fleisch wirkte schlaff, aber seine Wangenknochen und sein Kinn wirkten fest, und sein Rücken war gerade.

«Aber Iras Verwandte waren nicht meine Verwandten», erinnerte sie ihn.

«Nun», sagte er leise. «Das haben sie aber gedacht.»

In dem großen, sonnigen Atelier bemerkte Maria kleine Skulpturen, die auf mehreren Podesten in einer Ecke standen. In einer anderen lag ein Orientteppich unter eleganten schwarzen Lackstühlen und Tischchen.

«Wie haben Sie – von mir erfahren?»

«Von meiner Mutter. Meine Mutter hat mir von Ihnen erzählt.»

«Sie haben Sie besucht?»

Maria konnte nur nicken. In ihrer Kehle steckte ein Kloß, der sie am Sprechen hinderte.

«Wie geht es ihr?»

Maria zuckte die Achseln, und der Mann, der ihr Vater war, wandte den Blick ab, hob eine Zeitung auf und legte sie ordentlich zusammen. «Haben Sie sie je besucht?», fragte sie ihn.

«Ja, selbstverständlich», sagte er und warf die Zeitung auf den Sofatisch. Maria sah, dass es die *Globe and Mail* von Sonnabend war. Er stand auf, ging zu der Wand aus Glas, zog die Schiebetüren auf und ließ das Rauschen der See und die verschiedenen Geräusche des Sommernachmittages herein. Er blieb einen Moment stehen, blickte hinaus, kehrte dann zu seinem Sessel zurück, er bewegte sich langsam und schwerfällig.

Maria stellte sich vor, wie er in seinem Garten arbeitete, die große grüne Gießkanne mit Wasser füllte und den Weihnachtskaktus goss. Es war nicht zu übersehen, dass er auch Zimmerpflanzen liebte. Ein riesiger Farn hing an einem Haken von der Decke. Und ein Kaktus und einige Geranien wuchsen am Fuß eines Feigenbaums. Auf einem der Lacktischchen standen mehrere Kakteen und auf einem anderen Tisch, bei den Skulpturen, nicht in der prallen Sonne, mehrere Usambaraveilchen.

Maria erkannte, dass sie nie viel über ihn wissen würde.

«Mir kam sie nicht verrückt vor», sagte sie.

«Nein. Nun ...» Er rieb sich den Nacken. «Verrückt. Kein gutes Wort. Die Menschen sind komplizierter.»

«Was hat man ihr angetan?»

«Sie – sie konnte ihr Leben nicht mehr ertragen.» Er sah Maria entschuldigend an. «Als sie die Tat beging, wusste sie buchstäblich nicht, was sie tat.»

«Was war so unerträglich?», sie hatte wieder den Kloß in der Kehle, und das Sprechen schmerzte.

Er musterte sie und seufzte. «Ich werde Ihnen sagen, was ich weiß. Aber vorher muss ich mir erst einen Kaffee holen.» Er nahm seinen Becher. «Sie bleiben dabei, dass Sie keinen wollen?»

«Ich bleibe nicht dabei. Schwarz, bitte. Ohne Zucker.»

Während er weg war, machte sie sich im Kopf eine Liste von Fragen, die sie stellen wollte, wenn er ihr erzählte hatte, was er meinte ihr erzählen zu wollen. Aber eigentlich hatte sie nur zwei Fragen.

Er kam zurück, reichte ihr eine Tasse Kaffee und setzte sich, hielt den gefüllten Becher in beiden Händen, er saß nach vorn gebeugt und stützte die Unterarme auf seine Schenkel. Er trug eine ausgebeulte marineblaue Cordsamthose, eine blaues Polohemd, marineblaue Socken und Ledersandalen. An seinem linken Handgelenk hatte er eine offenbar teure Uhr, und rechts trug er einen Ring, möglicherweise den einer Universität, dachte Maria.

Er begann Maria zu erzählen, wie er ihre Mutter kennen gelernt hatte – er war der Hausarzt gewesen. Nach der Geburt eines jeden Kindes behandelte er sie wegen einer Depression, und nach dem zweiten Schub merkte er, dass er sich in sie verliebt hatte. Maria sah ihn leidenschaftslos an und entdeckte, dass sie das nicht sonderlich interessant fand. Er erzählte eintönig, sprach zumeist zum Fußboden, und Maria fand, dass das meiste davon stimmte, dass er sich tatsächlich schuldig gefühlt hatte und immer noch fühlte, weil er sich als Arzt nicht in eine seiner Patientinnen verlieben durfte …

«Besonders dann nicht, wenn sie emotional labil sind», erklärte er mit einer Feierlichkeit, die in ihren Ohren falsch klang, «und dazu noch, wenn sie verheiratet sind. Aber es war etwas, gegen das ich einfach machtlos war», sagte er. «Genau wie sie.»

Maria sagte: «Dann war sie Ihre große Liebe?» Sie bemerkte den trockenen Ton, in dem sie die Frage stellte.

Er dachte eine Weile darüber nach, vielleicht versuchte er

sich zu entscheiden, wie offen er sein sollte, und dann schüttelte er langsam den Kopf. Sie hörte sich sein Schweigen an, das groß und schwer zwischen den Geräuschen lastete, die durch das geöffnete Fenster drangen: Irgendwo in der Nähe versuchten einige Leute offenbar unter Gelächter mit einem Ruderboot ins Meer zu kommen.

«Wann hat sie Ihnen von mir erzählt?», wollte Maria wissen.

«Als sie mit Ihnen schwanger war.» Das war ein Kapitel seiner Lebensgeschichte, über das er offensichtlich nur widerstrebend sprach. Er setzte sich zurück und trank einen Schluck Kaffee, runzelte die Stirn und sah in die Vergangenheit zurück. Und Maria schloss sich seinem Blick an. Sie sah ihn als zornigen und bestürzten jungen Mann, und sie sah ihre junge Mutter, die auch zornig war: Nadine wollte kein Kind mehr, egal, wer der Vater war, sie wollte es *einfach nicht haben* – sie hatte Angst davor, es zu bekommen – sie fürchtete sich vor dem, was danach kam. Maria hatte das Gefühl, dass sie und ihre Mutter sich in die Augen sahen, dass sich Vergangenheit und Zukunft in ihrer, Marias, Gegenwart trafen.

Nadine hatte natürlich Recht gehabt mit ihrer Angst. Der Mann – Nadines Hausarzt –, Marias Vater, redete weiter, erklärte, berichtete. Maria beobachtete ihn und hörte ihm ohne großes Interesse zu.

«Ich habe sie dreimal besucht», sagte er.

Maria stand plötzlich auf, und er zuckte zusammen. «Ich will Sie wieder sehen», sagte sie. «Es gibt noch mehr Dinge, die ich wissen muss. Aber ich kann Ihnen heute nicht mehr zuhören.»

Er stand auf, um sie hinauszubegleiten.

Als sie an der Haustür waren, blieb Maria stehen. «Sehe ich aus wie sie? Erinnere ich Sie an sie?»

Er schüttelte den Kopf. «Sie erinnern mich an meine Schwester.»

28

Die Erwartung hielt ihn nicht wach – er schlief schnell und mühelos ein wie immer –, aber er spürte sie augenblicklich, als er morgens aufwachte: Hamilton Gleitman war hellwach, sobald er die Augen aufschlug.

Er zögerte noch etwas, machte sich über sich selbst lustig. Er setzte Kaffee auf und duschte sich schnell. Dann durchsuchte er seinen Kühlschrank nach etwas zum Frühstück, aber er fand nichts Ansprechendes. Schließlich goss er sich einen Becher Kaffee ein und ging mit ihm und dem tragbaren Telefon ins Wohnzimmer, wo er die Aussicht betrachtete, seine Millionen-Dollar-Aussicht, die ganzen hundertachtzig Grad. Heute war die Welt grau, alles war grau, das Meer, der Himmel und die Brücke, alles grau ihn grau ...

Shit, dachte Hamilton und rief an.

Zwanzig Minuten später stürzte er aus der Tür seines Wohnhauses und eilte die Straße hinunter bis zur Ecke und bog dann Richtung Marine Drive ein. Er lief am Reformhaus, am Drugstore und einigen Boutiquen vorbei und stürmte dann durch die Tür von Green Parrot Books. Everett hockte auf einem Stuhl hinter der Kasse und blätterte im Katalog eines Möbelhauses.

«Ich habe das Stipendium nicht bekommen», sagte Hamilton. Er war genauso wütend und fühlte sich auch genauso gedemütigt wie damals, in den Siebzigern, als man ihn wegen Unterschlagung verhaftet hatte. «Dieses gottverfluchte, beschissene Canada Council.» Am liebsten hätte er sämtliche Bücher von den Regalen gefegt und hier, mitten im Laden, einen Scheiterhaufen errichtet und mit Büchern gefüttert, bis kein Buch mehr übrig und alle zerstört, verbrannt, tot wären.

Everett schnalzte mitfühlend. «Haben sie dir eine Begründung gegeben?»

«Nein, sie haben mir keine Begründung gegeben. Sie geben keine Begründungen – sie müssen ihre Entscheidung nicht begründen.» Er ging rastlos die Gänge auf und ab, schob weg, was ihm im Weg war, und wurde jetzt auf den Schmerz in seinen Eingeweiden aufmerksam. Er blieb stehen und rieb sich den Bauch. «O Gott. Shit. Das tut richtig weh.»

Everett legte den Möbelkatalog weg. Er stand auf und kam hinter dem Tresen hervor, ein Mann von fünfundfünfzig Jahren, der eine karierte Weste über Schlips und Kragen trug. Sein Gesicht war schlaff, er hatte hängende Augenwinkel und fleischige Wangen. Sein Haar war dicht und dunkelbraun mit viel Grau durchsetzt. Hamilton hatte ihn vor ungefähr einem Jahr kennen gelernt, als er gerade nach West-Van gezogen war und nach einer Buchhandlung gesucht hatte. Der Laden, in dem Everett als Geschäftsführer arbeitete, war nicht Teil einer Kette, sodass er einige gute Bücher führte, sogar einige Lyrikbände. Everett kannte sich im Sortiment auch recht gut aus) und er war auf dem Laufenden, was die Autoren der Stadt schrieben. Es war Everett, der Hamilton von dem Mann, der den Schreibkurs an der Uni gab, erzählt hatte.

Everett lehnte sich an den Tresen und verschränkte die Arme. Hamilton bemerkte, dass er eine graue Hose mit messerscharfen Bügelfalten trug, sein Hemd war weiß, die Krawatte war auch grau, und das Ganze wurde von einer Weste gekrönt.

«Die meisten Bewerber werden nicht gleich beim ersten Mal angenommen.»

«Ach, hol's der Teufel», sagte Hamilton und rieb sich den Bauch.

Er hatte sein Herz an dieses Stipendium gehängt. Vielleicht sollte er sich wieder dem Verbrechen zuwenden.

«Gib dir selbst einen Tag frei», sagte Everett und legte Hamilton den Arm um die Schulter. «Mach nur das, was dir Spaß macht.»

«Mir würde es Spaß machen, dem verdammten Canada Council eine Briefbombe zu schicken», sagte Hamilton.

Darauf ging Everett nicht ein. «Vielleicht gehst du auf die Rennbahn», schlug er vor.

«Du bist hier der Spieler, Everett, nicht ich.»

«Geh ins Kino.»

«Ich kenne alle Filme.»

«Wie wär's mit einem Massagesalon?»

Hamilton warf ihm einen angewiderten Blick zu.

Ein gut gekleideter Mann mit einem Aktenkoffer betrat eilig das Geschäft. Er grüßte Everett flüchtig und nahm sich die *Vancouver Sun* von dem Stapel neben der offenen Tür und legte das Geld auf den Ladentisch.

Hamilton hatte die Hände in den Jeanstaschen und starrte untröstlich auf die Straße. «Ich werde zu Flora rübergehen und frühstücken.»

«Das ist ein guter Anfang», sagte Everett.

Hamilton nahm eine Zeitung. Ehe er sie bezahlen konnte, sagte Everett: «Schenke ich dir.»

«Ja, danke», sagte Hamilton. Er verließ den Buchladen und ging schnell über die Straße zu Floras Café.

29

Einige Tage später rief Maria den Mann an, der ihr Vater war. «Ich würde Sie gern sehen.»

«Gut», sagte er. «Wann?»

«Heute. Am Nachmittag. Ich möchte, dass Sie diesmal zu mir kommen.» Das gefiel ihm nicht, aber er protestierte nicht.

Sie ging aufmerksam durch den Garten vor und hinter dem Haus und durch das Untergeschoss und entfernte alle sichtbaren Spuren von Belinda. Dann räumte sie auf, aber nicht zu sehr. Sie wusste nicht, warum sie wollte, dass er sah, wie sie lebte. Es war ein einfaches Haus in einer einfachen Gegend – nichts, wofür sie sich schämen müsste, was sie auch nicht tat.

Als er kam, war sie über seine Größe erstaunt, wahrscheinlich deshalb, weil sie in diesem Haus an Richard gewöhnt war, der mittelgroß war. Sein Haus – Alan Stewarts Haus – hatte nicht viele Zimmer, aber die Decken waren hoch. Sie überlegte, wie lange er dort schon wohnte, und fragte ihn.

«Fünfunddreißig Jahre», sagte er, und Maria staunte, fünfunddreißig Jahre in ein und demselben Haus. «Es ist mehrmals renoviert worden», fügte er hinzu. Er saß verlegen auf dem Sofa, ließ die Hände zwischen den Knien herunterhängen. Sie bot ihm Kaffee an. Er sah aus, als wollte er ihn ablehnen, in der Hoffnung, dass sie ihn dann früher gehen ließe, wenn er eine Erfrischung ablehnte, aber er willigte ein.

Sie brachte auf einem Tablett zwei Tassen und Untertassen, Sahne und Zucker ins Wohnzimmer, und als sie ihn servierte, bemerkte sie, dass er das Klavier am anderen Ende des Zimmers musterte. «Es hat meiner Mutter gehört», erklärte sie, «meiner Adoptivmutter. Jetzt gehört es mir.»

«Spielen Sie?»

«Nein.»

In dem Zimmer gab es zwei Sofas, die sich gegenüberstanden, dazwischen ein langer niedriger Tisch. An der Wand gegenüber dem Klavier war ein großes Fenster, das auf den vorderen Garten hinausging.

«Erzählen Sie mir von meiner Mutter», sagte Maria.

Er fühle sich sichtlich unwohl, fügte sich aber. Heute war er in Braun. Ein monochromer Mann, ihr Vater. Braune Hose, braunes Jackett, braune Schuhe, braune Socken. Aber das Hemd war weiß. Er sah zerknittert aus, und seine Augen waren gerötet, er war nicht in seinem Element. Maria fragte sich, ob er ein guter Arzt gewesen war.

«Nun, dann wollen wir mal sehen», sagte er und stellte die Tasse vorsichtig auf die Untertasse zurück. «Sie hatte dunkles Haar, so wie Sie, und dunkle Augen, wie Sie. Sie war aber kleiner als Sie. Sie hatte ein schönes Lachen.»

Maria wartete. Er hob seine Tasse und nahm noch einen Schluck, und dann hielt er die Tasse einen Moment und starrte ins Leere, ehe er sie wieder hinstellte. Maria hörte ein Gemurmel und merkte, dass sie in der Küche das Radio angelassen hatte. Der alte Mann saß ihr gegenüber, fuhr sich glättend durch das dichte Haar und sah sie durch seine Brillengläser an.

«Hat sie Ira nicht geliebt?» Sie hatte vergessen, ihre Mutter danach zu fragen. Jetzt schien es ihr wichtig, und sie wartete gespannt auf seine Antwort.

«O ja, ich glaube schon», sagte er leise und wandte den Blick ab. «Ich kann es nicht erklären ...»

«Versuchen Sie es», sagte Maria. «Wie war das mit Ihnen beiden.»

«Wir – es war schwer, zusammen zu sein», sagte er. «Ich hatte ein Auto, aber es gab nur drei Autos in der ganzen Stadt, und jeder kannte sie. Deshalb kam ich meistens auf die Farm. Bei Kindern kann man immer einen Vorwand finden, um den Arzt zu rufen. Und sie war sowieso dafür bekannt, dass sie sich immer Sorgen machte.» Er stand auf und ging zum Fenster, dort blieb er stehen, legte eine Hand auf das Fensterbrett und steckte die andere in die Hosentasche. «Ira und sein Arbeiter waren draußen, auf den Feldern», sagte er, «und wir – manchmal machten wir es in der Scheune. Manchmal in ihrem Bett.»

Maria starrte diesen gealterten geständigen Ehebrecher ungläubig an, diesen Fremden mit der schlaffen Haut, der sie gezeugt hatte. «Herr im Himmel», sagte sie.

«Ich weiß nicht, was Sie wissen wollen.»

«Also, ich will nichts über ihr verdammtes Sexualleben wissen, ganz sicher nicht.»

«Was dann?» Er hatte sich zu ihr umgedreht und saß halb auf dem breiten Fensterbrett. «Was?»

Sie hatte erwartet, dass sie ihn liebte, wurde ihr klar.

«Warum haben Sie mich nicht aufgenommen?» Ihre Kehle brannte, und ihre Brust schmerzte. «Warum haben Sie zugelassen, dass Fremde mich nahmen?»

Er senkte den Kopf und schüttelte ihn langsam – sie sah, dass sein Kinn zitterte. Aber er sagte nichts.

(… Maria sieht, wie es passiert, ein Stück weiter weg, auf der Straße, wo ein paar Mädchen Himmel und Hölle spielen. Sie sieht, wie das Spiel stolpernd aufhört, und sie sieht Belinda, die die Hände in die Hüfte stemmt und schimpft. Ein Mädchen, das Annette heißt, hebt die Hand und schlägt zu, und Belinda taumelt zurück. Sie sieht Maria vor dem Haus, die im Garten arbeitet. Belinda rennt auf sie zu, sie weint. Belinda flüchtet sich nach Haus, zu ihrer Mutter, sie weint, ihre Zöpfe fliegen, sie streckt die Arme aus, sie weint. Maria möchte hineingehen und ihr die Tür vor der Nase zuknallen. Dieses weinende Kind aussperren …)

Das dritte Mal trafen sie sich Ende August in einem Café in West-Vancouver, es war ein kleines Lokal über einem Naturkostladen. Sie saßen am Fenster und bestellten sich Lunch. Maria trank ein Glas Wein, aber ihr Vater nicht – er nahm wieder einen Kaffee, noch nicht mal koffeinfreien.

Er zog etwas aus der Innentasche seines Jacketts – mehrere Blatt Papier, der Länge nach gefaltet. «Das ist für Sie.» Maria entfaltete sie. «Das ist eine Kopie meines Familienstammbaums», sagte er. Er griff in eine andere Tasche und zog ein Notizheft und einen Kugelschreiber heraus. «Meine Schwester hat ihn aufgestellt. Die, an die Sie mich erinnern. Er geht nur bis zum Jahr 1754 zurück. Sie hatte geplant, nach England zu reisen, um noch weiter zu forschen, aber sie ist letztes Jahr gestorben.» Er schlug das Notizbuch auf und stützte die Ellenbogen auf den Tisch. «Wir müssen Sie hinzufügen», sagte er.

Maria betrachtete den Baum und seine vielen Zweige. All diese Namen, die zurückführten. Verbindungen. Ein solides Fundament für Marias Leben. Und das war nur eine Seite. Ihre Mutter hatte gesagt, dass von ihrer Familie niemand mehr lebte, aber das hatte Maria nicht glauben können. Das war nicht möglich, dachte sie, und sie blickte auf die Seiten von Alan Stewarts Stammbaum, der zur Hälfte auch ihrer war – all diese Namen – all diese Menschen – es war nicht möglich, dass die andere Hälfte ihrer Familie ganz und gar tot sein sollte. Aber wollte sie sie wirklich kennen lernen, diese Familie, deren Gene eine Kindsmörderin hervorgebracht hatten?

Ihr Vater, der auf die Idee gekommen war, ihr diese Seiten zu geben, und damit gezeigt hatte, dass er zumindest ihren Standpunkt begriff, drückte auf seinen Kugelschreiber und wollte anfangen zu schreiben. «Sie sind verheiratet, nicht wahr? Haben Sie Kinder?»

Die Kellnerin brachte den Lunch und stellte Maria einen Salat hin und ihrem Vater ein Omelett.

«Lassen Sie uns jetzt erst mal nicht weiterreden», sagte Maria. Sie war noch nicht bereit, diesem Mann eine Enkeltochter zuzugestehen. Er musste erst ihr Vertrauen verdienen. Sie steckte die Seiten, die er ihr gegeben hatte, in die Handtasche und fing an zu essen.

Das Fenster war geöffnet, und Maria roch die See, die eine Häuserzeile weiter an den Strand schlug. Sie hob ihr Gesicht dem Wind entgegen und atmete tief durch. Es wäre schön, dicht am Ozean zu wohnen. Sie nahm die Gabel und sah sich im Restaurant um. Ihre Augen blieben an einem Mann hängen, der auf der Treppe stand und mit den Augen die Tische absuchte. Ihr Vater drehte den Kopf und folgte ihrem Blick. Er sah den Mann und sah sie wieder an, sein Gesicht wirkte plötzlich glatt und ausdruckslos.

Der Mann hatte ihn gesehen und kam an ihren Tisch. Er setzte sich auf den leeren Stuhl neben Marias Vater. «Dachte schon, dass ich dich hier finden könnte», sagte er. Er sah Maria an. «Wer sind Sie?»

«Das ist Maria Buscombe», sagte ihr Vater. «Die Dame vom Reisebüro. Ich will vielleicht verreisen. Maria, das ist mein Sohn Harry.»

30

Sie wusste natürlich, dass er verheiratet gewesen war. Beim Einwohnerregister war er als Arzt im Ruhestand und Witwer verzeichnet. Aber das Verzeichnis hatte ihr keine Auskunft über irgendwelche Kinder gegeben, und jetzt kam sie sich wie eine Närrin vor, als sie den Sohn ihres Vaters über den Tisch hinweg anstarrte. Plötzlich war ihr der alte Mann, der ihr Vater war und für den sie ein beginnendes – Irgendetwas verspürte, sie wusste nicht genau, was, sehr fremd. Es war keine Zärtlichkeit, keine Zuneigung … vielleicht war es eine gewisse Verbundenheit gewesen, das Gefühl, dass sie vielleicht eines Tages in der Lage wäre, Fragen zu stellen, die sie jetzt nicht stellen konnte, und dass er, wenn sie so weit wäre, diese Fragen auszusprechen, so weit war, sie zu beantworten. Vertrauen – das war es. Vielleicht würde es irgendwann Vertrauen zwischen ihnen beiden geben: Das hatte sie gespürt.

Und jetzt das. Er wollte sie nicht in seinem Leben haben, das war deutlich. Jedenfalls nicht öffentlich.

Aber dann – sie hatte *ihn* auch nicht in ihr Leben gelassen, ermahnte sie sich. Weder Richard noch Belinda wussten bis jetzt, dass er existierte, und er wusste auch nichts von ihnen. Maria war plötzlich wie elektrisiert: Man könnte sagen, dass sie ein Doppelleben führte. Und als sie den Mann gegenüber musterte, beschloss sie, zumindest für den Moment zu kooperieren, jedenfalls so lange, bis ihr Vater eine Chance hatte, es ihm zu sagen. Aber er war hoffentlich darauf vorbereitet, dass er die Unterhaltung führen musste, denn sie hatte keine Ahnung von Buchungen und Reisen ins Ausland.

Sein Sohn hatte das Gesicht eines übergewichtigen Frettchens, fand sie.

«Wo will er denn hin?», fragte der Sohn sie.

«Er denkt über unterschiedliche Reiseziele nach», sagte sie und war zufrieden mit sich.

«Wo sind die Kataloge?», sagte das Frettchen

«Das Stadium haben wir bereits hinter uns», sagte Alan.

Harry lehnte sich zurück und sah seinem Vater beim Essen zu. Die Kellnerin kam und wollte seine Bestellung aufnehmen, aber er winkte ab.

Maria fühlte sich wohl mit ihrem heimlichen Wissen. Es gab ihr ein Gefühl der Macht. Er kaute an der Innenseite seines Mundes herum, dieser Mann, der nicht wusste, dass er ihr Halbbruder war, während er das Profil seines Vaters ansah. Maria wurde immer neugieriger: Worüber konnte er so angespannt nachdenken?

«Wann willst du fahren?», sagte er.

Alan zuckte die Achseln und biss ein Stück Vollkornweizentoast ab. Maria dachte, dass wenigstens einige seiner Zähne nicht seine eigenen waren.

«Wann will er abreisen?», fragte Harry sie, drehte ihr schnell den Kopf zu und sah sie mit seinen schwarzen Frettchenaugen an.

«Bald», sagte sein Vater knapp.

Harry lehnte sich nahe an ihn heran. «Wieso hast du mir nichts davon erzählt, Dad?», sagte er mit weinerlicher Stimme. Alan machte eine ungeduldige Handbewegung, und Harrys Hand schoss vor und umklammerte seine linke Schulter. Alan erstarrte. Maria dachte zunächst, dass Harry ihm wehtäte, aber auf seinem Gesicht lag kein Schmerz, sondern Wut.

«Lass mich los.»

Harry wartete einen Moment, als wollte er auftrumpfen, dann lehnte er sich zurück. Er blinzelte Maria über den Tisch hinweg zu, die sich abwandte und aus dem Fenster sah.

Harry wusste, dass irgendetwas nicht stimmte. Irgendetwas sollte er nicht wissen. War es möglich, dass der Alte mit der Reisebürofrau etwas hatte? Er spürte, dass viele Dinge in der Luft lagen, vielfältige Vibrationen wie bei einer unsichtbaren Alarmanlage, und er war der Empfänger. Sein Vater drückte das Kinn auf die Brust und zog die Schultern hoch, sein ganzer Körper drückte Abwehr aus, und Harry wusste, dass sie sich gegen ihn richtete, er sollte irgendetwas nicht herausfinden.

Sie sah auf ihre Uhr, diese Reisebürofrau. Harry war leicht erstaunt, dass sie nicht jünger war. Ein reicher alter Knabe wie sein Vater sollte in der Lage sein, eine gigantische Puppe anzuziehen, eine, die Mitte dreißig war, allerhöchstens.

«Ich muss gehen», sagte sie und nahm ihre große Handtasche vom Fußboden auf. Harry stand auf und eilte um den Tisch, um für sie den Stuhl wegzuziehen. Sie sah überrascht aus, bedankte sich aber.

«Geben Sie mir Ihre Karte», sagte er und lächelte sie an. «Vielleicht will ich auch irgendwann verreisen.»

«Ich habe keine Geschäftskarte», sagte sie, und wenn er sich nicht täuschte, zog ein leises Rot über ihre alternden Wangen.

«Und warum nicht?», sagte er erfreut und verzog das Gesicht zu einem so breiten Lächeln, dass es wehtat. Er hörte angestrengt ihrem Dialog zu, der dann stattfand, sein Vater hatte sich halb erhoben, hielt sich an seiner Serviette fest und stammelte irgendetwas Belangloses, und die Reisebürofrau versicherte ihm flüchtig, dass sie sich melden würde. Was Harry komisch vorkam. Diese Versicherung hätte er von seinem Alten erwartet. Vielleicht hatte er es versucht, aber die Worte nicht herausbekommen. Harry warf ihm einen schnellen, hoffnungsvollen Blick zu; vielleicht ließ sein Vater endlich nach. Aber die Reisebürofrau ging, und der alte Knabe setzte sich wieder und aß weiter; er schien vollkommen in Ordnung zu sein.

Harrys Gedanken kehrten wieder zu der Frau zurück. Er konnte sich nicht mehr an den Namen erinnern, den der Alte gesagt hatte, als er sie vorstellte, aber es war vielleicht sowieso nicht ihr richtiger Name. Sein Vater würde verdammt aufpassen, dass sie sich nicht wieder begegneten, da war er sich sicher. Harry hatte noch nicht herausgefunden, wie er von dieser Situation profitieren konnte, aber war sich verdammt sicher, dass sein Vater etwas vor ihm verbergen wollte, dass etwas für ihn dabei herausspringen würde, wenn er erst herausgefunden hatte, was er nicht wissen sollte. Und dann kam ihm plötzlich eine Idee.

«Deine Gesellschaft ist heute nicht sehr anregend, Dad», sagte er und stand auf, um zu gehen. «Mach's gut», sagte er, winkte und eilte durch das Restaurant, die Treppe hinunter und durch den Naturkostladen.

Er sah hektisch die Straße hinauf und hinunter, und da war sie, ihr kirschrotes Kleid wippte und wand sich durch die

Menge. Er konnte ihr nicht hinterherfahren – dazu war es zu spät –, aber er konnte zu ihr aufschließen und versuchen, ihre Autonummer aufzuschreiben. Aber, Shit, jetzt stieg sie in ihr verfluchtes Auto. Er rannte auf dem Bürgersteig – er versuchte zu rennen, aber zu viele Leute versperrten den Weg. Schließlich blieb er keuchend stehen und sah, wie ihr Auto sich in den Verkehr einfädelte. Verdammte Augen, schäumte Harry und kniff die Augen zusammen.

Er musste also dem Alten folgen, beschloss er. Er würde ihn eine Zeit lang auf Schritt und Tritt beschatten. Herausfinden, was hier vor sich ging. Was los war.

DIE GEGENWART

31

»Es ging sechs Monate«, sagte Alan Stewart. «Dann sagte sie, dass sie schwanger ist. Und dass es mein Kind ist.»

«Maria», sagte Alberg.

Der alte Mann nickte. Er saß in dem Schaukelstuhl und sah aufs Meer hinaus. Alberg bemerkte das Hörgerät in seinem linken Ohr.

«Haben Sie ihr geglaubt?», fragte er.

Alan Stewart sah ihn überrascht an. «Natürlich. Ich hatte keine Veranlassung, ihr nicht zu glauben. Sie wollte ihn – Ira – nicht verlassen. Sie wollte nur, dass ich es wusste.» Er drehte sich wieder zum Fenster. «Ermordet. Das ist nicht richtig. Es ist, als ob das Schicksal ihr nur einen Aufschub gewährt hätte.»

«Ich glaube nicht an das Schicksal», sagte Alberg.

Sie saßen in Alan Stewarts Wohnzimmer. Ein Dauerregen fiel von einem silbrigen Himmel, wischte den Horizont weg, zog Streifen über die Fenster und trommelte auf das Dach.

«Haben Sie ihre Familie kennen gelernt?», fragte Alberg.

Alan Stewart schüttelte den Kopf. «Ich habe sie einmal besucht. Aber da war sie allein. Sie hatte einen Mann, das weiß ich. Kinder?»

«Eine Tochter.»

Alan Stewart schüttelte den Kopf. Plötzlich sah er dünn und gebrechlich aus, als ob Albergs Eröffnungen ihn erschöpft hätten.

«Sie müssen überrascht gewesen sein», sagte Alberg, «als Maria in ihrem Leben auftauchte.»

«Überrascht. Ja.» Alan Stewart hob die Kaffeetasse mit leicht zitternder Hand. Alberg rechnete sich aus, dass er über achtzig Jahre alt sein musste und ein Recht auf eine zitternde Hand hatte. Der alte Mann trank einen Schluck Kaffee und stellte die Tasse vorsichtig auf die Untertasse zurück. «Natürlich. Tatsache ist, ich war schockiert.»

«Aber Sie willigten ein, sich mit ihr zu treffen.»

«Zuerst nicht. Aber – sie war schließlich meine Tochter. Ich lag die ganze Nacht wach und ... sie war meine Tochter. Als sie das nächste Mal kam ... haben wir geredet.»

«War sie Ihnen sympathisch?»

Alan Stewart dachte nach. «Ich weiß nicht. Es war mir unangenehm. Wir sind über das Stadium, in dem sie die Fragen stellte und ich antwortete, nicht hinausgekommen.» Seine Augen hinter der Brille waren feucht. «Erzählen Sie mir von ihrer Tochter. Sie muss jetzt erwachsen sein.» Er blinzelte und sah weg.

Alberg sah in sein Notizbuch. «Sie haben Maria etwa ein halbes Dutzend Mal getroffen, und dann rief sie einfach nicht mehr an. Stimmt das?»

«Das stimmt.»

«Warum haben Sie sie nicht angerufen?»

Alan Stewart zögerte. «Ich glaube, weil ich erleichtert war», sagte er unglücklich. «Wir hatten keine Zeit, uns kennen zu lernen. Und sie komplizierte die Sache mit Harry. Als sie mich nicht mehr anrief, habe ich deshalb beschlossen, die Sache auf sich beruhen zu lassen.»

«Wer ist Harry?»

«Harry ist mein Sohn», verkündete er knapp. Düster.

«Ihr Sohn.»

«Ich wollte ihm nichts von Maria erzählen. Ich wusste, dass er es schlecht aufnehmen würde.»

Alberg ließ den Blick durchs Zimmer schweifen, betrachtete

die Gemälde und Skulpturen, die im Haus ausgestellt waren, das allein schon mehrere Millionen wert war. «Und war es so?»

«Ich erzählte ihm, sie wäre meine Reisebürofrau.» Alan Stewart lächelte, sein Gesicht kräuselte sich zu einem Meer von Falten. «Aber schließlich musste ich ihm die Wahrheit sagen. Er war nicht erbaut. Er war natürlich zeit seines Lebens ein Einzelkind. Die Vorstellung, eine Schwester zu haben, gefiel ihm gar nicht.» Er schüttelte sich. «Gott sei Dank ist sie nicht aufgetaucht, als meine Frau noch lebte.»

«Wohnt Harry bei Ihnen?»

Alan Stewart sah schockiert aus. «Großer Gott, natürlich nicht.»

«Dann leben Sie hier ganz allein?»

«Ja. Aber ich habe jetzt eine Hilfe im Haus und im Garten. Nicht Harry, natürlich. Großer Gott, nein.»

«Wo kann ich Ihren Sohn finden, Mr Stewart?»

32

Dein Vater und ich haben uns im Garten meiner Mutter trauen lassen», sagte Helen Mitchell.

«Ich weiß», sagte Cassandra.

«Natürlich hat uns ein Pfarrer getraut. Der Cousin meines Vaters, glaube ich. Ein Methodist. Oder war er Presbyterianer? Jetzt kann ich mich nicht mehr erinnern. Aber das ist auch unwichtig, denn irgendwann haben sie sich sowieso zusammengeschlossen. Die meisten jedenfalls. Sie nennen sich jetzt United Church.»

Sie saßen in Helen Mitchells Zimmer in Shady Acres. Cassandra hat ein Romméspiel in der Lobby unterbrochen, um ihrer Mutter die Neuigkeit unter vier Augen mitzuteilen. Helen schien erfreut, wenn auch etwas abgelenkt.

«Ich wünschte, ich lebte noch allein in meinem Haus, Cassandra», sagte sie jetzt. «Ich würde gern einen Empfang für dich geben. Die Hochzeitstorte backen. Das Dinner für die Generalprobe ausrichten.»

«O Mutter ...»

«Aber diese Aufgaben werden doch aufgeteilt zwischen den Familien der Braut und des Bräutigams. Ich weiß nicht mehr, wer was machen muss, es ist schon so lange her, seit Graham und Millie geheiratet haben. Ich werde es nachschlagen müssen.»

«Mutter, bitte, es wird kein großes Ereignis. Wir wollen keine Hochzeitstorte. Und glaube mir, da gibt's nichts zu proben. Bist du sicher, dass du nicht doch noch kurz ausgehen möchtest?» Normalerweise ergriff ihre Mutter jede Gelegenheit, um von Shady Acres wegzukommen, und wenn es nur für ein paar Stunden war.

«Ich glaube nicht», sagte Helen. «Ich bin heute ein bisschen müde.» Das Zimmer war mit ihren Habseligkeiten voll gestellt. Bücherregale, die nicht zusammenpassten, standen an der Wand und waren mit Kleinkram und gerahmten Fotos und Büchern voll gestopft. Auf der Frisierkommode waren Parfümfläschchen sowie Kamm und Bürste ordentlich aufgereiht. Neben dem Bett lag ein kleiner Teppich an der Tür und ein langer schmaler Läufer. Cassandra fand es bedrückend, dass das Bett ihrer Mutter, auch wenn es von einer leuchtenden Decke und Kissen bedeckt wurde, ein Krankenhausbett war und dass es im Bad zwei Spiegel gab, einer auf Rollstuhlhöhe, sowie zwei Notklingeln, davon eine neben dem Bett, die andere neben der Toilette. Ihre Mutter musste viel Energie aufbringen, um das alles nicht zur Kenntnis zu nehmen, dachte sie, und sich stattdessen auf das Erkerfenster zu konzentrieren, das auf den Garten sah.

«Ich freue mich darüber, Cassandra.» Als sie sich umdrehte, sah sie, dass ihre Mutter sie anlächelte. «Ich habe ihn gern. Ich glaube, ihr passt zusammen.» Helen Mitchell lehnte sich an die Kopfstütze ihres Sessels und sah aus dem Fenster auf den Regen, der unaufhörlich von einem langweiligen Himmel fiel. «Bleibst du zum Tee?», fragte sie.

Cassandra sah auf ihre Uhr. «Nein, wenn du nicht irgendwohin willst, dann gehe ich lieber zurück zur Arbeit.»

«Wird die Hochzeit vor Weihnachten sein?», fragte die Mutter.

«Ich glaube nicht. Wir haben noch nicht richtig darüber gesprochen, Mom. Aber ich glaube nicht, dass wir das so schnell organisieren können.»

«Dann fahren wir beide Weihnachten noch nach Edmonton?»

Es gab absolut nichts, was Cassandra weniger gern täte. Aber sie merkte, dass sie schon fast resigniert hatte. «Vielleicht. Wir werden sehen.» Sie küsste Helens Wange. «Ich gehe. Ich sehe dich dann am Freitag.»

«Wir werden zusammen in die Stadt gehen, du und ich», sagte Helen, die plötzlich munter wurde. «Einkaufen.»

«Warum? Was wollen wir einkaufen?»

«Na hör mal! Ein Kleid. Ein Hochzeitskleid!»

Cassandra überlegte, ob es in ihrem Alter Leute gab, die wegrannten, um heimlich zu heiraten.

«Könnten wir vielleicht nach draußen gehen?», sagte Belinda.

Alberg blickte aus dem Bürofenster auf den Regen. Er sah auf seine Uhr: Er hatte den Namen des Restaurants erfahren, in dem Harry Stewart tagtäglich zu Abend aß, und hatte beschlossen, ihn dort aufzuspüren. «Wissen Sie was», sagte er zu Belinda. «Ich will die Drei-Uhr-dreißig-Fähre bekommen, aber vorher habe ich noch Zeit für einen Kaffee.»

«Danke», sagte sie wenige Minuten später, als der Besitzer von Earls Café zwei Becher mit Kaffee auf den Tisch stellte. «Ich hoffe, Sie sind nicht gekränkt, aber aus irgendeinem Grund hasse ich dieses Polizeirevier.»

«Ich bin nicht gekränkt. So angenehm finde ich es dort auch nicht.»

«Ich war unhöflich, als Sie mich besuchten, um mit mir zu sprechen.» Sie sah ihn an, und wieder spürte er eine Autorität, die ungewöhnlich für eine so junge Frau war. Er war fasziniert. Sie war ein bisschen schüchtern wegen der Wirkung, die sie auf andere Menschen hatte, dachte er, weil sie den Blick häufig abwandte und niemandem lange direkt in die Augen sah.

«Schon gut», sagte er.

«Nein. Das ist es nicht. Meine Mutter –» Ihre Stimme stockte einen Moment, dann war sie wieder kräftig. «Sie hat immer gesagt, gute Manieren sind das Öl im Getriebe der Welt.»

«Ich denke, meine Mutter würde ihr zustimmen.»

«Lebt ihre Mutter noch?»

«Ja. Es tut mir Leid.»

Belinda lachte. «Das muss Ihnen nicht Leid tun.»

«Nein, ich wollte sagen –»

«Ich weiß, was Sie sagen wollten.» Sie schüttete große Mengen Zucker in ihren Kaffee und rührte um. «Lebt sie hier?»

«Nein. Sie lebt in London, Ontario.»

Belinda zog eine Serviette aus dem Chromständer, der auf dem Tisch zwischen der Zuckerschale und dem Pfeffer- und Salzständer stand. «Ich bin im Kopf noch mal jenen Tag, an dem ich sie auf der Straße traf, durchgegangen. Ich habe ihn wieder erlebt. Verstehen Sie? Nicht absichtlich. Ich bekam ihn einfach nicht aus dem Kopf. Aber dann erkannte ich, dass da etwas Merkwürdiges war.»

Alberg hörte ihr höflich zu, aber seine Gedanken waren bei Alan Stewarts Sohn.

«Und so habe ich mich heute richtig konzentriert. Es war – es war wie eine Selbsthypnose. Weil in meinem Gedächtnis irgendetwas war, das ich nicht beachtet hatte.»

«Was?», sagte Alberg und sah auf die Uhr.

Sie beugte sich über den Tisch zu ihm.

«Da war jemand.»

Alberg schüttelte den Kopf. «Ich verstehe nicht. Wo war jemand?»

«Im Gebüsch. Ein Mann. Er hat uns beobachtet.»

33

Ich glaube, wir sollten hinfahren und uns mal umsehen», sagte Alberg zu Belinda. «Sind Sie bereit?»

«Jetzt?»

«Sicher. Warum nicht?»

«Ich dachte, Sie müssten die Fähre kriegen.» Er war so groß wie Raymond, aber breiter. Ein Teil davon war Fett, aber das meiste nicht. Er war blond, und seine Augen erinnerten sie an die ihres Vaters. Aber was Belinda am meisten interessierte, war, dass er einen offenen und mitfühlenden Blick hatte – man hatte das Gefühl, dass man ihm etwas anvertrauen konnte, ohne dass er irgendetwas von sich selbst preisgab. Er war entweder sehr selbstsicher, dachte sie, oder sehr vorsichtig.

«Ich nehme eine spätere.» Er legte das Geld für den Kaffee auf den Tisch, und sie verließen das Café.

Er parkte vor dem Platz, wo die Wasserflugzeuge in der Porpoise Bay landeten, und sie gingen auf der Straße, die zum Haus von Belindas Vater führte. Am Ahorn blieb sie stehen.

«Sie war hinter diesem Baum», sagte sie und holte tief Luft. «Als ich um diese Biegung kam, da trat sie hinter dem Baum vor. Ich muss sofort gewusst haben, wer sie war, weil ich so schockiert war, dass ich stehen blieb. Und da hat sie das Kopftuch, das sie trug, abgenommen, und ich sah, dass ihr Haar ganz grau geworden war.»

Belinda konnte eine Minute lang nicht sprechen und musste sich abwenden. Das war viel schwerer, als sie sich vorgestellt hatte. Schließlich räusperte sie sich und sah zu der Stelle, an der sie wie angenagelt stehen geblieben war und ihre Mutter angestarrt hatte.

«Und dann?»

«Dann bin ich weggerannt, so wie ich es Ihnen erzählt habe. Ich wollte zu meinem Vater zurückrennen. Aber dann habe ich es mir anders überlegt. Ich blieb dort oben auf der Straße stehen, überlegte und rannte zurück. Aber sie war weg.»

«Zeigen Sie mir, was Sie dann gemacht haben», sagte er.

Belinda ging etwa fünfzig Meter die Straße entlang und drehte sich um. Sie blieb einige Sekunden still stehen, dann rannte sie zu dem Ahorn. Sie presste die Handflächen an den Stamm und berührte ihn mit den Fingerspitzen. Ihr fiel ein, dass sie gedacht hatte, dass der Baum vielleicht etwas wusste – zum Beispiel, wohin ihre Mutter gegangen war –, und vielleicht hatte sie gedacht, dass sie die Botschaft dort entziffern könnte, so wie blinde Menschen die Brailleschrift lesen können.

Sie trat zurück, blickte zu Boden, hockte sich hin und suchte den Boden ab. Dann stand sie auf und blickte zum Parkplatz hinüber, der hinter einer Biegung der Straße lag. «Ich dachte, dass sie ein Auto haben musste und wenn ich mich beeilte, könnte ich sie einholen, ehe sie wegfuhr –» Sie fing an zu rennen. «Und als ich hier war –», sie blieb stehen, streckte die Hand aus, aber drehte nicht den Kopf, «da hatte er sich dort versteckt. Ich weiß, dass er da war. Ich habe ihn gefühlt.»

Alberg ging zu ihr, und zusammen sahen sie in das Dickicht der Brombeerbüsche. Es war höher als Belinda oder der Polizist und vielleicht anderthalb Meter breit.

«Ja», sagte er. «Irgendetwas ist hier jedenfalls drin gewesen.» Er ging dichter heran. Belinda roch die reifen Brombeeren. Sie schielte über seine Schulter und sah, dass sich etwas fest in die Ranken gedrückt hatte; mehrere waren abgebrochen. Albert hockte sich hin und untersuchte den Boden, wo Ranken und Beeren lagen.

«Gibt es Fußspuren?», sagte Belinda hoffnungsvoll.

«Nein.» Er stand auf. «Keine richtigen. Nichts, was wir brauchen könnten. Aber jemand hat hier dringesteckt, das stimmt.» Er sah Belinda nachdenklich an. «Belinda, wo ist Raymond?»

«Oben, an der Küste. Er kommt später am Tag zurück.»

«Was ist mit Ihrem Vater?»

«Er ist im Geschäft. Warum?»

«Ich möchte, dass Sie bei Ihrem Vater bleiben, bis Raymond zu Hause ist», sagte er. «Ich bin sicher, dass wir uns keine Sorgen zu machen brauchen. Aber ich hätte ein besseres Gefühl. Okay?»

1987

34

Denkst du ernsthaft daran, eine Reise zu unternehmen?», fragte Harry einen Tag vor Labour-Day im Wohnzimmer seines Vaters.

Sein Vater rutschte auf seinem Stuhl herum, was Harry interessant fand. Der Alte murmelte etwas.

«Was? Was hast du gesagt?»

«Ich sagte, dass ich darüber nachdenke», sagte sein Vater laut.

Harry gefiel es gar nicht, dass es diese jüngere Frau im Leben seines Vaters gab. Das war eine Eventualität, auf die er in seinen wildesten Träumen nicht gekommen wäre. Shit, der Alte würde sich womöglich verjüngen.

Harry setzte sich und rieb sich die schmerzenden Schenkel. Er wusste nicht, warum, aber sie schmerzten häufig, sein Rücken und eine Schulter auch. Das ist das Alter, sagte er sich. Er würde selbst ein verkrüppelter Tattergreis sein, bis er endlich sein Erbe ausgeben konnte. «Vielleicht solltest du besser nicht fahren», sagte er. «Findest du nicht, dass du zu alt bist, um auf Reisen zu gehen?»

Sein Vater sah ihn kalt an, er rutschte weder auf seinem Stuhl herum, noch murmelte er vor sich hin, er sah ihn mit klaren Augen verächtlich an. Harry wurde bewusst, dass sie einander nicht ausstehen konnten. Für gewöhnlich machte er einen Bogen um diese Wahrheit – er ignorierte sie nicht gerade, aber er konzentrierte sich nicht darauf, er wollte keinen Ärger, man sah ja auch einem gefährlichen Hund nicht direkt in die Augen. Und sein Vater verhielt sich normalerweise genauso. Harry wurde unter dem uncharakteristisch direkten Blick seines Vaters leicht nervös, und nach einer Minute schlug er die Augen nieder. Diese Kapitulation brachte seine für gewöhnlich gut unter Verschluss gehaltene Wut zum Vorschein.

Harry konnte es sich nicht leisten, wütend zu werden. Deshalb stand er auf und ging durch die Schiebetüren auf die Terrasse und um das Haus herum, dann die Treppe hinauf, durch den Steingarten bis zu dem Aussichtstürmchen. Er setzte sich auf die Bank, presste die Hände zwischen den Knien zusammen, schaukelte vor und zurück und konzentrierte sich auf die Erinnerung an seine Mutter, versuchte, so seine Wut zu besänftigen; denn sie hatte ihn früher immer getröstet.

Nach einer Weile streckte er sich lang auf der Bank aus, verschränkte die Hände unter dem Kopf und schlug die Knöchel übereinander. Er blickte in die Rosen hinauf, die durch das Spalier rankten, und lenkte sich ab, indem er sich zu erinnern versuchte – ohne hinzusehen –, welche Kleidung er heute trug. Er erinnerte sich daran, dass er an diesem Vormittag erhitzt und verschwitzt aufgewacht war. Es war fast zwölf Uhr mittags, und die Sonne schien ihm ins Gesicht; er hatte vergessen, die Vorhänge zuzuziehen. Er hatte sich umgedreht, um auf die Uhr zu schauen, alles tat ihm weh, und er befreite sich aus den Decken und Laken und stolperte in Unterwäsche zum Badezimmer. Überlegte, ob er duschen sollte, entschied sich dagegen. In der Küche hatte er den Kessel aufgesetzt, um sich einen Pulverkaffee zu machen, und sich auf die Tür des Kühlschranks gestützt und hineingesehen. Er hatte nichts Appetitanregendes gefunden. Weder dort noch im Schrank. Cornflakes, aber keine Milch. Brot, aber keine Butter. Orangensaft – aber beim Gedanken an Orangensaft zog sich ihm der Magen zusammen.

Mal sehen, dachte er: Was hatte er dann gemacht? Beschlossen, frühstücken zu gehen. Wieder im Schlafzimmer ... die Sachen angezogen, die er gestern Abend auf einen Stuhl geworfen hatte, weiße Baumwollhose und ein British-Columbia-Lions-T-Shirt. «Shit», sagte Harry, hob den Kopf und sah an sich hinunter. Ja. Eine weiße Hose, die man nicht länger als einen Tag anziehen sollte, sie war zerknittert und angeschmutzt. Das T-Shirt ging. Er fuhr sich mit den Fingern durchs Haar und wünschte, er hätte den heutigen Morgen besser hinbekommen. Kein Wunder, dass der Alte nicht beeindruckt war.

Harry ging zum Haus zurück, wo sein Vater in dem Zimmer saß, das vor Ewigkeiten, als er noch zu Hause gewohnt hatte, sein Zimmer gewesen war. Jetzt standen dort ein Fernseher und Bücherregale und ein Schreibtisch, an dem sein Dad manchmal Briefe mit der Hand schrieb oder Zahlen zusammenrechnete mithilfe eines Taschenrechners, den er geschenkt bekommen hatte, als er die Fernsehzeitung abonnierte. Der Alte hatte den Fernseher angestellt und sah *Jeopardy!* Er merkte nicht, dass Henry in der Tür stand.

Also zog Harry sich zurück, um die Küche zu inspizieren. Tiefgefrorene Waffeln. Konserven mit Hühnersuppe und Nudeln. Der Alte hatte sich programmiert wie einen Roboter. Er aß immer das Gleiche zum Frühstück und das Gleiche zum Lunch. Jeden Tag der Woche. Außer, dachte Harry, wenn er essen ging. Er fragte sich, wie oft das wohl war, jetzt, wo sein Vater eine Freundin hatte. Er setzte sich an den Küchentisch und überlegte.

Ihm kam der Gedanke, dass sein Vater wegen dieser Frau womöglich den Kopf verlieren könnte, sie vielleicht sogar heiraten würde. Gütiger Himmel.

Er ging in das Zimmer, das sein Vater als sein Arbeitszimmer bezeichnete, und sagte: «Du hast kaum noch Vorräte. Möchtest du, dass ich dir ein paar Lebensmittel einkaufe?»

Der alte Mann nahm die Augen nicht vom Bildschirm. «Nein. Danke.»

«Was willst du denn abends essen?» Harry war entschlossen, locker und freundlich zu bleiben.

«Weiß ich noch nicht.»

«Darf ich mir einen Drink holen?»

Sein Vater zuckte die Achseln. «Bediene dich.»

Harry ging in die Küche und suchte im Kühlschrank nach einem Bier, entschied sich schließlich für einen Scotch mit Wasser. Er stürzte die Hälfte des Drinks hinunter, füllte das Glas wieder auf und ging wieder in den Flur, lehnte sich an den Türrahmen und betrachtete seinen Vater. Bei der nächsten Werbepause sagte er: «Tut mir Leid, dass ich nicht vorzeigbarer aussehe.»

Sein Vater sah ihn an. «Was?»

«Es zeugt nicht von Respekt, jemanden so zu besuchen.» Er breitete die Arme aus und sah an sich hinunter und verzog angewidert das Gesicht. «Ich habe einfach nicht nachgedacht, sondern einfach die erstbesten Sachen gegriffen, die mir in die Finger kamen. Ich hatte Schmerzen», vertraute er seinem Vater an.

«Schmerzen», wiederholte sein Vater.

«Ja. Magenschmerzen. Ich habe Verdauungsstörungen.»

«Verdauungsstörungen.»

«Ja, manchmal ist es richtig schlimm. Aber – na ja. Es gibt Schlimmeres.» Er grinste seinen Vater breit an. «Also. Wie wäre es, wenn ich uns etwas vom Chinesen hole?»

Als er mit dem Essen zurückkam, hatte der Sonntagsfilm gerade angefangen. Er hatte ihn schon mal gesehen, tat aber so, als würde er ihn nicht kennen und wie sein Vater gefesselt sein, tat so, als wüsste er nicht, dass Jeff Bridges es tatsächlich gewesen war. Nach dem Film räumte er die Teller ab, ließ Wasser darüber laufen und stellte sie in die Spülmaschine.

Alan stand in der Tür und sah ihm zu. Harry hatte einen geradezu lustig wirkenden, eiförmigen Umfang mit seinem kleinen schmalen Kopf, den schmalen Schultern, dem hervortretenden Bauch, den schlaffen Schenkeln und den kleinen Füßen. Er hatte eine hohe Stirn, und sein schwarzes Haar, das kurz geschnitten war, wirkte trotzdem fast immer fettig. Seinen Augen blickten unfreundlich.

«Harry, was willst du?»

Sein Sohn drehte sich erschrocken um. «Was meinst du damit?»

«Erst versuchst du, mich einzuschüchtern, jetzt bist du zuckersüß und nett. Was willst du damit erreichen?»

Harry faltete das Geschirrtuch und legte es auf die Anrichte. «Möchtest du einen Koffeinfreien?»

«Nein.»

Harry seufzte. «Ich möchte gar nichts, Dad. Ich möchte dich nur etwas öfter sehen. Etwas mehr Nähe mit dir.»

«Quatsch», sagte sein Vater.

Das erschreckte Harry ein bisschen. Er legte die Hände zusammen und sah auf seinen Bauch hinunter, der zu dick geworden war. «Ich werde jetzt besser gehen», sagte er und gab sich Mühe, traurig zu klingen. Er hob den Blick, weil er den Gesichtsausdruck seines Vaters auffangen wollte – aber sein Vater hatte den Raum verlassen. Harry hörte, wie der Fernsehton lauter gestellt wurde. Er konnte genauso gut nach Hause gehen.

Seit Maria wieder da war, hatte Richard ihr nicht eine einzige Frage gestellt.

Dann, morgens, am Labour-Day, als Belinda zur Arbeit gegangen war, sagte er: «Wir sollten uns wirklich aussprechen, Maria.» Er faltete die Serviette auseinander und breitete sie auf dem Schoß aus. «Was immer du auch in Saskatchewan erfahren hast, es geht dir im Kopf herum. Ich finde, wir sollten darüber reden.» Er sah sie mit seinen leuchtend blauen Augen prüfend und ruhig an.

Maria, die ihm gegenüber saß, erinnerte sich, dass sie damals, als er ihr den Hof machte, seine Zurückhaltung fälschlich als Schüchternheit deutete und gedacht hatte, seine Arroganz sei Selbstschutz, eine Maske seiner Unsicherheit. Aber, dachte sie, der Sex war gut; und er hatte auf seine Weise immer versucht, ihr Freund zu sein.

«Dann werde ich es dir erzählen», sagte sie und wusste, kaum dass sie es ausgesprochen hatte, wie groß ihre Erleichterung sein würde.

«Nun?», sagte er ermunternd und goss sich Milch über die Cornflakes.

«Meine Mutter lebt noch», sagte sie ihm. «Ich habe sie gesehen, mit ihr gesprochen.»

«Wie heißt sie?», sagte Richard, hielt den Löffel mit Cornflakes in der Hand.

«Nadine. Nadine Gage.»

«Was ist mit deinem Vater?» Seine Augen funkelten vor Neugier.

«Hier wird es ein wenig kompliziert», sagte sie und fing an, Belindas Frühstücksgeschirr abzuräumen, weil sie nicht sitzen bleiben und angestarrt werden wollte. «Der Mann meiner Mutter starb, als ich ein Säugling war», rief sie aus der Küche und wurde rot, als ob sie eine Lüge erzählt hätte. «Aber er war gar nicht mein Vater.»

Sie kam ins Esszimmer zurück. «Ihn habe ich auch gefunden, meinen richtigen Vater», sagte sie und versuchte ruhig und selbstbewusst zu klingen, obwohl sie wusste, dass ihr Gesicht brannte. «Ich habe ihn mehrmals besucht.»

Maria sah ihren Mann mit zusammengekniffenen Augen an, sie wollte sein Gesicht in beide Hände nehmen und ihn ansehen; sie suchte Mitleid und Liebe. Und vielleicht würde sie Liebe darin sehen. Vielleicht. Aber sie fand kein Mitleid. Schließlich musste sie tatsächlich lachen, weil sein Gesicht sich vor Widerwillen geradezu aufblähte, und sie hatte ihm noch nicht mal das Schlimme erzählt.

Also erzählte sie ihm das Schlimme nicht.

«Das heißt, er lebt in Vancouver?», sagte Richard offensichtlich verdrossen. In Richards Leben gab es keinen Platz für Marias befleckte Familie. Sie konnte seinen Tadel förmlich in der Luft spüren.

«Das ist alles», sagte Maria und räumte den Tisch ab. «Das ist im Moment alles.»

(... Maria wirft den Säugling auf das Bett, auf das Doppelbett, und der Schock des Aufpralls bewirkt eine momentane gesegnete Stille – und dann fängt das Schreien wieder an, lauter denn je, verzweifelter denn je. «Sei still!», schreit Maria, sie hält sich die Ohren zu. «Sei still, sei still, sei still! ...»)

Sie stand in der Küche, sie erschauerte, und dann ging sie aus dem Haus. Sie wollte Trost von einem Menschen, aber nur Belinda könnte ihn ihr geben.

Für sie gab es nur einen Trost. Nur einen, den sie verdiente. Das erkannte Maria plötzlich deutlich und mit verzweifelter Ruhe.

35

Harry, der ein spätes Frühstück in Floras Café eingenommen hatte, schlenderte ziellos den Marine Drive entlang, in Gedanken war er wieder bei der Reisebürofrau. Er hatte immer wieder versucht, ihren Namen aus seinem Vater herauszukriegen, hatte aber kein Glück. «Das geht dich nichts an», mehr sagte sein Vater nicht.

Er hatte sich tagelang vor dem Grundstück seines Vaters aufgehalten und auf der Straße herumgelungert, darauf gewartet, dass sein Vater sich davonstahl, um sie zu treffen. Aber er verließ das Haus nicht. Harry beobachtete ihn, wie er im Garten Unkraut jätete oder was immer er da in dem verdammten Garten zu tun hatte – den Gartenschlauch benutzte –, und er ging nie weg.

Am Abend des zweiten Tages, es dämmerte, und Harry, der sich langweilte, hatte gerade den Entschluss gefasst, die Überwachung aufzugeben, tauchte ein Streifenwagen auf, er fuhr langsam, der Asphalt knirschte. Er hielt hinter Harrys Auto an, und ein Cop stieg aus, ging um das Auto herum und leuchtete ihn mit der Taschenlampe an, blendete ihn.

«Kann ich Ihre Fahrerlaubnis und die Zulassung sehen, Sir?», sagte der Cop.

Harry zog die Fahrerlaubnis aus seiner Brieftasche und die Zulassung aus dem Handschuhfach und reichte sie hinaus.

«Was machen Sie hier, Sir?», sagte der Cop und prüfte die Papiere.

«Ich spioniere meinen Alten Herrn aus.»

Der Cop sah ihn aufmerksam an. «Bitte?»

«Mein Alter Herr wohnt hier», sagte Harry und zeigte mit dem Zeigefinger. «Er wird etwas senil. Ich passe auf ihn auf.»

«Und warum tun Sie das von der Straße aus?»

«Weil er nicht will, dass ich mich um ihn kümmere. Er ist nicht der Ansicht, dass mit ihm irgendetwas nicht stimmen könnte, verstehen Sie?»

Der Cop stieg wieder in seinen Straßenkreuzer und hob das Funkgerät ab. Er überprüfte Harry. Harry war unbesorgt.

Nach wenigen Minuten kam der Cop zurück und gab ihm seine Fahrerlaubnis und die Zulassung zurück. «Sie sollten lieber eine andere Art für den Umgang mit Ihrem Vater finden», sagte er. «Wir haben eine Beschwerde, dass hier jemand herumlungert.»

«Ja, okay», sagte Harry.

Er fand, er konnte besser beschatten als bewachen. Wenn sein verdammter Vater doch nur mal weggehen würde, sodass er ihm folgen könnte.

Lustlos spähte er durch das Schaufenster von Everetts Buchladen, der sonntags geschlossen war. Er könnte nach Nord-Van zum Poolspielen gehen, irgendwer würde schon da sein. Er könnte mit den Jungs drüben in Surrey bowlen.

Er könnte nach Hause gehen und seine Wäsche machen.

Er blieb mit den Händen in den Hosentaschen stehen und betrachtete sein Spiegelbild in der Schaufensterscheibe. Er wünschte, er wäre größer – schlanker.

Vielleicht würde er sich ein paar Zeitschriften kaufen, dachte er. Oder einen Pornofilm ausleihen. Oder beides.

Stattdessen beschloss er, noch mal bei seinem Alten vorbeizugehen. Er würde ihm Hilfe mit dem Gartenschlauch im hinteren Garten anbieten, oder vielleicht musste im Haus irgendetwas repariert werden. Und vielleicht würde sein Vater, während er da war, sagen, dass er eine Verabredung hätte, und dann würde Harry gehen, schnell das Auto holen und sich an seine Fersen heften.

Der Vormittag, an dem er nicht Wache gestanden hatte, war in den Nachmittag übergegangen, und als er in die enge Straße seines Vaters zurückkehrte, war ihm heiß, und er war verschwitzt. Er hatte sein Jackett ausgezogen und trug es über dem Arm, seine glitschigen Füße schmatzten in den Ledersandalen herum. Er ging durch das Tor in den Garten, die Treppe hinunter und um das Haus herum, zur Haustür.

Die Schiebetüren standen offen, und aus dem Wohnzimmer ertönte Marschmusik. Harry trat ein und sah, dass sein Vater auf der Erde lag und Gymnastik machte. Er trug Shorts, die seine weißen Beine, knubbelige Knie und unzählige Sommersprossen zeigten, und ein Unterhemd. Seine Augen waren fest zusammengekniffen, und auf seiner Stirn stand Schweiß. Beim Anblick seines Vaters, der auf der Erde lag, wurde Harry schwindlig.

Leise und auf Zehenspitzen zog er sich rückwärts wieder auf die Terrasse zurück und machte es sich auf der Chaiselongue gemütlich, die neben einem Tisch stand, in dessen Mitte ein großer Sonnenschirm steckte. Wenigstens wehte hier ein Lüftchen vom Meer, es musste mindestens zehn Grad kühler sein als in der Stadt.

Nach einer Weile, die ihm sehr lang vorkam, wurde die Musik abgestellt. Harry döste auf der Chaiselongue.

«Ich wünschte, du würdest warten, bis du eingeladen wirst.»

Er sah auf und sah seinen Vater, der die Shorts und das Unterhemd durch eine alte graue Hose und ein verschossenes gelbes T-Shirt ersetzt hatte. Außerdem hatte er einen Sonnenhut aus Stroh mit ausgefranstem Rand auf.

«Und ich wünschte, du wärst ein bisschen freundlicher zu deinem einzigen Sohn», sagte Harry.

«Ich muss arbeiten.» Sein Vater schlurfte an ihm vorbei und verschwand hinter dem Haus.

Harry erhob sich mühsam von der Chaiselongue und folgte ihm.

Der Alte suchte etwas in dem Gerümpel in dem Schuppen auf der hinteren Terrasse. Er kam mit einem Korb heraus, in den er mehrere Werkzeuge und eine Sprühdose gepackt hatte.

«Kann ich helfen?», sagte Harry.

Sein Vater schnaubte. Er stieg die Treppe hinauf, ging den gepflasterten Weg entlang, der durch den Steingarten führte, und ging dann über den Rasen zu dem kleinen Aussichtsturm. Er stellte den Korb ab und leerte den Inhalt auf das Gras unter einer Schuppentanne, die am Zaun wuchs. Er stützte sich mit den Händen auf den Knien ab, während er eine Minute auf die Sammlung der Werkzeuge sah, die vor ihm ausgebreitet waren, dann wählte er eine Hacke aus und ging zum Rosengarten.

Harry konnte kein Unkraut entdecken, nur eine Abdeckung aus Rinde. Aber sein Vater kniete sich hin und riss welches aus, warf es über die Schulter auf den Rasen. Harry beobachtete ihn und merkte, wie seine Unruhe wuchs und seine Abneigung auch. Er wusste nicht, wie er diesen Mann fassen könnte. Es war, als stocherte er im Nebel herum.

«Hast du schon beschlossen, wo du hinfahren willst?», sagte er schließlich.

«Ich weiß nicht, wovon du redest», sagte sein Vater und warf Unkraut über die Schulter.

«Du weißt schon, deine Reise. Die du mit der Frau vom Reisebüro besprochen hast.»

Neugier ist der Katze Tod, hatte seine Mutter immer gesagt, und eines Tages wirst du auch daran sterben, Harry, mein Junge. Wahrscheinlich hatte sie Recht, dachte er. Aber die Neugier brannte wie Feuer in ihm. Es brannte genauso wie bei der Infektion der Harnwege, die er sich mal zugezogen hatte. Es gab nichts, was er dagegen tun konnte.

Sein Vater hackte weiter, suchte nach Unkraut, beachtete Harry nicht.

«Hör zu. Ich möchte wissen, wer diese Frau ist», platzte Harry schließlich heraus. «Ich möchte wissen, was hier vor sich geht.»

Sein Vater setzte sich erstaunt auf die Hacken und starrte Harry unwillig durch seine Brille an.

«Ich weiß, dass du gleich sagen wirst, dass mich das nichts angeht», sagte Harry, «aber ich will es trotzdem wissen.» Er hörte selbst die Weinerlichkeit in seiner Stimme und hasste sich dafür. Er wischte sich die Handflächen an den Schenkeln ab, trocknete den Schweiß am Stoff der Jeans, hörte, wie er schwafelte. Shit, dachte er gedemütigt. Sein Vater sagte natürlich nichts. Endlich gestattete Harry sich, wieder ruhiger zu werden, und dann wartete er und merkte, dass er außer Atem war.

«Sie ist deine Schwester», sagte sein Vater schließlich.

Harry lachte. Wartete. Lachte wieder. Dann hockte er sich hin, damit er seinem Vater ins Gesicht sehen konnte.

«Sie war ein Kind der Liebe», sagte sein Vater.

Harry sah ihn mit zusammengekniffenen Augen an, als ob er durch die Verengung der Augen seinen Verstand schärfen könnte.

Als er schließlich begriff, was sein Vater gesagt hatte, dauerte es noch eine ganze Minute, bis er seine Sprache wiederfand – und selbst dann wusste er nicht im Geringsten, was er sagen sollte.

36

An einem Montag, Mitte September, sagte Everett ungläubig: «Du meinst, du *beschattest* sie?»

«Ja.»

«Mein Gott, Harry – das ist wirklich saudumm.»

«Der Meinung bin ich nicht», sagte Harry verletzt. «Ich musste ihr folgen. Ich weiß jetzt sehr viel mehr von ihr, als ich vorher wusste.»

«Was, zum Beispiel?», sagte Everett.

«Ich weiß, wo sie wohnt. Ich weiß, dass sie nicht arbeiten geht. Ich weiß, dass sie gern Auto fährt – sie fährt *nur* Auto. Herr im Himmel. Ich bin schon überall in diesem gottverdammten Fraser Valley gewesen.»

Sie saßen auf einer Bank an der Strandpromenade, die von Dundarave nach Ambleside Park führte. Everett rauchte eine Zigarette. Sobald Harry es bemerkte, wedelte er mit einer übertriebenen Handbewegung den Rauch von seinem Gesicht weg, was Everett nicht beachtete.

«Aber aus welchem Grund, Harry?», sagte er und zog an der Zigarette. «Warum ist es wichtig, wo sie wohnt oder wo sie arbeitet? Übrigens, *wo* wohnt sie denn?»

«Kerrisdale. Und es ist wichtig, Everett, weil diese Frau ein ernst zu nehmendes Hindernis in meinen Plänen für einen sorgenfreien Ruhestand darstellt.» Unglücklich blickte er auf das Meer, wartete, bis eine ältere Frau in einem weißen Jogginganzug und einem Strohhut, der unter dem Kinn gebunden war, langsam an ihnen vorbeigejoggt war.

«Du sprichst von dem Geld deines Alten Herrn, stimmt's?»

Harry drehte sich um und sah Everett an, der einen dunkelbraunen Anzug trug und ein ahornsirupfarbenes Hemd. Everetts Stimme hatte einen vollen, vertraulichen, zärtlichen Klang. Es war seine Stimme, die ihm den TV-Job eingebracht hatte. Er hatte eine schnelle Auffassungsgabe, was ihm, wie Harry dachte, auch half, die Werbespots zu sprechen, die ihn mit dem nötigen Geld zum Spielen versorgten. Für Harry war es immer erhebend, wenn er einen von Everetts Werbespots sah. Heute Morgen hatte er den Fernseher angestellt und, wie ein gutes Omen, war Everett durch ein Meer von alten Standuhren für die Chrysler Corporation gerannt. Harry hatte laut gelacht. Er jauchzte und schlug sich auf die Knie und zeigte mit dem Finger auf den Bildschirm. «Hey, Everett, hey, Kumpel!» Aufmerksam betrachtete er die Werbesendung, und als sie zu Ende war, machte er den Fernseher aus, öffnete die Vorhänge und suchte nach seinen Sandalen. Dann war er zum Buchladen geschlendert und hatte Everett überredet, mit ihm spazieren zu gehen.

Bis auf seine Spielleidenschaft war Everett ein praktisch veranlagter Mensch, der mit beiden Beinen fest auf der Erde stand. Harry brauchte häufig eine zweite Meinung, und Everett war immer einfühlsam, auch wenn er keine Höhenflüge hatte. Harry brauchte jemand, der ihn erdete. Das wusste er und schätzte es, dass Everett diese Rolle übernommen hatte.

«Klar spreche ich von seinem Geld», sagte er jetzt. «Worüber sollte ich sonst sprechen?»

«Er wird dein Erbe nicht irgendeiner Frau geben, die, wie du es auch drehst und wendest, eine völlige Fremde ist, die in dein Leben geplatzt ist.»

«Genau. Wie ein fetter alter Kuhfladen», sagte Harry düster. «Du kennst den alten Knacker nicht, Everett. Ich glaube, er wird senil. Er wäre eine leichte Beute für sie.»

«Aber was willst du damit erreichen, wenn du ihr nachspionierst?», sagte Everett, zog seine Sonnenbrille aus einem Etui in seiner Jacketttasche und setzte sie auf die Nase, klemmte sie hinter den Ohren fest.

Und Harry wusste es nicht. Zuerst hegte er die vage Hoffnung, Leichen in ihrem Keller zu finden. Aber selbst wenn es welche gab, wie, zum Teufel, sollte er sie finden, wenn er ihr den ganzen Tag nur hinterherfuhr.

«Der alte Narr wird denken, dass er ihr etwas schuldig ist», sagte er verzagt und beobachtete ein Shetlandpony, das auf sie zu trottete und sich geschickt an die Fersen eines etwa zwanzigjährigen Mannes heftete, der nur einen Sonnenschutz für die Augen, Shorts und Laufschuhe trug. Harry dachte an die alte Frau, die ein paar Minuten früher an ihnen vorbeigekommen war und sich völlig unpassend in einen Jogginganzug gehüllt hatte, und seine Gedanken begaben sich auf eine kurze Phantasiereise, er stellte sich ein Aufnahmegerät unter dem Trainingsanzug oder Handgranaten vor, die die alte Dame an ihrem Körper befestigt hatte; vielleicht plante sie, sich auf ihn zu werfen und sie beide in die Ewigkeit zu bomben.

Er stöhnte und rieb sich die Schläfen. «Dieser ganze Mist

geht mir auf den Geist, Everett. Aber ich *weiß*, dass er glauben wird, ihr etwas schuldig zu sein. Die Frage ist nur: Wie viel?»

Am Nachmittag fuhr er wieder zu ihr und parkte ein paar Häuser weiter unter einem Baum, der sich als eine Sorte entpuppte, die nicht nur Blätter fallen ließ, sondern auch eine klebrige Flüssigkeit absonderte. Was für ein blöder Baum war das bloß? Er zog das Taschentuch aus der Hosentasche, befeuchtete eine Ecke mit Spucke und rieb vorsichtig auf einem der Tropfen herum, die auf dem Lack klebten. Aber er merkte schnell, dass diese Flüssigkeit die Konsistenz von Farbe hatte. Er rieb kräftiger und erreichte trotzdem nichts.

Plötzlich sauste ein Mädchen auf einem Fahrrad an ihm vorbei und warf ihm einen neugierigen Blick zu, ein Teenager, mit langem dunklem Haar und einer Büchertasche auf dem Rücken. Er beobachtete, wie es in die Einfahrt des Hauses der Reisebürofrau bog. Harry kannte deren Namen jetzt, aber er konnte nicht aufhören, sie in Gedanken als die Reisebürofrau zu bezeichnen, und wenn sie je eine gewesen war, so mit Sicherheit nicht im Moment. Sie hat wahrscheinlich ihre Arbeit aufgegeben, sobald sie den alten Mann aufgespürt hatte, dachte er düster, und jetzt lehnte sie sich einfach zurück und wartete darauf, dass er den letzten Atemzug tat, sodass sie – völlig unverdient in jeder Hinsicht – ihren Anteil seines Reichtums einsacken und ein sorgenfreies Leben führen konnte.

Er grübelte über diesen Gedanken nach, starrte mit zu schmalen Schlitzen verengten Augen zu dem Haus, in dem sie wohnte, ein großes und leicht verwohnt wirkendes Haus mit einem kleinen Vorgarten und, wie es schien, einem großen Garten hinter dem Haus und einer Garage für ein Auto. Der rote Toyota war auf der Straße geparkt, sodass die Garage für ein anderes Auto sein musste, was hieß, dass die Reisebürofrau möglicherweise einen Ehemann hatte. Das Mädchen hatte sein Fahrrad mitten in der Einfahrt fallen lassen.

Dann dämmerte es ihm.

Das Mädchen – es musste ihr Kind sein. Natürlich. Maria Buscombes Kind.

Du lieber Gott. Harry wurde übel. Sein verfluchter Vater, er hatte ein Enkelkind.

DIE GEGENWART

37

Floras Place war am Marine Drive, in dem Teil von West-Vancouver, der als Dundarave bekannt ist. Alberg schob sich auf einen Stuhl an einem Zweiertisch und sah sich um: Er sah niemand, der auf Alan Stewarts Beschreibung seines Sohnes passte.

Über dem Eingang hing eine Glocke, sie läutete, wenn die Tür geöffnet wurde. Auf jedem Tisch stand eine kleine Vase mit einer Blume. Die Tische waren mit rot-weiß karierten Tischtüchern und weißen Mitteldecken eingedeckt.

Alberg bestellte einen Kaffee bei der Kellnerin, die Jeans, ein Jeanshemd und eine gestärkte weiße Schürze trug.

«Sind Sie sicher, dass das alles ist?», sagte sie. «Wir haben heute den Hackbraten.»

Alberg lächelte. «Nein, danke. Nur Kaffee, bitte.»

Während er wartete, sah er zu einer Frau, die energisch den Tresen abwischte, der die ganze hintere Wand des Cafés einnahm. Sie war etwa Mitte vierzig und hatte lange rote Haare, die sie in komplizierten Schnecken hochgesteckt hatte. Ihre Augen waren sehr stark und überaus kunstvoll geschminkt. Sie warf Alberg einen Blick zu, und er wusste, dass sie ihn augenblicklich als Cop erkannt hatte: Er machte eine anerkennende Handbewegung, die sie ignorierte.

Als die Kellnerin ihm den Kaffee hinstellte, löste der Duft ein plötzliches Verlangen nach einer Zigarette in ihm aus. Er wusste, dass es nicht länger als eine halbe Minute anhalten würde, aber er ärgerte sich, dass er es überhaupt verspürte. In sinnloser Revanche schüttete er Sahne und riesige Mengen Zucker in seinen Kaffee, den er lange Zeit schwarz getrunken hatte.

Niemand hatte ihm gesagt, dachte er verzagt und beobachtete die Tür, dass er, selbst wenn er es geschafft hatte, nicht mehr zu rauchen, nie mehr derselbe Nichtraucher sein würde, der er gewesen war, bevor er angefangen hatte. Die Zigaretten hatten ihn für immer verändert. Zeit, zum Beispiel, würde für ihn nie mehr so sein wie früher. Der Ablauf seiner Tage würde nie mehr derselbe sein. Die Zigaretten hatten in seinem Leben Akzente gesetzt, waren ein Belohnungssystem, das Kommata, Punkte und Semikola in die Welt seiner Tage schnippte. Zigaretten hatten seine Stunden sanft geglättet, sein Leben geformt und ihm – dachte er jetzt und blickte nachdenklich und neidisch zurück auf sein früheres Selbst – eine Eleganz verliehen, eine Bedächtigkeit, die ihm jetzt fehlte.

Er bemerkte, dass sich das kleine, ihn verdrießlich stimmende Verlangen gelegt hatte. Mit den körperlichen Überbleibseln seiner Sucht konnte er relativ leicht umgehen. Es waren die psychischen Fesseln, die er viel schwerer abwerfen konnte. Missmutig blickte er in seinen Kaffee mit Sahne und Zucker, dachte an die zehn überflüssigen Pfunde um die Taille.

Dann ging die Tür auf, die Glocke bimmelte, und Harry Stewart stolzierte herein.

Alberg erkannte ihn sofort. Er war ein mittelgroßer schwarzhaariger Mann mit einer Figur wie ein Ei, kleinen flinken Augen und kleinen Händen. In einer Hand hatte er eine abgewetzte Aktentasche. Er trug Jeans, die unter der Taille hingen, um einem hervorstehenden Bauch Platz zu geben. An den Knien waren sie ausgebeult. Alberg verspürte ein kurz aufflackerndes Mitgefühl, als er die Hose des Mannes sah.

Die Rothaarige sprang hinter dem Tresen hervor. Alberg erhob sich und war bei Harry, ehe sie ihm alles ins Ohr flüstern konnte.

«Harry Stewart?», sagte er mit einem, wie er hoffte, entwaffnenden Lächeln.

«Ja. Was ist?»

«Ich möchte Sie für ein paar Minuten sprechen.»

«Wer, zum Teufel, sind Sie?»

«Mein Name ist Alberg. Ich bin von der RCM-Police in Sechelt.»

«Ja. Und?»

«Ich möchte hier keine Probleme», sagte die Rothaarige, und Alberg überlegte, ob sie die Geschäftsführerin oder vielleicht die Eigentümerin des Cafés war. Die Gäste an den Tischen neben ihnen vergaßen ihr Essen, sahen gebannt zu und lauschten.

«Was meinst du mit Problemen?», sagte Harry Stewart erbost.

«Es gibt keine Probleme. Ich muss ihn nur sprechen», sagte Alberg. «Kommen Sie, Harry.» Er führte den schwach protestierenden Mann zu seinem Tisch, und sie setzten sich. «Bringen Sie ihm einen Kaffee», bat er die rothaarige Frau.

«Er trinkt keinen Kaffee.»

«Ja, Tee, Flora, bring mir einen Tee. Nein, bring mir einen Eistee.»

Alberg hatte nicht gemerkt, wie klein die Tische waren, bis er sich einen mit Harry Stewart teilte: Ihre Knie berührten sich fast.

«Oh, hey, Flora», rief Harry Stewart ihr hinterher. Als sie sich umdrehte, sagte er: «Und den Hackbraten, okay?»

Alberg hatte plötzlich Hunger. Er sagte sich, dass er auf der Fähre essen könnte. Nur dass man das Essen auf der Fähre nur im Notfall verzehren sollte.

«Also, was soll das alles?» Harry verschränkte die Arme und ließ sie auf seinem Bauch ruhen.

Alberg blickte ihn an, sah im Geist Maria Buscombe auf dem Fußboden ihres Apartments liegen. Wieder dachte er, wie unmöglich es war, eine Leiche für einen Menschen zu halten, der nur schlief, selbst ohne so viel Blut überall.

«Wo waren Sie am Sonntag, den zweiten Oktober?», sagte er.

Er sah ein gewisses Maß an Bravour in Harry Stewart. Der Kerl war dennoch unsicher, fand er; er hatte den Verdacht, dass sein Leben ziemlich kompliziert war. Alberg bekam diesen Eindruck zum Teil von der Art, wie er sich kleidete. Harry Stewart war ein Mann mittleren Alters, der in ausgebeulten Jeans herumlief und in einem T-Shirt, das bessere Tage gesehen hatte, und mit Laufschuhen, von denen einer aufgegangen war. Das war kein Typ mit einem Bürojob. Das war kein Typ, der überhaupt irgendeine Arbeit hatte. Trotzdem trug er eine Aktentasche bei sich, ein abgenutztes Lederteil, mit Akten und Notizheften, die oben herausschauten. Er war außerdem ein nervöser Mensch. Er hatte die Hände im Schoß gefaltet, denn wenn er sie freiließe, würden sie auf der ganzen Tischplatte herumwandern.

«Am wievielten Oktober? Dem zweiten?», sagte Harry und sah stirnrunzelnd auf seine rechte Hand, die jetzt den Salzstreuer festhielt. «Meine Güte, das weiß ich nicht. Wissen Sie, das ist schon eine Weile her. Ein paar Tage schon.» Er zuckte die Achseln und verschränkte wieder die Arme über dem Bauch. «In meinem Leben passiert so viel, es ist ziemlich schwer, sich daran zu erinnern.»

Die Kellnerin stellte ihm ein Glas Eistee hin. «Der Hackbraten kommt sofort.»

«Danke, Regina.» Harry schüttete zwei Döschen Kaffeesahne in seinen Tee und beobachtete, wie sie herumwirbelte. «Vielleicht ist dadrin etwas, das Ihnen hilft, sich zu erinnern», sagte Alberg und nickte Richtung Aktentasche.

Harry sah sie an. «Ja.» Er langte nach unten und hob die Aktentasche auf seinen Schoß, wühlte darin herum und zog einen Taschenkalender heraus. Er blätterte ihn durch, runzelte die

Stirn. «Ach ja. Genau. Ich hatte an dem Tag geschäftlich in Surrey zu tun», sagte er zu Alberg und sah erleichtert aus. Er stopfte den Kalender wieder in die Aktentasche, die er zurück auf den Fußboden stellte. «Worum geht es überhaupt?» Er hob seinen Eistee hoch und schlürfte durch den Trinkhalm einen Schluck.

«Am Sonntag?», sagte Alberg ungläubig. «Welche Art von Geschäft?»

Harry blickte in eine weit entfernte Ecke des Cafés. «Ach, Sie wissen schon. Geschäfte.»

«Nein, das weiß ich nicht. Welche Art von Geschäft?», sagte Alberg geduldig.

Flora kam persönlich, um Harry das Essen zu servieren, und beugte sich fast zärtlich zu ihm hinunter, als sie es ihm hinstellte. Sie trug einen extrem kurzen grünen Rock und eine Bluse mit kurzen Ärmeln und grünen Streifen, und sie roch nach Parfüm und Schweiß. «Guten Appetit», sagte sie mit einem Lächeln und tätschelte Harrys Schulter. Sie würdigte Alberg keines Blicks.

«Ich war geschäftlich bowlen», sagte Harry und sah mit Wohlgefallen auf seinen Teller, auf dem eine große Scheibe Hackbraten neben einem Berg Quetschkartoffeln und ein paar gestiftelten Möhren dampfte. «Ich bin im Bowlingbahn-Geschäft, mit ein paar Freunden.»

«Wie gut kannten Sie Maria Buscombe?»

Mehrere Sekunden rührte Harry sich nicht. Er saß leicht nach vorn gebeugt da, die Gabel schwebte über dem Hackbraten. Dann blickte er auf, er keuchte leicht, und seine kleinen Augen schienen noch kleiner geworden zu sein, als wären sie eingelaufen. «Fast überhaupt nicht.» Seine Stimme klang deutlich höher.

«Wann haben Sie sie zum letzten Mal gesehen?»

«Weiß ich nicht.»

Alberg legte die Unterarme auf den Tisch und lehnte sich in den Duft, der von Harrys Essen aufstieg. «Denken Sie nach, Harry. Konzentrieren Sie sich.»

«Ich weiß nicht. Warum? Das ist Jahre her. Warum?»

«Jahre her.»

«Ja. Warum? Was soll das alles?» Er ließ die Gabel sinken und legte sie neben den Teller auf den Tisch. «Wieso fragen Sie mich überhaupt nach ihr?»

«Sie war Ihre Halbschwester, ist das richtig?»

«Das stimmt. Ja. Ich habe sie aber nur ein paar Mal getroffen.»

«Und was geschah dann?»

Harry verschränkte die Arme, er fror. «Meine Güte, die Klimaanlage hier ist wirklich voll aufgedreht, was?»

«Sie haben sie ein paar Mal getroffen, Harry. Und was geschah dann?»

«Also, dann ist sie weggezogen, glaube ich. Ich glaube, sie ist weggezogen. Ja. Aber mein Dad, er wird Ihnen mehr darüber sagen können.»

«Wo ist sie hingezogen?»

«Herrgott noch mal, das weiß ich nicht. Sie ist einfach auf und davon. Irgendwohin.»

«Warum?»

«Hören Sie mal, ich habe die Frau kaum gekannt.» Er schob seinen Teller ein paar Zentimeter von sich weg, Richtung Alberg. «Herrgott noch mal.»

«Es muss ein Schock für Sie gewesen sein. Als Sie erfuhren, dass Sie eine Schwester hatten.»

«Sie ist nicht meine Schwester. Verdammt. Sie ist ein Kind der Liebe, so nennt er sie. Du lieber Gott.»

«Nicht mehr.»

Er warf Alberg verstohlen einen erschöpften Blick zu.

«Sie ist tot, Harry.» Das war offensichtlich neu für Harry

Stewart. Was Alberg einen Stich des Bedauerns, der Enttäuschung, versetzte.

«Hat sie sich umgebracht?», die Frage platzte aus ihm heraus, dann hob er die Hand und legte sie mit einer überraschenden Zartheit auf seine Lippen. Alberg wusste nicht, ob er bedauerte, dass er den Mund aufgemacht hatte, oder ob er sich gegen Albergs Antwort wappnete.

Alberg schüttelte den Kopf.

«Krebs? Das Herz?» Das waren einige der Schrecken, die in Harrys Albträumen herumschlichen.

Wieder schüttelte der Cop den Kopf. Er starrte Harry so aufmerksam an, als könnte er ihm durch den Schädel ins Gehirn sehen – aber Harry wusste, das war nicht möglich.

«Woran dann?»

Schließlich hatten sie zum Teil dasselbe Blut, um Himmels willen: Es war wichtig, dass er wusste, woran sie gestorben war.

«Mord.»

Zwei oder drei Sekunden lang war Harry schwer von Begriff. Er hatte den Namen einer Krankheit erwartet.

Dann begriff er.

Später würde er Everett schwören, dass sein verfluchtes Herz in diesem Augenblick aufhörte zu pumpen. Alles, würde er Everett erzählen, schoss einfach nach unten. Er spürte, wie das Blut abfloss, die Haut verließ, sich in sein Herz zurückzog, das außer Betrieb war. Er konnte buchstäblich sein Gesicht nicht mehr fühlen, auch nicht seine Finger oder die Zehen. Er wollte aufstehen und das Café verlassen, aber er dachte, dass er auf dem Fußboden zusammensacken würde, wenn er versuchte sich zu bewegen.

«Jemand hat sie mit einem Hammer totgeschlagen», sagte der Cop.

«O mein Gott.» Harry hob die Aktentasche auf und stellte sie auf den Schoß und wiegte sie. Er konzentrierte sich darauf, den Cop nicht in sein Gehirn blicken zu lassen. Das war das Wichtigste, was je von ihm verlangt worden war. Er würde sich darauf konzentrieren, den Cop nicht in seinen Kopf blicken zu lassen, und er lenkte seine ganze Aufmerksamkeit auf diesen einen Punkt, vielleicht konnte er Hamilton Gleitman aus seinen Gedanken verbannen, und dann wäre es egal, ob der Cop seine Gedanken lesen konnte oder nicht.

38

Belinda war nicht zum Jolly Shopper gegangen, wie der Polizist sie gebeten hatte. Sie war nach Hause gegangen und saß nun im Schneidersitz auf ihrem Bett, das sie mit Raymond teilte, sah aus dem Fenster in den hinteren Garten, der aus wild wucherndem grünem Gestrüpp bestand. Der Tag war warm und sommerlich; aber die Blätter der Fliedersträucher verfärbten sich rostbraun, und die Schoten der grünen Erbsen hingen spärlich an den gelb werdenden Ranken. Belinda fragte sich, wo sie nächstes Jahr um diese Zeit sein würde.

Das Buch, das aufgeschlagen vor ihr auf dem Bett lag, war im Jahr 1974 erschienen. Sie wünschte, das hätte sie gesehen, ehe sie es sich in der Bücherei auslieh. In zwanzig Jahren musste es jede Menge Fortschritte gegeben haben.

Sie hatte immer erwartet, dass ihre Mutter eines Tages zurückkommen würde. Zuerst hatte sie natürlich ständig erwartet, dass sie wiederkäme. Jedes Mal, wenn sie Schritte auf der Veranda hörte, auch wenn sie wusste, dass es nicht die Schritte ihrer Mutter waren, denn die Schritte ihrer Mutter waren unverwechselbar, aber trotzdem, jedes Mal, wenn die Post gebracht wurde oder die Zeitung; jedes Mal, wenn ein Kind aus der Nachbarschaft Flaschen oder Büchsen für seine Hockey-League einsammeln wollte; jedes Mal, wenn ein Mitglied einer religiösen Sekte an die Tür klopfte, um sie in den Himmel einzuladen; eine Zeit lang hatte Belinda jedes Mal, jedes einzige Mal, wenn jemand an die Tür kam, gedacht: Das ist Mom. Und auch wenn das Telefon klingelte, dachte sie, dass es ihre Mutter sei mit einer Erklärung.

Das Buch hieß «Ammenmärchen», die, wie es warnte, «destruktiv» und «demoralisierend» waren. Belinda mochte die verhaltene Wut, die diese Kapitel durchzogen. Sie beruhigten sie, obwohl sie keine Ammenmärchen kannte und es sowieso egal war, denn sie würde das Buch nur flüchtig durchlesen, bis sie zum letzten Kapitel kam – «Die Abtreibung».

Ihr Vater wollte nie mit ihr darüber reden. Er hatte Belinda einen Zettel gezeigt, der absolut nichts sagend war. Die Handschrift ihrer Mutter war zittrig, aber das war zu erwarten, Belinda war froh darüber, denn es war nicht normal, die Familie zu verlassen, eine Frau, die das zu erklären versuchte, musste zittern. Sie hatte es aber nicht erklärt.

Belinda zog die Knie an und umschlang sie mit den Armen. Würde sie bis an ihr Lebensende nicht wissen, warum ihre Mutter sie verlassen hatte?

Sie schob das Buch an ihre rechte Seite und blätterte ein paar Seiten um. Eisprung ... Implantation ... Genetik: «Was wird dein Baby erben? ... Die statistische Chance, dass dein Baby eine bestimmte Eigenschaft erbt, eine gute oder schlechte, kann mit ziemlicher Genauigkeit bestimmt werden.» Belinda wünschte, sie würden aufhören, von «deinem Baby» zu sprechen. Das, was in ihr wuchs war kein Baby, um Himmels willen, noch nicht.

Ihre Mutter war nicht einfach gestorben. Ihre Mutter war ermordet worden. Belinda wusste, dass sie das noch nicht richtig akzeptiert hatte. Sie wusste, was geschehen war, aber dieses Wissen war nicht über das intellektuelle Begreifen hinaus ein Teil von ihr geworden. Sie streckte die Beine aus und legte neugierig eine Hand auf ihr Herz. Es war erstaunlich, wie nicht körperliche Qualen echte körperliche Schmerzen verursachen konnten. Sie hatte gedacht, sie hätte es langsam überwunden, als sie plötzlich schwanger war und alles wieder hoch kam. Und dann, um alles nur noch schlimmer zu machen, war ihre verfluchte Mutter endlich aufgetaucht und …

Belinda blätterte weiter in dem Buch über Schwangerschaft. Sie kam zu einigen Abbildungen, Schwarzweißzeichnungen, die erstaunlich fein gearbeitet waren. Sie beugte sich vor. «21. Tag». Sie kam nicht dahinter, was diese Zeichnung darstellen sollte. «24. Tag». «28. Tag».

Belinda blätterte wütend die Seiten um: «Vierte Woche. Die Schwangerschaft hat sich fest eingenistet und wächst in dieser Woche so schnell, dass man sie am 28. Tag, also am Ende der vierten Woche, mit bloßem Auge erkennen kann.» Belinda klappte das Buch zu.

Sie erinnerte sich an einen weichen Frühlingstag, ihre Mutter war seit sechs Monaten verschwunden. Belinda saß auf den Stufen der Eingangstür und wartete, sie wusste nicht mehr, worauf, vielleicht wartete sie auf ihren Vater, der sie mit dem Auto zur Schule fahren sollte, oder auf eine Freundin. Egal. Sie wartete. Neben der Veranda wuchsen ein paar gelbe Narzissen. Die Zweige des Ahorns waren noch kahl, aber die Sonne schien warm auf Belindas bloße Arme. Sie fragte sich, wie viel Zeit vergehen würde, ehe sie ihre Mutter wieder sah, als sie ein Auto hörte, das Geräusch kam langsam näher, und sie überließ sich dem Tagtraum, dass es das Auto ihrer Mutter war; sie war weggegangen, um ihr Glück zu suchen, und kam jetzt – voller Sehnsucht und freudiger Erwartung – zu Belinda und ihrem Vater zurück. Sie würde ein kleines rotes Auto fahren. Vielleicht einen

Porsche. Und dann kam das echte Auto in Sicht, und es war rot. Belindas Herz klopfte schneller, sie stand auf, hielt sich an dem Pfosten fest, der die Veranda stützte. Das Auto fuhr langsam, von links nach rechts durch Belindas Blickfeld. Der Fahrer war ein grauhaariger Mann. Er sah sie an, und Belindas Augen waren so direkt, sie stand so erwartungsvoll an, den Stufen, dass der Fahrer die Hand hob und grüßte, als er vorbeifuhr.

Dreieinhalb Monate. Wie viele Tage waren das? Wie viele Wochen? Sie schlug das Buch wieder auf. Die Zeichnung, unter der «60. Tag» stand, zeigte ein winziges Meeresgeschöpf; aber Belinda war über den 60. Tag hinaus. Die Abbildung «80. Tag», darüber war sie auch hinaus, zeigte ein menschenähnliches Geschöpf mit Ohren und Augen und Fingern und Zehen. «Am Ende der dreizehnten Woche», sagte der Text, «ist das Baby voll ausgebildet ... der Rest der Schwangerschaft dient nicht nur dem Wachstum des Fötus, bis er unabhängig von der Mutter überleben kann, sondern auch dazu, dass alle wichtigen Organe seines Körpers in Ruhe reifen und die höchst komplexen Strukturen entwickelt werden können, die für ein von der Mutter unabhängiges Leben unerlässlich sind.»

Belinda blätterte wieder eine Seite um: «Abb. 11. Der Bauch in der 12. Woche der Schwangerschaft». Sie saß wieder im Schneidersitz, nahm das Buch und legte es auf ihre Knöchel, betrachtete die Zeichnung von einem winzigen Wesen, das in Fruchtwasser schwamm. Es sah aus, als ob die Fruchtblase ein ungeheuer friedlicher Ort war, der Fötus trieb dort frei herum, sicher verankert von der Nabelschnur, wie an einer Hundeleine, dachte sie, oder ein Kleinkind an einer Sicherheitsleine.

«Sechzehnte Woche. Am Ende der sechzehnten Woche sind die Glieder geformt und die Gelenke beweglich. Ihre kräftigen Bewegungen werden aber von der Mutter selten wahrgenommen. Die Finger und Zehen sind ausgebildet, Fingernägel und Fußnägel ebenfalls. Der Kopf ist immer noch relativ groß für den kleinen Körper, aber der Körper wächst ziemlich schnell. Die primären Geschlechtsmerkmale entwickeln sich, und das Geschlecht des Babys ist jetzt auch für das Auge des Laien zu erkennen.»

«Es ist ein wunderbares, erschreckendes Abenteuer», hatte ihre Mutter gesagt, als sie sie als Kind gefragt hatte, wie es sei, ein Baby zu bekommen. Aber Belinda schien es, als bestünde ein großer, unnatürlicher Unterschied zwischen dem Gebären eines Kindes und dem Dasein als Mutter. Man würde es doch nicht für möglich halten, dass eine Frau das Baby verließ, dem sie dieses «wunderbare, erschreckende Abenteuer» verdankte.

Sie schlug das letzte Kapitel auf und überflog es: «Ein Abbruch der Schwangerschaft vor der zwölften bis vierzehnten Woche», las sie, «ist für gewöhnlich problemlos. Nach der vierzehnten Woche kann es zu Komplikationen kommen ...»

Belinda klappte das Buch zu und legte sich auf den Rücken, streckte Beine und Arme lang aus. Sie sah das Licht der Nachmittagssonne an der Zimmerdecke und dachte, dass sie wirklich nach draußen gehen und den hinteren Garten in Ordnung bringen sollte. Sie schloss die Augen, was bewirkte, dass ihr die Tränen über die Wangen liefen. Shit, dachte Belinda, ich habe es so verdammt satt zu weinen.

«Belinda.»

Sie riss die Augen auf. Raymond stand am Bett.

«Ich habe dich nicht gehört», sagte Belinda.

«Ich bin von der Stadt zu Fuß gegangen. Musste den Truck im Geschäft lassen.» Er kniete sich auf den Fußboden neben dem Bett.

Raymond sah Belinda aufmerksam an, er war so vertieft, dass sie fast verlegen wurde. Sie wusste, dass er das Buch gesehen hatte, das neben ihr lag.

«Belinda, wir können anders sein, das weißt du.»

Sie sah, dass er sie berühren wollte. Sie schüttelte den Kopf.

39

Am Mittwochvormittag telefonierte Alberg mit dem Polizeirevier der Royal Canadian Mounted Police in Surrey, um Harry Stewarts Alibis zu überprüfen. «Er behauptet, er hätte mit einem Mann namens Ron Philips geschäftlich zu tun gehabt», sagte er zu dem Sergeant am anderen Ende der Leitung, «und mit einem zweiten, der Mason Godfrey heißt.»

«Noch mal», sagte der Sergeant, eine Frau namens Netty Pringle, mit der Alberg vor Jahren in Kamloops gearbeitet hatte.

«Ja. Godfrey. Vorname Mason.» Er gab ihr die Adresse des Mannes.

«Okay. Habe es. Aber halte nicht inzwischen die Luft an.»

«Wie lange?»

«Für dich, Karl – ein paar Tage. Eine Woche vielleicht.»

«Na, na, Netty», sagte er vorwurfsvoll. «Es geht um einen Mord.»

«Ja, schon, und wir haben hier unsere eigenen Morde.»

Er legte auf und machte einen weiteren Anruf, und während das Telefon läutete und läutete, blätterte er die Lokalzeitung durch. Als es endlich abgehoben wurde, sagte er: «Sie müssen der einzige Mensch auf der Welt ohne Anrufbeantworter sein.»

«Ich hasse die verdammten Dinger», sagte Alan Stewart.

«Sie haben doch ein Testament gemacht, nicht wahr?», sagte Alberg.

«Sie sind sehr direkt, was? Ja, ich habe ein Testament gemacht. Ein Mann, der keines macht, ist ein Narr.»

«Und steht Ihr Sohn Harry drin?»

Alan Stewart lachte mit boshafter Genugtuung. «Ich habe ihm ein Legat ausgesetzt. Genug, um davon leben zu können.

Knapp. Er bestiehlt mich seit Jahren, habe ich Ihnen das erzählt?»

«Nein, das haben Sie nicht», sagte Alberg. «Wie?»

«Er entwendet Stücke aus meiner Sammlung und verkauft sie. Er glaubt, ich würde es nicht merken. Harry ist nicht allzu helle, unter anderem.»

«Warum haben Sie ihn nicht zur Rede gestellt?», sagte Alberg.

Isabella Harbud erschien in Albergs Tür, mit Sorgenfalten über ihren Tigeraugen.

«Ich weiß nicht», sagte Stewart. «Ich fand es zu mühsam.»

«Haben Sie Angst vor ihm?», mit fragend hochgezogenen, Augenbrauen sah Alberg Isabella an, die sich auf den schwarzen Lederstuhl vor seinem Schreibtisch gesetzt hatte.

«Vor Harry?», fragte Alan Stewart ungläubig. «Natürlich nicht.»

«Was wissen Sie über seine Freunde?», sagte Alberg. Er hörte langsame, schwere Schritte auf dem Gang. Isabella hörte sie ebenfalls und stand vom Stuhl auf. Sokolowskis große Gestalt kam in Sicht. Isabella bedeutete ihm einzutreten, und als er im Zimmer war, ging sie.

«Ich weiß nichts über Harrys Leben, Staff-Sergeant», sagte Alan Stewart. «Er hängt an Bowling-Bahnen herum. Er hat einen Freund, der in Werbesendungen mitspielt. Das ist ungefähr alles, was ich weiß.»

Sokolowski hatte seine übliche Haltung auf dem Lederstuhl eingenommen: Rücken gerade, Knie auseinander, Hände auf den Schenkeln.

«Es dauert noch eine Minute, Sid», sagte Alberg. «Können Sie mir sagen, Mr. Stewart, wer der Haupterbe ist, wenn es nicht Harry ist?»

«Ich wollte Maria etwas hinterlassen», sagte Alan Stewart, «hatte aber noch nicht beschlossen, wie viel. Aber dann verschwand sie. Ich hasse zwar Hunde, und Katzen sind auch nicht meine Lieblingstiere, aber der Tierschutzverein wird so ziemlich alles bekommen, weil das die einzige verdammte Gruppierung in dieser Stadt ist, die nicht darum bettelt.»

«Noch eine Frage, und dann lasse ich Sie fürs Erste in Ruhe. Weiß Harry davon?»

«Nein.»

«Wieso sind Sie so sicher?»

«Ich lasse wichtige Dokumente nicht herumliegen. Harry schnüffelt. Es ist alles bei meinem Anwalt.»

«Was, denkt er, wird er bekommen?»

Alan Stewart kicherte: «Alles, wahrscheinlich.»

Alberg legte auf und wandte sich Sokolowski zu. «Zum Teufel, ich weiß nicht, was ich davon halten soll.»

«Ich bin okay», versicherte Sokolowski. Sein Gesicht war gerötet, und Alberg fand, dass er seltsam zerbrechlich wirkte. Seine Lesebrille steckte schief in seiner Hemdtasche.

«Das ist gut», sagte Alberg.

«Wie ich sehe, schauen Sie sich Immobilien an», sagte Sokolowski und nickte zu der Zeitung auf Albergs Schreibtisch.

«Ja, das wollte ich.» Alberg legte die Zeitung zusammen und warf sie auf seinen Aktenschrank neben den Efeu, der Isabellas jüngster Beitrag zur Einrichtung seines Büros war.

«Ich denke daran, mein Haus zu verkaufen», fuhr der Sergeant fort. «Ich meine, was soll ich damit. Aber es geht mir gut dabei.»

«Sid – wovon reden Sie?»

Sokolowski hievte sich aus dem Stuhl. «Dieser Fall von Vandalismus; ich habe übrigens den Enkel von Frank Garroway in Verdacht. Er kommt seit Sommeranfang jedes Wochenende hierher.»

«Sid, ist alles in Ordnung?»

«Wissen Sie, ich habe es immer gesagt. Was wir brauchen,

sind stabile Familien.» Er war jetzt bei der Tür. «Die Eltern des Jungen haben sich getrennt. Seine Mutter muss am Wochenende arbeiten. Und der Junge hat in Vancouver, wo sie wohnen, Ärger bekommen, und so besucht er jetzt seinen Großvater, und jetzt, glaube ich, wird er hier Ärger bekommen», sagte er, und seine Stimme wurde leiser, während er auf dem Gang verschwand.

Eine Minute später schlüpfte Isabella wieder ins Zimmer.

«Was ist los, zum Teufel?», sagte Alberg.

«Es ist wegen Elsie.» Isabella hatte ihr langes, grau werdendes Haar aus dem Gesicht genommen und zu einem festen Knoten zusammengesteckt. Das verlieh ihr ein exotisches Aussehen, fand Alberg. Jetzt lenkte nichts mehr von ihren goldenen Augen ab.

«Was ist mit Elsie?», sagte er. «Ich habe langsam genug von Elsie», fügte er hinzu.

«Sie ist mit einem Mann ausgegangen.»

«O toll. Und wer, zum Teufel, hat es Sid erzählt?»

«Einem der Kinder ist es am Telefon rausgerutscht.»

«Shit», sagte Alberg und blickte zur Bürotür hinaus. «Er sieht aus, als hätte ihm jemand auf den Kopf gehauen.»

Isabella seufzte. «Ich glaube, das stimmt in gewisser Weise.»

1987

40

Everett hatte Recht, dachte Harry und stieß die Tür des Buchladens auf, woraufhin eine Glocke läutete. Sein Alter würde ihn nicht völlig enterben. Aber Harry wollte sein Erbe nicht teilen. Er wollte nicht, dass diese Maria einen einzigen verdammten Penny bekam. Das Geld reichte nur für einen Menschen, um für den Rest seines Lebens in Luxus leben zu können, und dieser Mensch würde Harry sein.

Im Buchladen sah er, dass Everett, der ihn herbestellt hatte, sich neben dem Regal mit den Paperback-Romanen angeregt mit einem Kunden unterhielt.

An einer Wand des Ladens hing ein großes schwarzes Brett, das mit Zetteln von Leuten bespickt war, die etwas verkaufen oder vermieten wollten oder Arbeit suchten oder Partys mit Partnertausch gaben oder Trödel anboten oder nach entlaufenen Haustieren suchten. Harry überlegte, ob er hier eine Anzeige hinhängen sollte, dass er eine Frau suchte, die ihn heiratete und sein Kind austragen würde. Es könnte sich lohnen, dachte er, wenn er sicher sein könnte, dass sie einen Jungen bekäme und somit seinem Vater den einzigen Enkelsohn schenken würde. Und er dachte darüber nach, fragte sich, ob es möglich wäre, das hinzukriegen, als Everett auftauchte.

«Ich habe Hamilton von deiner Lage erzählt», sagte Everett, auf eine Begrüßung verzichtend, wie er es mit den meisten Formalitäten tat. Dort drüben, an der Kasse, sah Harry Hamilton Gleitman auf einem Stuhl sitzen.

«Was? Warum, zum Teufel, hast du das getan?», sagte Harry

verärgert. Er kannte Hamilton nicht gut, aber der Kerl war ihm unangenehm.

«Er kann dir vielleicht helfen», sagte Everett. «Er ist auf Draht, Harry. Hat Grips. Viele Ideen.»

«Shit», sagte Harry finster, starrte zu Hamilton hinüber, der grüßend die Hand hob und sich anschickte, vom Stuhl aufzustehen. Harry hörte ein klimperndes Geräusch, das von dem Schrott kam, der an Hamiltons Gürtelschlaufen baumelte.

Er hatte eine ganze Reihe von körperlichen Eigenschaften, die Harry zuwider waren. Erstens hatte er graues Haar, obwohl er relativ jung war; es war dicht und lockig und ganz grau. Und darunter dieses glatte Gesicht, ohne jede Falte, und diese kleinen Augen, sie mussten grau sein, obwohl sie silbern aussahen – das war wohl der Abglanz der Haare. Und dann sein Körper. Hamilton hatte diese breiten Schultern, und man konnte die Muskeln an seinen Oberarmen erkennen und an seinen Oberschenkeln – durch die Jeanssachen hindurch, die er ständig trug. Doch er behauptete steif und fest, dass er nicht trainieren würde. «Alles die Gene, Harry», erklärte er grinsend, wenn Harry ihn fragte, wie oft er trainierte. Und er sagte es mit einer hellen, sanften Stimme, die zum Haar passte, aber nicht zu seinen Augen oder seinem Körper.

«Das ist eine tolle Geschichte, Harry», sagte er jetzt. «Das mit der lange verlorenen Schwester.» Er zog eine Sonnenbrille aus der Hemdtasche und setzte sie auf, aber Harry war schleierhaft, warum er in der Buchhandlung eine Sonnenbrille tragen musste.

«Sie ist nicht meine Schwester», erwiderte er mürrisch.

Harry hatte Hamiltons Artikel in verschiedenen regionalen und überregionalen Zeitschriften gesehen, und er war wider Willen beeindruckt von der Tatsache, dass Hamiltons Name unter den Publikationen stand. Von den Geschichten aber war er nicht beeindruckt. Sie waren sehr viel harmloser, als man von einem Kerl wie Hamilton erwarten würde.

«Dann eben Halbschwester», sagte Hamilton. «Es ist trotzdem eine tolle Geschichte.»

«Für mich nicht», sagte Harry gereizt. «Für mich ist sie absolut ätzend.»

Eine Frau und ein Kind, wahrscheinlich ihre Tochter, kamen in den Laden. Als sie durch die Tür traten, gingen sie langsamer wie alle, die hereinkamen, es war, als ob auf einem Schild stünde: «Keine Eile».

Everett lächelte die Frau an, die das Lächeln zurückgab und zum schwarzen Brett ging, während das Kind sich in der Abteilung für Kinderbücher fallen ließ.

«Gehen wir einen Kaffee trinken», sagte Hamilton, eine Hand auf Harrys Schulter, «lass uns darüber reden.»

Zehn Tage später stellte Hamilton den Motor ab, blieb im Auto sitzen und musterte durch die Windschutzscheibe ein Haus auf der anderen Straßenseite. Eine laute Stimme befahl ihm, sehr, sehr vorsichtig zu sein. Daraus schloss er, dass er mit allen Sinnen wach und wendig sein und vor allem darauf achten musste, wenn er von hier wegfuhr, wieder zurückkehren zu können. *Mit anderen Worten, versau es nicht,* sagte diese Stimme. Da es nicht in Hamiltons Natur lag, etwas zu versauen, schloss er daraus, dass seine Instinkte ihm bestätigten, dass Harry Stewarts Halbschwester eine – potentielle – Goldader war.

Wenn er Harry so ansah, hätte er nie für möglich gehalten, dass Harry aus einer Familie mit Geld stammte. Aber, o ja, Everett hatte darauf beharrt, dass Harrys Alter in Geld schwamm. Und Hamiltons anschließende Recherche hatte das bestätigt.

Hamilton sah zu dem Haus, in dem sie wohnte, es war groß und verwohnt und musste renoviert werden. Die Besitzer hatten sich nicht viel darum gekümmert, als hätten sie in letzter

Zeit zu viel zu tun gehabt, aber eines Tages würden sie an einem Sonntagmorgen aus dem Haus treten und den Rasen mähen, den Zaun reparieren und Türen und Fensterrahmen streichen, und am Ende des Tages würde das Haus wieder blitzblank und fast wie neu aussehen.

Zuerst hatte ihn Harrys finanzieller Hintergrund nicht interessiert; bis Everett Harrys Dilemma beschrieb. Dann regte sich in ihm ein winziges Interesse, seine Nervenenden fingen an zu zucken. Langsam sah er schwache Möglichkeiten. Also willigte er ein, mit Harry zu reden.

Im Einwohnerregister stand, dass in diesem Haus drei Menschen wohnten: eine Frau, Maria, die angeblich einen Job bei einer PR-Firma hatte, aber für eine Angestellte viel Zeit zu Hause verbrachte; der Ehemann, Richard, der an der Highschool unterrichtete; und die vierzehn Jahre alte Tochter.

Als Harry widerstrebend die Situation geschildert hatte, merkte Hamilton, dass er seine wachsende Erregung kaum noch unter Kontrolle zu halten vermochte. Er hatte erst so getan, als würde ihn das alles nicht interessieren; gab vor, nur zuzuhören, um Everett einen Gefallen zu tun. Langsam taute Harry auf und machte seinem Ärger Luft. Und Hamilton entschied sich, eine mitfühlende Anteilnahme walten zu lassen.

«Wie findest du das?», sagte Harry schließlich und sah ihn mit Augen an, die Hamilton an irgendein Nagetier erinnerten. «Hast du irgendeine Idee?»

Hamilton, der viele Ideen hatte, lächelte. «Über wie viel Geld reden wir hier, Harry?»

Es war ein früher Freitagnachmittag Ende September, ein ziemlich heißer Tag, und irgendein Idiot auf der anderen Straßenseite hatte den Rasensprenger angestellt und wässerte das braune Gras. Das grün-weiße Haus, das Objekt von Hamiltons Aufmerksamkeit, schlummerte mit heruntergezogenen Jalousien in der Hitze. Eine Harke lehnte an einem Ahorn, der mitten im Vorgarten stand, und auf der Terrasse konnte er ein Skateboard sehen. Dort stand auch ein Korbstuhl, aber Hamilton glaubte, dass er nicht oft benutzt wurde: Das war keine Nachbarschaft, in der man in seinem Vorgarten saß und zusah, wie die Welt an einem vorbeizog. In dieser Gegend drängte man sich im Garten hinter dem Haus am Barbecue zusammen, hinter dem eigenen Zaun. Er klopfte auf die Innentasche seines Jacketts, vergewisserte sich, dass er sein Notizbuch dabeihatte, stieg aus dem Auto, mit dem Jackett über dem Arm.

Alles, was Hamilton wollte, war ein Polster, genug Geld, um davon ein Jahr leben zu können. Er wollte, was er von dem verdammten Canada Council hätte bekommen müssen.

Hamilton hatte sich für diesen Anlass sehr sorgfältig gekleidet, er trug Khakihosen, ein kurzärmliges Hemd mit feinen khakifarbenen blauen und weißen Streifen. Heute baumelte nichts an den Gürtelschlaufen seiner Hose. Er hatte seine teuren braunen Halbschuhe geputzt und gewienert, die Ohrringe abgenommen und trug eine teure Armbanduhr am Handgelenk. Er ging über die Straße, schlenderte die Einfahrt hoch und über den Weg vor dem Haus zur Terrasse.

Die Fliegengittertür war geschlossen, aber die Innentür stand offen. Hamilton sah hinein. Er konnte bis zur Rückseite des Hauses sehen, wo sich ein Zimmer mit großen Fenstern und vielen Pflanzen und schmiedeeisernen Möbeln befand. Zwischen der Terrasse, auf der er stand, und jenem Zimmer, das ziemlich hell war, war das Haus dunkler. Hamilton klopfte an den Rahmen der Fliegengittertür und wartete.

Er hörte von drinnen kein Geräusch. Hinter ihm fuhr langsam ein Auto vorbei. Ein leiser Wind raschelte im Ahorn und blies die vertrockneten Blätter über den Rasen. Hamilton zog die Fliegengittertür auf, streckte den Arm aus und klopfte an der Innentür, dann trat er wieder hinter die Fliegengittertür zurück.

Im Haus blieb es lange Zeit still, und er fragte sich langsam, ob jemand zu Hause war. Aber sie wäre nicht aus dem Haus gegangen und hätte die Tür offen gelassen. Vielleicht war sie im Garten hinter dem Haus. Dann hörte er etwas – es klang, als würde jemand langsam eine Treppe hinuntergehen –, und dann kam sie um die Ecke und trat in die Mitte des Hauses. Einen Moment lang war sie vor dem grellen Hintergrund eine gesichtslose Silhouette; dann kam sie auf ihn zu und stand in dem sanfteren Licht, das durch die Eingangstür kam.

Sie war kleiner, als er sie sich vorgestellt hatte, und sie wirkte weniger eckig, und er merkte, dass er unbewusst eine Ähnlichkeit zwischen ihr und Harry erwartet hatte. Er lächelte, als sie sich der Tür näherte, aber sie gab sein Lächeln nicht zurück. Sie sah aus, als hätte sie seit Wochen nicht mehr gelächelt. Und sie sagte nichts. Sie sah ihn durch das Fliegengitter einfach an.

«Sind Sie Maria Buscombe?», fragte Hamilton, immer noch lächelnd.

Sie antwortete nicht.

«Mrs. Buscombe, mein Name ist Hamilton Gleitman. Ich schreibe für das *City Magazine* und arbeite an einem Artikel über Adoptivkinder.»

Sie trat einen Schritt zurück und fasste nach der Türklinke der Innentür.

«Ich habe die Ehre», sagte Hamilton schnell «mit Alan Stewart bekannt zu sein.» Er senkte den Blick, kratzte mit der Schuhspitze an der abblätternden Farbe des Fußbodens der Terrasse herum. Dann sah er hoch und lächelte wieder ein warmes, dankbares Lächeln. «Er hat, wenn ich es so sagen darf, seiner Gemeinde so unendlich viel gegeben.» Was für eine Menge Unsinn, bemerkte seine innere Stimme trocken.

Er sah, wie die Ader an ihrer Schläfe klopfte. Ihre Hände würden kalt und feucht sein, dachte er, und ein prickelndes Gefühl durchzuckte seinen Körper von der Leistengegend bis zur Kehle.

«Ich weiß, dass es sich um eine heikle Angelegenheit handelt», fuhr er fort. «Und, glauben Sie mir, ich würde nie jemand für diesen Artikel interviewen, der auch nur im Leisesten zögert, sich damit einverstanden zu erklären.»

Sie starrte ihn ungläubig an.

«Wären Sie so freundlich», sagte Hamilton «mir ein paar Minuten zu gewähren, damit ich erklären kann, wie ich mir diesen Artikel vorstelle?»

Sie schickte sich an, die Tür zu schließen.

«Bitte, überlegen Sie es sich», sagte er schnell. Sie schüttelte den Kopf. «Es sind sehr interessante Geschichten.» Er war zurückgetreten. Er lächelte sie wieder an, seine Stimme, sein Körper wirkten entspannt und nicht bedrohlich. «Ich würde Ihnen gern von den anderen Menschen in meinem Artikel erzählen. Sie bleiben natürlich anonym.» Tatsache war, es gab keine anderen. Sollte sie die erste Frau sein, die sich vergewisserte, war Hamilton aufgeschmissen.

Sie sah ihn aufmerksam an, sie kniff beinahe die Augen zu, als ob sie sich nicht sicher war, ob vor der Tür wirklich jemand stand. Hamiltons Selbstsicherheit geriet ins Wanken.

«Fünf Minuten», sagte er. «Mehr nicht.» Wieder lächelte er gewinnend, aber sie schloss die Tür. «Entschuldigen Sie», sagte Hamilton. «He, warten Sie eine Minute. Halt», sagte er und griff nach der Fliegengittertür. Aber die Innentür wurde geschlossen, und er hörte, wie der Riegel vorgeschoben wurde.

«Verdammt», sagte Hamilton erstaunt. Er warf sich das Jackett über die Schulter und ging über die Straße zu seinem Auto. «Shit», sagte er wütend, starrte wieder zum Haus.

«Mist», murmelte er zu sich selbst und fuhr weg.

Maria sah dem Reporter durch eines der schmalen länglichen Fenster in der Tür hinterher, bis er weggefahren war.

Sie ging ins Wohnzimmer und stellte den Fernseher an. Zitternd stand sie in der Stille des kühlen, dämmrigen Zimmers, rieb die Hände, versuchte, die innere Stimme zu finden, die mit Weisheit zu ihr sprechen konnte.

(… Belinda war gerade zum Teenager herangewachsen; sie hatte die Weichheit der Kindheit verloren, aber noch nicht die gerundeten Formen der Fraulichkeit entwickelt. Belinda ist staksig und unsicher und sieht nicht, dass sie geschmeidig und hübsch ist. Belinda sieht Maria manchmal mit Rehaugen an. Eines Tages steht Maria plötzlich vom Esstisch auf und geht schnell zum Herd, wo etwas überzukochen droht, und als sie hinter Belinda vorbeigeht, zuckt ihre Tochter zusammen – ein instinktiver Reflex … und Maria platzt, als sie dieses Zucken sieht. Das hat Maria nie verstehen können – warum Belindas Angst in ihr Wut auslöste …)

Maria merkte, dass sie mit verschränkten Händen dastand und auf den Bildschirm starrte, wo ein Mann von Welt prahlerisch von Diät-Cola erzählte, aber in Wirklichkeit leise, vertraulich und überzeugend direkt zu Maria sprach. Sie wusste, dass da ihre eigene Stimme sprach, ihre geheime innere Stimme, und sie hörte sie und senkte den Kopf. Nickte. Und als sie ihr lauschte, strömten ihr die Tränen über die Wangen – und die Stimme sagte: Ja. Endlich. Trost.

41

Drei Tage später saßen Hamilton und Harry hinten in der Buchhandlung zusammen. Harry kauerte auf dem Boden, an ein Regal mit Ratgeberbüchern gelehnt, neben sich die Aktentasche, während Hamilton auf einem Stuhl saß und die Hände zwischen den Knien gefaltet hatte. Everett hockte hinter einem kreisrunden Ladentisch mit einer Schwingtür, durch die er hinein- und hinausgehen konnte. Er blätterte in einem Katalog für Büroartikel. Ein trauriger Teenager hielt vorn an der Kasse Wache, lehnte am Ladentisch, stützte das Kinn in die Hand. Everett war sicher, dass der Laden wegen der traurigen Ausstrahlung des Jungen leer blieb. Aber das flaue Geschäft passte Everett, der mit seiner Aufmerksamkeit nicht bei dem Katalog war, in dem er blätterte, sondern bei Hamilton und Harry.

«Ich habe dir gesagt, dass es nicht klappen würde», sagte Harry verbittert. «Was für eine blöde Idee. Ich habe dir gesagt, dass sie dich nie im Leben reinlassen wird.»

«Halt's Maul», sagte Hamilton. Er hob den Kopf und richtete seinen leeren grauen Blick auf Harry. «Hör mit deinem verfluchten Gejammer auf.» Er musterte Harry, dachte weiter nach, während Harry die Hosenträger schnappen ließ, die seine Jeans hoch hielten, und Everett konzentriert an einem Nagel knabberte.

«Ich wünschte mir einfach nur, dass ich wüsste, was sie *vorhat*», maulte Harry. Er ließ seine Hosenträger schnappen, erst den rechten, dann den linken, dann wieder den rechten. «Sie ist hinter seinem verfluchten Geld her. Das ist klar. Sie muss hinter seinem Geld her sein. Aber was *plant* sie, das müssen wir herausfinden.»

«Ich weiß nicht», sagte Hamilton, der Harry immer noch musterte und überlegte. «Vielleicht hat sie keinen Plan. Sie war durcheinander. Sie war nervös.»

«Nervös», sagte Harry. «Shit. *Sie* ist nervös.»

«Ich finde, du solltest hingehen und mit ihr reden», sagte Hamilton plötzlich.

«Wer – ich? Warum?»

«Ich möchte wissen, ob sie noch irgendjemand von deinem

Alten Herrn erzählt hat. Ihrem Mann zum Beispiel oder ihrem Kind. Wenn nicht ...» Hamilton grinste und senkte die Stimme. «Dann, Harry, du alter Sohn, werden wir eine Terrorkampagne aufziehen. Die sie überzeugen wird, ganz schnell von der Bildfläche zu verschwinden.»

«Hey, Hamilton», sagte Everett protestierend. «Was soll dieser Quatsch von einer Terrorkampagne? Was genau meinst du damit?»

«Reg dich ab, Everett. Es ist nur eine Redensart», sagte Hamilton und lächelte zu ihm auf.

«Ja, also, wir gehen hin und sagen was?», sagte Harry bedrückt und wischte sich die Hände an seinen Jeans ab.

«Versuch die freundliche Brudertour», sagte Hamilton. «Oder du beschimpfst sie. Sagst ihr, dass sie deinen Alten Herrn aufregt – lotest aus, wie weit du gehen kannst.»

«Ich weiß nicht», sagte Harry zweifelnd. «Shit.»

«Was immer passiert», sagte Hamilton, «wenn du von ihr weggehst, wirst du mehr wissen als vorher.»

Maria hatte ihm erzählt, sie fühle sich krank.

«Es ist nichts, wirklich nicht. Wahrscheinlich einfach eine Erkältung. Vielleicht eine Grippe.»

«Hast du irgendwelche Symptome?», wollte Richard wissen.

«Ach, weißt du», sagte Maria. «Schmerzen. Mir tut alles weh.» Die Tränen schossen ihr in die Augen.

«Maria», sagte Richard überrascht und sah hinunter auf das Bett, wohin sie sich mit ihrem Schmerz verkrochen hatte. «Kann ich dir etwas bringen?»

«Nein, nein, nichts. Ich möchte einfach schlafen», sagte sie und schloss die Augen, um es ihm zu beweisen. Sie spürte seine Unentschlossenheit, dann spürte sie seinen Kuss auf der Stirn.

«Du bist ganz heiß», sagte er und legte seine Hand dorthin.

«Ja, ja, ich werde ein Aspirin nehmen, aber später», sagte Maria. «Erst muss ich schlafen. Bis dann, Richard.»

Sie hörte, wie er aus dem Schlafzimmer ging und die Tür hinter sich schloss, hörte, wie er leise mit Belinda sprach, sie überredete, nicht hineinzugehen.

«Ich werde jemand bitten, meine Schicht zu übernehmen», sagte Belinda laut und deutlich, als sie und Richard den Flur entlanggingen, und dann hörte Maria Belindas Stimme nicht mehr. Aber sie wusste, dass Belinda direkt von der Schule nach Hause kommen und sich um sie kümmern würde.

Wenn sie es also heute machte, würde es Belinda sein, die sie fand. Das wollte sie nicht. Oh, das wollte sie nicht.

Als sie wusste, dass das Haus leer war, schlug sie die Decke zurück und stand auf. Sie zog eine alte Trainingshose an und ein Sweat-Shirt und Mokassins, denn heute war dann doch nicht ihr Todestag. Aber morgen. Morgen würde sie sich sorgfältig anziehen, denn sie wollte sie wissen lassen, dass sie gefasst gewesen war.

Sie musste ihnen eine Nachricht schreiben. Aber was könnte sie sagen? Was um aller Welt können sie ihnen sagen?

Es klingelte an der Tür. Maria stand regungslos im Schlafzimmer und horchte angespannt. Die Türglocke klingelte wieder und wieder. Sie eilte die Treppe hinunter zur Tür und machte auf.

«Guten Morgen», sagte Alan Stewarts Sohn und lächelte sie unsicher mit seinem Frettchengesicht an.

Maria schloss die Tür. Sie schob den Riegel vor und trat zurück.

«Hey!», hörte sie ihn rufen. «Hey!»

Sie streckte die Hand aus und machte die Tür auf. Er sah sie vergrämt an. «Kommen Sie rein», sagte Maria.

Sie führte ihn in die Küche und bot ihm einen Stuhl an. Es war Kaffee da. Maria goss zwei Tassen ein und setzte sich zu ihm an den Tisch. Er fragte nach Sahne und Zucker. Sie holte beides. Sie trank ihren Kaffee. Mehrere Minuten vergingen, ehe ihr bewusst wurde, dass er redete. Sie sah ihn interessiert an, fragte sich, was um alles in der Welt er gerade sagte, und beschloss, ihm eine Weile zuzuhören.

«... mein Dad?»

«Was?», sagte Maria.

«Ihr Mann. Ihr Kind. Wissen sie Bescheid?»

Sie schüttelte heftig den Kopf und schaltete wieder ab, sah, wie seine Lippen sich bewegten und seinen Adamsapfel, sah, wie seine Augen flimmerten.

«... er ist ein alter Mann», sagte das Frettchen, als sie sich das nächste Mal gestattete zuzuhören. «Sie haben sein Weltbild erschüttert, als Sie an seinem Horizont auftauchten.»

Was für eine merkwürdige Art der Beschreibung, dachte Maria. Soll er doch. Das Bild von ihr als einer Bedrohung, «die am Horizont auftauchte», störte sie ... aber, natürlich, genau das war sie, oder? Sie fand es beunruhigend, dieses Bild von ihr.

«Ich meine, verdammt», sagte er erregt. «Sie tauchen einfach aus dem Nichts heraus auf und stellen sein Leben auf den Kopf. Meines auch. Shit. Wer hat Ihnen das erlaubt?» Er knallte den Kaffeebecher auf den Tisch, und der Kaffee schwappte auf das weiße Tischtuch. Maria stand abrupt auf, und er stand ebenfalls auf. Er schrie sie an, sein Gesicht war gefährlich gerötet. «Lassen Sie ihn in Ruhe! Verschwinden Sie aus seinem Leben! Hauen Sie ab. Zum Teufel mit Ihnen!»

Sie sah sich selbst dabei zu – sie floh, sie rannte in die Berge, sie verschwand. Aber wohin? Sie sah in das elende, wütende Gesicht des Frettchens ... und ihr Kopf wurde vom Bild einer Frau in einem zugenagelten Zimmer überschwemmt. Sie war eine reale Frau, vielleicht eine Nonne, eine Frau in Montreal, vor langer Zeit, sehr langer Zeit, die sich selbst in ein Zimmer eingekerkert hatte und dort den Rest ihres Lebens blieb. Es hatte irgendeinen Grund dafür gegeben. Maria konnte sich nicht mehr erinnern, nur daran, dass es mit Gott zu tun hatte.

Maria starrte das Frettchen an. «Das kann ich mir nicht leisten.»

Er machte den Mund zu und sah sie stirnrunzelnd an.

«Das würde ich gern – oh, das würde ich wirklich gern.» Die Tränen strömten ihr das Gesicht hinunter, und sie leckte sie auf. «Aber ich kann nicht arbeiten. Sehen Sie mich an. Ich kann nicht. Ich bin nicht fit.»

Alan Stewarts Sohn trat einen Schritt zurück. Maria zog den Kopf ein und setzte sich, legte die Hände in den Schoß.

«Was?», sagte er. «Was würden Sie gern tun?»

«Verschwinden. Weggehen. O Gott.»

«Im Ernst?»

Sie nickte heftig. «Ich bin eine Gefahr für mich selbst und für andere, ja», sagte sie. Sie schluchzte in ihre Hände.

«Reißen Sie sich zusammen», sagte das Frettchen, versuchte herrisch zu klingen und brachte nur einen kindischen Befehlston zustande. «Ich muss nachdenken.» Er sah sich um. Versuchte nachzudenken. «Sie würden verschwinden?»

«O ja. Ja.»

«Für wie lange?», sagte Harry streng.

«Für immer», sagte sie, wischte sich mit den Händen das Gesicht ab, das, wie Harry mit Missfallen bemerkte, nass vor Tränen war und von dem Zeug aus ihrer Nase klebte.

«*So* lange wäre gar nicht nötig.» War das möglich?, fragte er sich. Ob das womöglich funktionieren würde? Das konnte er nicht allein entscheiden. Er musste sich mit Hamilton beraten. «Wie viel würden Sie brauchen?»

«Ich weiß nicht», sagte Maria. «Genug, um Essen bezahlen zu können.»

«Und eine Unterkunft», murmelte das Frettchen. Er sah sich suchend um und entdeckte eine Rolle Papiertücher, die unter einem der Schränke hing. Er riss ein paar Vierecke ab und reichte sie ihr. «Es wäre nur ein Minimum», warnte er.

Maria nickte.

«Ich werde sehen, was ich tun kann. Ich komme wieder.»

«Heute», sagte Maria. Sie wischte sich das Gesicht ab und schnaubte sich die Nase. Sie fühlte plötzlich eine Ruhe, eine große Ruhe.

«Heute können Sie vergessen, heute ist unmöglich», sagte Alan Stewarts Sohn und schüttelte den Kopf.

«Es muss heute sein», sagte Maria. «Und damit basta.»

«Sie ist verrückt», sagte Harry zu Hamilton. Sie beratschlagten seit einer halben Stunde, und er machte sich immer noch Sorgen. «Wer weiß, ob sie nicht doch ihre Meinung ändert und eines Tages wieder bei meinem Alten an die Tür hämmert? Ich meine, wir können nicht sicher sein, dass sie da bleibt, wo wir sie hinstecken, nur weil sie es sagt.»

Hamilton sah aus wie eine große Katze, die sich auf Harrys Sofa räkelte, eine große graue muskulöse Katze, die schnell sein konnte, voller Energie. «Du sagtest, dass sie weg*will*», sagte er.

«Ja, *jetzt*, sicher. Aber sie könnte ihre verdammte Meinung wieder ändern, behaupte ich.»

«Darüber zerbrich dir nicht den Kopf», Hamilton streckte sich, seine Augen leuchteten, er lächelte und rutschte zur Kante des Sofas. «Das ist mein Job. Ich bin derjenige, der sicherstellt, dass sie bleibt, wo sie bleiben soll. Erinnerst du dich?» Als Gegenleistung, hatten sie vereinbart, würde Harry ihm zweiunddreißigtausend Dollar zahlen, die Hälfte jetzt und die andere Hälfte in sechs Monaten, und dass er Hamilton, wenn es so weit war, von seinem Erbe etwas abtreten würde, über die Höhe der Summe mussten sie noch verhandeln.

Harry musterte ihn unbehaglich. «Was machen wir hier eigentlich?»

«Nichts Illegales», sagte Hamilton. «Herrgott, Harry. Wir bezahlen sie, damit sie deinen Alten Herrn in Ruhe lässt, das machen wir. Und wenn sie das Geld benutzt, um abzuhauen und ihren Mann zu verlassen, wen kümmert das? Das ist ihre Sache.»

«Aber sie ist verrückt», sagte Harry unsicher.

Hamilton schlug sich auf die Knie und erhob sich. «Ich muss gehen.» Er bot sich an, Maria Buscombes Lebensumstände zu arrangieren. «Du bewegst deinen Hintern und kommst mit dem Geld.» Er sah auf seine Uhr. «Du hast maximal zwei Stunden, Kumpel.» Er wartete, bis Harry sich aus seinem Stuhl bequemte, ging dann und eilte zu Fuß in sein Apartment in der Bellevue Street.

Hamiltons Schritte federten, und sein Herz war leicht. Das Einzige, worüber er sich Sorgen machen musste, war, ob Harry schnell genug auf dem schwarzen Markt mehrere Stücke aus der Kunstsammlung seines Vaters verkaufen konnte, denn so wollten sie ihr Geschäft finanzieren. Aber Harrys Augen wurden so unruhig, als Hamilton ihn darüber ausfragen wollte, dass er beschloss, sich auf ihn zu verlassen, weil Harry das schon öfter getan hatte und er somit allen Grund hatte, an Harrys Erfolg zu glauben.

Hamilton fuhr pfeifend mit dem Fahrstuhl in den sechzehnten Stock und rief sich die Frau im Parkhaus ins Gedächtnis, die Versuchsperson seines ersten Angstgedichts.

Er mochte die Vorstellung, dass Maria Buscombe sich in einem Nest versteckte, das sein – Hamiltons – Werk war.

In seiner Wohnung nahm er das Telefon ab und arrangierte die notwendigen Vorkehrungen.

Maria saß in der Küche neben dem Telefon, sie trank Kaffee und lauschte auf die Geräusche des Hauses und der Welt dort draußen. Die Geräusche von draußen sickerten durch winzige

Risse und Spalten, dachte sie, oder sie krochen durch die Haut und die Knochen des Hauses, vielleicht verwandelten sie sich in ein anderes Medium, waren fähig, einen Augenblick lang zu einem Teil des Hauses zu werden, um, sobald sie drin waren, wieder sie selbst zu werden. Es konnte keine andere Erklärung geben, dachte sie, denn die Geräusche von dort draußen waren hier drin zu hören, dabei waren alle Türen und Fenster geschlossen.

Die Küchenuhr sagte, dass es elf Uhr war.

Maria wollte an Belinda denken. Aber Belinda floh aus ihren Gedanken, sobald Maria versuchte, an sie zu denken.

Das Telefon klingelte. Nein – es klingelte nicht so wie sonst, es dröhnte wie eine riesige Glocke, es war außerordentlich laut, so laut, dass Maria fast vom Stuhl fiel. Sie sah es erstaunt an, erwartete, dass der Hörer auf der Gabel wackelte, so laut donnerte die Klingel. Endlich nahm sie vorsichtig den Hörer ab.

«Okay, es ist alles arrangiert», sagte Harry Stewart, der atemlos klang. «Mein Partner und ich werden Sie um Punkt zwei Uhr abholen. Machen Sie sich fertig.» Er legte auf und Maria auch.

Sie setzte sich an den Küchentisch und sah durch die Glastüren in den Garten. Sie blieb lange so sitzen, lauschte auf das leise Ticken der Uhr und die leise Stimme in ihrem Kopf, die manchmal von dort kam und manchmal von woanders und die ihr jetzt sagte, dass sie die Ruhe bewahren und sich auf die getroffenen Entscheidungen verlassen sollte: Und Maria lauschte respektvoll, denn es war die Stimme, die, für den Moment jedenfalls, nicht nur Belindas Leben gerettet hatte, sondern auch ihr eigenes.

Sie musste sich jetzt eine Liste der Dinge machen, die sie mitnehmen wollte. Sie würde kaum etwas mitnehmen.

Lieber Richard, liebe Belinda,
ihr seid die einzigen Menschen, die ich lieben kann, aber ich muss euch verlassen. Ich weiß nicht, wohin ich gehe, aber ich muss euch verlassen. Es tut mir Leid.
In Liebe,
Maria

Hamilton klopfte an die Tür und wartete, wippte auf den Fußballen vor und zurück. Als sie öffnete, trat er zurück und deutete auf die Straße, wo Harry in seinem Auto wartete.

«Ich bin sein Partner», sagte Hamilton mit einem Zwinkern und trat ein. «Sind Sie fertig?»

Er ging durch den Flur in das Zimmer mit den schmiedeeisernen Möbeln, das sich als Wintergarten / Küche herausstellte. «Hübsch», sagte er anerkennend und betrachtete die Topfpflanzen. «Hübsch», sagte er zu Maria, als sie hereinkam.

«Ich bin fertig», sagte sie heiser.

Er drehte sich zu ihr um, behielt die Hände in den Hosentaschen und musterte sie. Sie war eine zierliche kleine Frau Mitte vierzig mit langen schwarzen Haaren, die langsam grau wurden und die sie zu einem unvorteilhaften Pferdeschwanz gebunden hatte. Sie trug Mokassins und eine graue Trainingshose, ein hellgraues Sweatshirt und kein Make-up. Hamilton stellte sie sich mit hochgestecktem Haar vor, wie sie vor einem riesigen Kleiderschrank voller Kleider stand, sich ein Kleid aussuchte, sie war nackt – er konnte ihren blassen glatten Rücken sehen –, sie suchte nach einem Kleid, das ihre Brüste hochdrückte und in der Taille eng anlag, ein Kleid, das kurz genug war, um ihre schwellenden Schenkel zu zeigen … er merkte, dass sie etwas gesagt hatte. «Bitte?»

«Wollten Sie wirklich einen Artikel über Adoptivkinder schreiben?»

Hamilton lachte.

Draußen hupte Harry.

«Kommen Sie», sagte Hamilton. «Wo ist Ihr Zeug?»

«Sie lassen mich wissen, wie es ihnen geht? Versprechen Sie das?» Sie hielt sich am Türrahmen fest, umklammerte eine große Puppe und sah erschöpft aus, und hinter ihr, auf dem Küchentisch der Kellerwohnung, standen Tüten und Kisten mit Sachen, die sie ihr hatten kaufen müssen – Lebensmittel und etwas Geschirr und ein paar Töpfe und Pfannen, weil die Wohnung damit nicht ausgestattet war.

Harry war erschöpft. «Jaja», sagte er gereizt. Er wollte nur weg hier.

«Wir versprechen es», sagte Hamilton, und als Harry sich umdrehte, sah er, dass er sie anlächelte. «Ehrlich. Wir werden Ihnen regelmäßig Bericht erstatten.»

«Aber hier gibt es kein Telefon.»

«Das wird mit dem Geld geliefert», sagte Hamilton. «Per Boten. Passen Sie gut auf sich auf», sagte er herzlich, und er und Harry machten sich auf den Weg, der um das Haus herumführte.

«Siehst du, wie ich gesagt habe», murmelte Harry. «Verrückt. Sie ist verrückt.»

«Sie wird schon wieder», sagte Hamilton gut gelaunt. Obwohl er Harry natürlich zustimmte. Die Frau war nicht normal. Er würde sie genau im Auge behalten müssen.

Sie erreichten die Straße und gingen schnell zu Harrys Auto. Kurz bevor er einstieg, sah Hamilton hoch und winkte der Vermieterin zu, die am Wohnzimmerfenster stand und sie beobachtete und die zufällig seine Mutter war. Sie schenkte ihm ein breites Lächeln und winkte zurück.

DIE GEGENWART

42

Am Mittwochabend lag Cassandra im Bett und las, Alberg lehnte neben ihr an einem Kissen und hielt ebenfalls ein Buch in der Hand. Aber mit seinen Gedanken war er woanders, er dachte an Maria Buscombes Fotoalbum und sah seinen Katzen zu. Sie lagen zusammengerollt auf einem Stuhl, der zwischen den gewaltigen Kleiderschrank aus massiver Eiche und den Einbauschrank geklemmt war. Sobald sich eine Katze räkelte, wachte die andere einen Moment auf und wartete höflich, bis sie mit Strecken fertig war, ehe sich beide wieder hinlegten.

Plötzlich wurde laut an die Eingangstür geklopft.

Alberg warf die Bettdecke zurück, stand auf und nahm seinen Bademantel. «Bleib, wo du bist», sagte er zu Cassandra.

Als er die Tür öffnete, stand Sokolowski auf der Terrasse. «Unser Vandale ist mit Sicherheit Frank Garroways Enkel Dave», verkündete er. «Er ist auf frischer Tat ertappt worden, als er Morrisons Mülleimer zwei Straßenecken weiter in Richard Grevermans hinterem Garten auskippte.» Der Sergeant streckte eine zitternde Hand aus und lehnte sich an die Wand.

«Aha», sagte Alberg

«Ich bin gekommen, um Ihnen gleich Bericht zu erstatten. Ich habe es aufgeschrieben. Bin nach Hause gegangen. Habe beschlossen, es Ihnen persönlich mitzuteilen.»

Im Wohnzimmer ging Licht an, und Cassandra erschien neben Alberg

«Sind Sie mit dem Auto gekommen, Sid?», sagte Alberg.

Sokolowski grinste. «Nein, zu Fuß.» Er legte die Stirn in Falten. «Klar bin ich gefahren. Natürlich bin ich mit dem Auto gekommen.»

«Kommen Sie rein, Sid», sagte Cassandra. «Karl, komm mit ihm rein.»

«Nein, nein, nein», protestierte der Sergeant. Alberg nahm seinen Arm und zog ihn ins Haus. «Jetzt machen Sie einen Kaffee oder so was Blödes, ja?», sagte er.

«Ja», sagte Cassandra.

«Nein, nein, nein. Nein. Ich setze mich eine Minute hin, und dann gehe ich wieder.» Vorsichtig und mit großer Konzentration setzte er sich auf das Sofa. «Geschafft.» Er sah sich im Zimmer um und blickte dann Alberg bekümmert an. «Das heißt, Sie wollen heiraten.»

«Ja, das will ich. Das wollen wir.»

«Tja, ich glaube, dann darf man wohl gratulieren.»

«Ich wollte es Ihnen sagen, Sid. Ich dachte nur ...»

«Ich weiß. Wegen mir und Elsie.» Er wischte sich mit der Hand über das Gesicht.

«Ja.»

«Da war es Ihnen peinlich.»

«O Gott, Sid? ... Sid?»

Das Gesicht des Sergeants verzog sich, er weinte. Alberg sah verzweifelt Richtung Küche. Er hörte, wie der Wasserhahn aufgedreht wurde, Cassandra machte den Kaffee. Er ging schnell ins Bad, holte eine Schachtel mit Papiertaschentüchern und hockte sich neben Sid auf den Fußboden. «Hier.» Er hielt ihm die Taschentücher hin. Der Sergeant schob sie weg, dann nahm er sie doch und wischte sich das Gesicht ab.

«Ah. Es tut mir Leid, Karl. Zu viel Bier, mehr nicht.» Er starrte Alberg kläglich an. «Sie geht jetzt mit Männern aus. Wer weiß, was als Nächstes kommt.» Er griff sich wieder eine Hand voll Taschentücher. «Sie ist alles für mich, Karl. Ich habe es früher nicht so deutlich gewusst, wie ich es jetzt weiß.»

«Haben Sie ihr das gesagt?» Alberg warf einen Blick zur Küche; Cassandra löffelte Kaffee in den Filter.

«Nicht mit so vielen Worten. Und ich glaube auch nicht, dass das etwas ändern würde. Shit. Ich werde langsam nüchtern. Vielleicht sollte ich noch ein Bier trinken.»

«Das glaube ich nicht.»

«Ja. Wahrscheinlich haben Sie Recht.» Er ließ sich aufs Sofa zurücksinken, und Alberg stand auf, zog den Bademantel zusammen, der sich geöffnet hatte, und band ihn fest zu.

«Wenn ich es ihr vor langer Zeit gesagt hätte, dann vielleicht», sagte Sokolowski und starrte traurig vor sich hin. «Aber jetzt will sie es von mir nicht mehr hören.»

«Vielleicht sollten Sie es trotzdem versuchen.»

Sokolowski drehte sich zu ihm und versuchte zu lächeln. «Und? Wann ist der große Tag?»

«Das haben wir noch nicht entschieden», sagte Alberg.

Sid beugte sich vor und flüsterte laut: «Geht es ihr … gut? Sie wissen schon. Nach dieser – diesem Martyrium, das sie durchmachen musste. Ich meine – Sie wissen schon. Gefühlsmäßig.»

Alberg sah ihn ausdruckslos an.

«Oh, Shit.» Der Sergeant setzte sich zurück, er sah elend aus. «Ich bin zu weit gegangen.» Er legte die Hände auf die Knie und studierte sie immer noch aufmerksam, als Cassandra mit drei Bechern Kaffee auf einem Tablett hereinkam.

«Sie trinken Ihren wohl besser schwarz, Sid», sagte sie.

«Besser ist es.» Er nahm einen Schluck und hielt den Becher in seinen riesigen Händen. «Meinen Glückwunsch zu Ihrer Verlobung», sagte er unbehaglich zu Cassandra.

«Danke schön, Sid.»

«Wollen Sie kirchlich heiraten?»

«O nein», sagte Alberg schnell. «Ich weiß nicht, irgendetwas Informelles.»

«Aber es wird doch einen Empfang geben?»

Alberg wechselte ungemütlich von einem Bein auf das andere, sah zu Cassandra. «Ich weiß nicht, wir haben noch gar nichts beschlossen.»

«Vielleicht ein Empfang. Vielleicht eine Party. Aber irgendetwas machen wir.» Sie lächelte ihn an. «Glaubst du, du könntest Elsie bewegen zu kommen?»

Sid wurde rot. «Ich könnte es versuchen.»

In dieser Nacht lag Alberg lange wach. Er dachte wieder an Maria Buscombes Fotoalbum. Er sah ihre flehende Gestalt am Straßenrand, so wie Belinda sie gesehen hatte. Er erinnerte sich an Edward Dixon und die Karte, die er Maria, wie er sagte, aufgezeichnet hatte.

Am nächsten Morgen rief er Marias Tochter an.

«Belinda», sagte er, als sie abhob. «Hat Ihre Mutter Sie je geschlagen?»

Es folgte ein langes Schweigen. «Manchmal.»

Alberg lehnte sich an die Küchenwand und hörte, wie im Badezimmer die Dusche rauschte. Er war dankbar für seine Mutter in London. Er war dankbar für seine abwesenden Töchter. «Sie war anders, seit sie aus Saskatchewan zurückgekommen war, stimmt das?»

«Ja.»

«Wissen Sie, warum?»

«Das ist doch ziemlich klar, oder? Ich habe immer gedacht, dass sie mehr herausgefunden hat, als sie uns sagen wollte.»

43

Hamilton Gleitman schraubte den Füller zu und legte ihn neben das Notizbuch. Er richtete sich auf seinem Schreibtischstuhl auf, stöhnte, massierte sich mit beiden Händen das Kreuz. Er war im Moment völlig ausgelaugt. Aber – Herrgott im Himmel! Er fühlte sich gut. Er stand auf, trat ans Fenster und betrachtete die Aussicht, reckte sich, lockerte seinen Körper, frohlockte über die Arbeit, die er in den vergangenen zehn Tagen geschafft hatte.

Der Mord hatte ihn mit enorm viel Material versorgt, mit emotionalen Erkenntnissen, gleich eimerweise. Seitdem war er euphorisch. Seit jener Nacht dominierte der Dichter in ihm, die Bedürfnisse des Dichters waren zentral: Er hatte sämtliche Artikel für Zeitschriften abgesagt oder aufgeschoben, um sich leer schreiben zu können.

Hamilton ging in die Küche und nahm geschnittenen Schinken, eine Tomate, Mayonnaise und Senf aus dem Kühlschrank und aus dem Schrank Brot. Er legte eine Frank-Sinatra-CD ein und machte sich ein Sandwich.

Erst hatte er sich vergegenwärtigen müssen, wie er sich vor dem Mord fühlte: allmächtig, aufgeregt; in seiner Begierde nach diesem neuen Abenteuer lag etwas Sexuelles. Dann die Tat selbst: die Heimlichkeit, mit der er sich in die Wohnung einschlich; die Erregung, als er mit dem Hammer in der Hand an ihr Bett schlich; und die Vielfältigkeit der Gefühle, die den Akt des Erschlagens begleiteten …

Sie hatte sich gegen ihn gewehrt. Sie wehrte sich. Das hatte er nicht erwartet.

Hamilton legte das Sandwich auf einen Teller und trug ihn zusammen mit einer Büchse Bier ins Wohnzimmer. Er machte es sich auf dem Sofa bequem und kaute zufrieden, betrachtete die Aussicht, hörte Sinatra.

Er war mit knapper Not entkommen, über und über voller Blut, auf der Kleidung, im Gesicht, im Haar. Er hatte den Hammer in die Innentasche seines Jacketts gesteckt und lief mit großen Schritten zum eine halbe Meile entfernten Ozean, fühlte sich unverwundbar. Er watete ins Meer, spürte die Kälte nicht und planschte darin herum, bis er alles Blut abgewaschen hatte. Dann schleuderte er den Hammer in die schwarze Weite des Pazifiks, watete an den Strand und joggte zurück zu seinem Auto. Als er es erreichte, klapperte er mit den Zähnen, und seine Hoden waren zur Größe von Walnüssen geschrumpft. Er fuhr los, und sobald der Motor sich erwärmt hatte, stellte er die Heizung an.

Er hatte geplant, auch der Tochter aufzulauern, und wenn es sich ergab, so wie es sich oft für Hamilton ergab, könnte er sie vielleicht beide in einer Nacht loswerden. Aber es hatte sich keine verfluchte Möglichkeit ergeben, sagte er sich im Auto, er zitterte, seine Zähne schlugen aufeinander, sie klapperten, als hätte er den Mund voller Murmeln. Gerade als er aus der Glastür schlüpfte, hatte er jemand im Hausflur gehört. Möglicherweise hatte man die Leiche also schon gefunden, und er musste machen, dass er wegkam.

Er hatte auf das Steuerrad gehauen, gegrinst. Herrgott, aber er fühlte sich gut. Die Gedichte würden jetzt aus ihm herausströmen, schwarze Gebilde aus Blut und Schrecken, deren Wahrheit geschickt verhüllt war.

Und das taten sie.

Er trug den Teller und die leere Bierbüchse in die Küche und kehrte an den Schreibtisch zurück, um durch sein Notizbuch zu blättern, dessen Seiten mit schwarzer Tinte voll geschrieben waren. Bei der nächsten Arbeitssitzung würde er die überarbeiteten Gedichte sauber in ein neues Heft übertragen und warten, bis er genug hatte, um sie an seinen Verleger zu schicken.

Er holte sich noch ein Bier und ging wieder zum Sofa, um seinem schmerzenden Rücken noch etwas Ruhe zu gönnen. Er hatte den Mord an Maria aufgebraucht. Es war Zeit, seine Gedanken der Tochter zuzuwenden.

Es war auch an der Zeit, beschloss er, Harry wieder mit einzubeziehen.

Alberg brütete wieder über den Akten, als Netty Pringle aus Surrey anrief.

«Ja», sagte sie, «dein Knabe, Harry Stewart, war am zweiten Oktober hier. Hat hier tatsächlich das Wochenende verbracht.»

«Shit. Womit?»

«Mit Bowling.»

«Bowling? Er sagte, er hätte irgendwelche Geschäfte getätigt.»

«Wenn man den Zeugen glaubt, wäre das eine alberne Ausrede. Aber er war hier, keine Frage.»

«Shit. Okay. Danke, Netty.» Finster starrte er auf die Schreibtischplatte, als Sokolowski in der Tür auftauchte.

«Klopf, klopf.»

«Kommen Sie rein, Sid.»

«Ich bin hier, um mich zu entschuldigen», sagte der Sergeant jämmerlich.

«Vergessen Sie es.»

«Nein, es ist nur angemessen –»

«Okay. In Ordnung. Entschuldigung angenommen.»

Sokolowski musterte ihn. «Sie sind heute ja sehr kurz angebunden, Chef.»

«Ja. Tut mir Leid.» Alberg sackte auf seinem Stuhl zusammen. «Harry Stewart ist aus dem Schneider, und ich habe absolut keine Ahnung, wie ich weiter vorgehen soll.»

Sid nahm ihm gegenüber Platz.

«Niemand sonst hatte einen Grund, sich ihrer entledigen

zu wollen», fuhr Alberg fort. «Harry auch nicht, was das angeht, aber das wusste er nicht. Ich kenne Ihre Meinung, Sid – aber wenn es ein Einbruch war, warum wurde nichts entwendet?»

«Die Nachbarin hat den Kerl gehört», sagte der Sergeant. «Möglicherweise wusste er, dass jemand ihn gehört hat, und dachte, dass er abhauen musste, wenn er nicht entdeckt werden wollte.»

Alberg starrte auf den Efeu, der bis zur Hälfte der einen Seite seines Aktenschranks hinunterrankte. «Andererseits», sagte er nachdenklich – warum war er nicht schon früher darauf gekommen?

«Andererseits, was?», sagte der Sergeant.

Alberg beugte sich vor. «Unser Harry ist faul, Sid. Zu faul, um zu arbeiten. Sogar zu faul, um sich sauber zu kleiden.»

«Und?»

«Und so hat er vielleicht einen Killer angeheuert.»

Sokolowski dachte darüber nach. «Möglich ist es, denke ich.»

Alberg lächelte. «Ich glaube, es ist Zeit, dass ich wieder mal mit ihm rede.»

44

In Harrys Reaktionen auf die Nachricht von Maria Buscombes Tod hatte sich natürlich auch Erleichterung gemischt: Sein Vater hatte zwar in den vergangenen paar Jahren geistig merklich abgebaut, aber es gab eine Grenze, wie viele Skulpturen, Teppiche und Gemälde er noch stehlen konnte, ohne erwischt zu werden, und Harry glaubte, dass er diese Grenze fast erreicht hatte.

Doch am meisten Angst machte ihm ihr Tod. Er musste dringend mit einem Menschen darüber sprechen, der mit der Situation vertraut war. Aber wenn er sich nicht irrte und es Hamilton war, der sie ermordet hatte, wollte Harry nichts mit ihm zu tun haben. Das hieß, dass nur Everett übrig blieb. Harry hatte Everett eine Weile nicht gesehen, weil Everett jetzt für mehrere Monate des Jahres sehr viel zu tun hatte, nun, da sich seine Lebensumstände so dramatisch verändert hatten. Vor sechs Jahren hatte man Everett die Rolle in einem Werbespot für einen Ölkonzern gegeben. Er mimte den verwahrlosten Kerl mit dem großen Herzen und dem freundlichen Gesicht, einen leicht verunsicherten, sich ständig entschuldigenden Typ. In der Mitte der Handlung setzte Musik ein, und der Typ, den er darstellte, begann zu steppen, mit den Händen in den Hosentaschen schwafelte er weiter über Benzin, als ob er die Musik gar nicht hörte, geschweige denn merkte, dass er dazu tanzte.

Der Werbespot wurde ein großer Hit. Der Ölkonzern gab der Agentur einen weiteren Auftrag mit demselben Charakter und dann noch einen, und es dauerte nicht lange, bis kleine Geschichten über Everett im Unterhaltungsteil der Zeitungen erschienen. Eins ergab sich aus dem anderen, ein Job führte zum nächsten, bis Everett schließlich die Hauptrolle in einer Fernsehserie über einen konfusen Privatdetektiv und dessen scharfzüngige Schwester, die ihm den Haushalt führte, bekam, die in Vancouver gedreht wurde. Und diese Tatsache hatte Everetts Leben natürlich völlig verändert.

Aber Harrys Krise wegen des Mordes an Maria Buscombe fiel in eine Zeit zwischen zwei Folgen der Serie (die inzwischen wieder um eine weitere Saison verlängert worden war), sodass Harry zu Everetts Haus fuhr und ziemlich sicher war, ihn dort anzutreffen.

Everett, der seine neue, einträgliche Karriere nicht gefährden wollte, war Mitglied bei den Anonymen Spielern geworden, aber da er immer noch in regelmäßigen Abständen die Sucht verspürte, war er ständig mit irgendetwas beschäftigt, wenn er freihatte. Als Harry mit seiner Aktentasche die Vordertreppe hinaufschlurfte, sah er Everett, der energisch die Scheibe in der oberen Türhälfte einsprühte und putzte. Harry hob den Türklopfer an, eine Miniaturausgabe des Eiffelturms, ließ ihn an die Tür donnern und erschreckte damit Everett, der sich so hingebungsvoll auf das verschmierte Glas konzentrierte, dass er Harry dort draußen gar nicht bemerkt hatte. Er machte die Tür auf und ließ ihn rein.

«Ich muss dich sprechen», sagte Harry ohne Umschweife.

Everett führte ihn ins Wohnzimmer und holte aus der Hausbar in der Ecke zwei Bier. Das Haus, das Everett gekauft hatte, als die Serie zum ersten Mal verlängert wurde, und auf das er sehr stolz war, lag hoch über der Burrard Bay und hatte eine herrliche Aussicht auf das Wasser und die Berge der North Shore. Der Blick interessierte Harry nicht.

«Hast du Hamilton in letzter Zeit gesehen?», sagte er.

Everett schüttelte den Kopf und trank einen Schluck Bier. Er hatte den Glasreiniger und die Rolle Papiertücher auf die Bar gestellt. «Was ist in der Aktentasche?»

Harry sah sie an, sie stand neben seinen Füßen. Er liebte diese Aktentasche. Er hatte sie vor drei Jahren im Ausverkauf gekauft. Sie gab ihm Selbstvertrauen, verlieh seinem Gang einen kleinen Schwung und seinem Kinn einen Schubs nach oben. Sie enthielt alle seine wichtigen Papiere, auch das Notizheft, in das er die Kunstsammlung seines Vaters eingetragen hatte. Außerdem hatte er die aktuelle Fernsehzeitung dabei. «Da sind meine wichtigen Unterlagen drin», sagte er. «Wann hast du ihn zum letzten Mal gesehen?»

Everett dachte nach. «Er hat ein Buch veröffentlicht. Ich

glaube, das ist vier Jahre her. Ich hatte gerade in der Buchhandlung gekündigt, wenn ich mich richtig erinnere. Warum? Worum geht es?»

«Erinnerst du dich noch an diese Frau, das ‹Kind der Liebe› von meinem Alten?»

«Ich habe sie nie kennen gelernt», erinnerte Everett ihn.

«Ich weiß, aber du erinnerst dich, dass sie – dass sie verschwand? Dass wir sie dafür bezahlt haben – dass ich sie dafür bezahlt habe und sie verschwand? Erinnerst du dich?»

«Ja. Ich erinnere mich. Warum?» Everetts Augen gingen zu dem Glasreiniger und den Papiertüchern.

«Sie ist tot.»

Everett zuckte die Achseln. «Und? Damit haben sich deine Probleme erledigt, stimmt's?»

«Nein, also ...» Harry rutschte auf der Kante des Sofas herum und sagte mit einem heiseren Flüstern: «Sie ist umgebracht worden. Ermordet.»

Everett sah ihn durchdringend an, dann schüttelte er den Kopf.

«Das verstehe ich nicht.»

«Ich befürchte, dass es Hamilton war», sagte Harry kläglich.

«Also wirklich», sagte Everett spöttisch, sah dann aber fast augenblicklich besorgt aus. «Warum sollte er das tun?»

«Versteh doch. – Ich habe es von der Polizei erfahren – sie haben mich wegen dieser Sache in die Mangel genommen, Everett, diese verfluchten Cops ...»

«Ach du lieber Gott», sagte Everett mit angemessenem Mitgefühl.

«... ich hatte herausgefunden, dass ihr Mann und die Tochter jetzt in Sechelt leben, und in Sechelt ist sie ermordet worden, Everett, in einer Wohnung, die sie dort gemietet hatte.» Er lehnte sich zurück und trank einen großen Schluck Bier. «Es war Hamiltons Job, dafür zu sorgen, dass sie in Abbotsford blieb. Dafür wurde er bezahlt, das war die Abmachung. Ich habe die Knete besorgt, für ihn und, verdammt, für sie, Jahr für Jahr. Und Hamilton, er hat die Wohnung besorgt, in der sie wohnen sollte, und seine Aufgabe war, sicherzustellen, dass sie dort blieb. Das war die Abmachung.»

«Wie sollte er das denn machen?», wollte Everett wissen.

«Das Haus, in dem sie untergebracht wurde, gehört seiner alten Dame. Sie sollte ihn auf dem Laufenden halten.»

«Du glaubst, dann hat seine Mom ihm gesagt, dass sie weg ist, und ...»

«Ja», sagte Harry grimmig. «Ich habe ihn neun- oder zehnmal angerufen, seit dieser Cop mich verhört hat, aber ich erreiche immer nur seinen Anrufbeantworter. ‹Lasst mich in Ruhe, ich bin Klausur gegangen›, verkündet die Maschine.» Er wischte sich die Stirn mit dem Ärmel seines abgetragenen marineblauen T-Shirts und bekam dabei eine abstoßende Prise seines Körpergeruchs in die Nase. «Nun frage ich dich, Everett», sagte er, «bin ich nicht schuldig an dem Ganzen, oder doch?»

«Du meinst, juristisch gesehen?»

«Ja. Juristisch.»

«Ich bin kein Experte ...»

«Ja, aber du bist jetzt ein Fernsehdetektiv», unterbrach Harry ihn. «Davon wird doch wohl etwas auf dich abgefärbt haben.»

«Na ja», sagte Everett.

«Außerdem hast du viel gelesen», fuhr Harry fort, «als du im Buchhandel gearbeitet hast. Du hast mehr Bücher gelesen als irgendjemand sonst, den ich kenne, meinen Alten eingeschlossen. Darunter müssen auch juristische Bücher gewesen sein. Oder Krimis. Tatsachenberichte. Was auch immer.»

«Ja», sagte Everett und nickte nachdenklich. «Ich glaube schon.»

Hoffnungsvoll dachte Harry, dass sein Freund Seiten oder sogar ganze Kapitel in seinem Kopf heraufbeschwören könnte. Er musste ein außergewöhnliches Gedächtnis haben, um jede Woche die vielen Texte lernen zu können.

«Okay», sagte Everett. «Also, wenn er es getan haben sollte ...» Er hielt inne und sah Harry durchdringend an. «Bist du sicher, dass du nichts davon gewusst hast? Bist du sicher, dass Hamilton dir nicht gesagt hat, dass sie die eine Wohnung verließ und die andere an der Küste mietete?»

Harry schüttelte so heftig den Kopf, dass er merkte, wie sein Kinn zitterte. Das Kinn. Mein Gott. Er wurde alt. Verflucht. Und das verdammte Geld hatte er immer noch nicht. «Überhaupt nicht», sagte er leidenschaftlich. «Das hat er nicht.»

«Aber warum, zum Teufel, sollte er das tun?», sagte Everett nachdenklich und sah aus dem Fenster, aber Harry hatte nicht den Eindruck, dass er überhaupt wahrnahm, was dort draußen vor sich ging. Dann sah er Harry wieder ins Gesicht. «Du hast ihm das Geld schon gegeben, oder?»

Harry nickte.

«Dann verstehe ich gar nichts. Warum hat er sie nicht einfach laufen lassen? Und dir gesagt, du sollst dich zum Teufel scheren? Hamilton ist ein harter Bursche. Es hätte ihm nichts ausgemacht. Ich verstehe es nicht.»

Harry schwieg unter Everetts prüfendem Blick.

«Worum geht es hier noch, Harry?»

Harry, der die Frage erwartet hatte, sagte mit größtem Widerstreben: «Ich habe ihm einen Teil meiner Erbschaft versprochen.»

Everett machte große Augen. «Wofür? Dass er sie umbringt?»

Harry musste über den schrillen Ton in seiner Stimme fast lachen. «Nein, nein», sagte er nervös. «Nein. Wenn sie zehn Jahre von der Bildfläche verschwindet. Oder bis der alte Mann verreckt ist.»

«Du meinst, wenn er dafür *sorgt*, dass sie verschwunden bleibt.»

Schweigen. «Ja», murmelte Harry schließlich.

«Hast du das zufällig schriftlich formuliert?»

Harry blickte zu Boden. Er versuchte, sich zu erinnern, wann er das letzte Mal geduscht hatte. Er schwitzte, und sein Körpergeruch wurde strenger. Er fragte sich, ob Everett ihn auch wahrnahm. Er sah zu Everett hinüber, der in seinem großen schwarzen Ledersessel saß und einen Fuß über das andere Knie gelegt hatte. Auf seinem Gesicht lag ein sorgenvoller Ausdruck, aber Harry glaubte nicht, das der Grund dafür sein schlechter Geruch war. Vielleicht blendete der gute Ledergeruch des Sessels alle anderen Gerüche aus.

«Irgendwie schon», sagte Harry schließlich. «Nicht wirklich. Es ist eine Art Schuldschein, den ich unterzeichnet habe.»

«Du steckst in der Scheiße, Harry. Ich weiß nur nicht, ob bis zum Knie oder bis zur Taille oder ob du gerade darin ersäufst.»

Eine Stunde später saß Harry an seinem Stammtisch in Floras Café, die Aktentasche stand zwischen seinen Füßen auf dem Boden, und er ging die Unterhaltung mit Everett noch einmal im Kopf durch. Er trank seinen Eistee und behielt die Tür im Auge, falls der verdammt Cop noch einmal auftauchte. Für diese Annahme gab es keinen vernünftigen Grund: Harry hatte zufällig ein wasserdichtes Alibi; der Cop würde es nachprüfen, und das war es dann.

Aber er hatte gesagt, dass er wieder kommen würde. Harry dachte, dass das vielleicht nur Show gewesen war, aber bei der Polizei konnte man nie wissen – sie steckten seiner Meinung nach wirklich überall ihre neugierigen Nasen rein –, und so behielt er weiterhin mit müden Augen die Tür im Blick. Er hatte beschlossen, so wenig kooperativ wie möglich zu sein, falls der Polizist ihn noch einmal belästigte. Und zunächst würde er ihn fragen, mit welchem Recht er außerhalb seines Zuständigkeitsbereichs die Leute verhörte. Er hatte auch ein paar andere Bemerkungen vorbereitet. Er war vorbereitet auf diesen verdammten Cop. O ja, Sir.

Als die Tür dann aufging und statt des Polizisten Hamilton Gleitman auf der Türschwelle stand, kam sich Harry verloren vor, wie eine Figur in The *Twighlight* Zone. Hamilton stand da und grinste, und Harry saß da und starrte ihn an, und sein Hirn versuchte ihm weiszumachen, dass er diesen Kerl gar nicht kannte.

«Hi, Harry», sagte Hamilton und schob sich auf den Stuhl ihm gegenüber. Harrys Gesicht war grau, und er fing an zu schwitzen. «Was trinkst du?»

«Eistee. Und ich habe Hühnchen bestellt. Hi, Hamilton. Lange nicht gesehen.»

Hamilton lehnte sich zurück und ließ ein Häufchen Salz auf den Tisch rieseln. «Und, ist es gut? Das Hühnchen?» Er leckte den Zeigefinger an, steckte ihn in das Salz und dann in den Mund.

«Es ist eine ihrer Spezialitäten», sagte Harry. «Ja, es ist gut.»

«Wie geht's deinem Alten Herrn?», sagte Hamilton. Er hob die Hand und winkte die Kellnerin heran.

«Schlechter», sagte Harry schnell. «Viel schlechter.»

Hamilton warf ihm einen skeptischen Blick zu und bestellte bei der Kellnerin das Gleiche wie Harry. Er aß mehr Salz. «Ich sehe dir an», sagte er zu Harry, «dass du von der Sache in Sechelt gehört hast.»

«Du hast gesagt, du sorgst dafür, dass sie im Valley bleibt», platzte Harry heraus. Er blickte schnell nach links und rechts und sprach leiser. «Das war unsere Abmachung. Das war dein Teil der Abmachung.»

Harry spürte, wie sein guter Vormittag langsam Sprünge bekam.

«Halt die Klappe, Harry», sagte Hamilton kalt. Er beobachtete Harry, der sich auf seinem Stuhl zurücklehnte. Sein Gesicht sah jetzt nicht mehr ganz so blass aus. «Es ist immer ein Fehler», sagte Hamilton, und seine Stimme klang wieder verbindlicher, «zurückzusehen. Es ist viel produktiver, nach vorn zu blicken.»

Die Kellnerin brachte Harrys Essen und tätschelte seine Schulter. Was hatte dieser Typ, fragte sich Hamilton irritiert, dass Frauen Mitleid für ihn empfanden? Er beugte sich vor und schnüffelte. «Hmm. Riecht gut. Was hast du den Bullen erzählt?»

Harry wurde wieder bleich. «Welchen Bullen?»

«Na los», sagte Hamilton ungeduldig. «Sie mussten dich irgendwann aufspüren.»

«Ich habe ihnen nichts erzählt. Nichts», sagte Harry abwehrend. Seine kleinen Augen glühten. «Warum sollte ich?»

Hamilton musterte ihn finster. Dann sagte er: «Iss schon, Harry. Hau rein.» Harry nahm die Gabel und aß einen Happen Kartoffelbrei und Sauce. Er trug natürlich ausgebeulte Jeans und unter den Hosenträgern ein T-Shirt. Gott, dachte Hamilton mit Abscheu, wahrscheinlich waren es dieselben Jeans und dasselbe T-Shirt, das er vor sieben Jahren getragen hatte, als sie Maria zu ihrer neuen Wohnung begleiteten.

Er leckte den Finger an und nahm etwas mehr Salz. «Schlechter, sagst du», meinte er nachdenklich. «Und wie schnell wird sich dein Alter Herr von dieser Erde verabschieden, was glaubst du?»

«Das weiß ich nicht», sagte Harry kläglich. «Jederzeit.»

«Ja, und das kann noch Jahre dauern.» Hamilton fegte den letzten Rest Salz vom Tisch auf die Erde. «Ich verliere die Geduld, Harry.» Er legte die Oberarme auf den Tisch und musterte Harry mit seinen metallischen Augen; er wusste, dass seine grauen Augen kalt und leer wirkten wie ein Himmel ohne

Sonne. «Ich brauche Kohle. Ich habe es satt, billige Geschichten für billige Zeitschriften zu schreiben, wenn ich Gedichte schreiben will.»

«Sie sind gut, das stimmt, Ham», sagte Harry und nickte. «Das habe ich schon mal gesagt. Ich habe dein Buch gelesen, und es ist echt gut. Du hättest einen Preis dafür bekommen müssen.» Er sah Hamilton an. «Hat es einen bekommen?», fragte er unsicher.

«Nein», sagte Hamilton, als die Kellnerin sein Essen brachte. Er fing sofort an zu essen und merkte, dass ein Teil seiner Gereiztheit vom Hunger herrührte. Er hatte wieder Hunger. «Ja», sagte er schließlich. «Ich weiß, dass sie gut sind.»

«Er ist über achtzig», sagte Harry. «Er muss bald abtreten.»

«Der alte Esel ist jetzt in einem Pflegeheim, schätze ich», sagte Hamilton mit vollem Mund. Er sah, dass Harry eine Lüge erwog, und er sah, dass er sich dagegen entschied.

«Nein», sagte Harry. «Er lebt noch in seinem Haus. Aber er kann es nicht mehr allein in Ordnung halten», fügte er schnell hinzu. «Und den Garten auch nicht. Er braucht viel Hilfe.»

Hamilton sah Harry lange und nachdenklich an, er sah ihm tief in die kleinen dunklen Augen, sah, wie schwammig Harry war, fragte sich, wie entschlossen er sein mochte und wie groß seine Verzweiflung war. Er beugte sich über den Tisch. «Ich übernehme die Tochter», sagte er leise, «und du kümmerst dich um deinen Alten Herrn.»

Harry fühlte, wie ihm der Schweiß aus sämtlichen Poren brach. Er konnte die Wellen seines Körpergeruchs, die durch den Raum wogten, fast sehen. Wie, um alles in der Welt, war er an diesen Typ geraten? Dieser verdammte Everett, dachte er; das war alles seine Schuld. Er stieß einen weinerlichen Ton aus, den Hamilton hoffentlich als entschiedenes «Nein» verstand, aber er sah in Hamiltons kalte graue Augen und wusste, dass es egal war, was er sagte: Dieses Mädchen würde sterben und sein

Alter Herr auch, denn wenn Harry ihn nicht umbrachte, würde Hamilton es tun.

Harry klammerte sich an die Tischkante, als wäre sie ein Felsvorsprung, wenn er ihn losließ, würde er in den Tod stürzen. Er machte noch ein Geräusch – Hamilton sah ihn ungeduldig an, und über Hamiltons Schulter hinweg sah Harry, wie sich die Tür öffnete und der Polizist eintrat. Er zeigte mit dem Finger auf ihn, die Worte verbrannten seine Kehle, und Hamilton drehte sich um und runzelte die Stirn.

«Was?», sagte Hamilton.

Zunächst dachte Alberg, Harry hätte irgendeinen Anfall. Seine kleinen schwarzen Augen waren dreimal so groß wie sonst, und sein Gesicht nahm die Farbe von Seifenschaum an. Er sah aus, als wollte er aufstehen. Er zeigte mit dem Finger auf Alberg und machte gurgelnde Geräusche. Sein grauhaariger Freund maß Alberg mit einem erstaunten Ausdruck über die Schulter.

Alberg trat an ihren Tisch und setzte sich Harry gegenüber neben den Unbekannten. «Sie sehen nicht gut aus, Harry», sagte er und sah den anderen an. «Wer ist Ihr Freund?»

«Wer, zum Teufel, sind *Sie*?», fragte der Grauhaarige.

Sie sahen beide Harry an.

«Er war es», sagte Harry und stand mühsam auf, zeigte mit dem Finger auf Hamilton. «Er war es», sagte er und fing an zu weinen.

«Das hat er gesagt? Hat mit dem Finger auf den Kerl gezeigt und gesagt: ‹Er war es›?», fragte Sokolowski ungläubig.

«Ja», sagte Alberg.

«Und was hat der Kerl dann gemacht?»

«Hat auf ihn eingeschlagen.»

Sokolowski beugte sich in Albergs schwarzem Lederstuhl vor und lachte. «Oho», sagte Sid lachend.

«Ja, genau. Sehr witzig», sagte Alberg. «Ich hatte meine liebe Not damit, ihm Handschellen anzulegen.»

«Och», sagte der Sergeant, es klang, als hätte er Schmerzen.

«Ich bin überall grün und blau», sagte Alberg ungehalten, «und Sie sitzen da und lachen.» Er sah, wie Sokolowski in schallendes Gelächter ausbrach, sein Gesicht wurde puterrot, und er wünschte, dass Elsie ihn so sehen könnte.

45

Zwei Tage später saß Belinda neben ihrem Vater auf dem rot-weiß karierten Sofa und sah sich das Fotoalbum an, das Alberg ihr gegeben hatte.

«Belinda, mit etwa einem Jahr», hatte ihre Mutter auf die erste Seite geschrieben. *«Sie sitzt auf einem Baum. Richard hält sie fest; auf diesem Schwarzweißfoto sieht man nur seine Hand. Belinda trägt einen weißen Pullover, an den erinnere ich mich, und auf ihrer Stirn kringelt sich eine Locke. Sie kneift die Augen zusammen und sie lacht.»*

«Ich hätte sie finden können, wenn ich es versucht hätte», sagte Belindas Vater.

«Vielleicht nicht», sagte Belinda. Sie schlug die Seite um. *«Belindas dritter Geburtstag. Sie trägt Schuhe mit Glöckchen und ein Kleid mit hellblauen, dunkelblauen und weißen Streifen. Ihr Haar ist zu einem französischen Zopf geflochten. Sie sieht sehr festlich aus.»*

«Ich wünschte, ich hätte es versucht. Ich hätte es versuchen müssen.» Müde strich er sich mit der Hand über den Kopf.

Belinda blätterte weiter die Seiten um, las die Beschreibungen unter den Fotos, die ihre Mutter hinterlassen hatte. Das letzte zeigte Belinda mit vierzehn, nur wenige Monate bevor ihre Mutter wegging, in ihrer McDonald's-Uniform. *«Belindas erster Job»,* hatte ihre Mutter geschrieben.

Auf der nächsten Seite prangte ein neueres Foto: Belinda steigt in der Einfahrt des Hauses in Vancouver auf ihr Fahrrad. Dann kamen fünf weitere, immer im Abstand von einem Jahr aufgenommen.

Hier war eins von ihrem Vater und ihr, wie sie aus dem Auto steigen. Dann eins von Belinda, im Garten hinter dem Haus in Vancouver, beim Rasenmähen. Der Rest war aufgenommen worden, nachdem sie und ihr Vater nach Sechelt gezogen waren: Belinda im Geschäft ihres Vaters, Belinda auf dem Parkplatz des Krankenhauses, Belinda mit Raymond vor dem Supermarkt. Das letzte zeigte Belinda vor der Tür des Jolly Shopper.

Belinda klappte das Album zu und schob es zur Seite. Sie war ernüchtert und erschüttert.

Ihr Vater stand auf und ging zum Fenster, wo er stehen blieb und hinaussah, die Hände in den Hosentaschen. Minutenlang schwiegen alle beide.

Und dann klopfte der Polizist an die Tür. Neben ihm stand ein alter Mann.

«Sie wünschen?», sagte Belinda. Sie wusste, dass sie ungastlich und sogar leicht feindselig klang, aber es war ihr egal. Sie hatte keine Kraft mehr für Mord und Polizei.

«Ich habe jemand mitgebracht, der Sie kennen lernen möchte», sagte der Polizist. «Belinda, das ist Ihr Großvater.»

Belinda sah den Mann forschend an. Er war sehr alt.

«Ich bin der Vater deiner Mutter», sagte er blinzelnd. «Mein Name ist Alan Stewart.»

Sie spürte, dass ihr Vater neben ihr stand.

Belinda wusste nicht, ob sie einen Großvater wollte. Er sah

wirklich harmlos aus, aber als sie in sein runzliges Gesicht sah, empfand sie Abneigung.

«Sie sehen Maria sehr ähnlich», sagte er, «nur dass Sie größer sind.»

«Bitte, treten Sie ein», sagte Belindas Vater leise. Belinda sah ihn überrascht an.

«Ich werde Sie in etwa einer halben Stunde wieder abholen», sagte Alberg zu Alan Stewart, der zerbrechlich und unglücklich aussah, «und Sie nach Hause bringen.»

Als Alan Stewart über die Schwelle trat, zupfte er Alberg am Ärmel. «Wie viel soll ich ihnen erzählen?»

Alberg schüttelte den Kopf. «Das weiß ich nicht, Mr. Stewart», sagte er müde. «Das ist Ihre Sache.»

Cassandra hatte heute Abend Spätdienst, und als Alberg von WestVancouver nach Hause kam, fütterte er die Katzen, deckte den Tisch und fing an, das Essen zu kochen. Dann setzte er sich mit einem Scotch mit Wasser in seinen Schaukelstuhl, dachte nach und beobachtete die spielenden Katzen.

Schließlich merkte er, dass Cassandra deutlich später nach Hause kam als sonst. Sofort machte er sich Sorgen, und er ging zum Telefon: Erst würde er die Bibliothek anrufen, dann Phyllis, dann Cassandras Mutter ... und dann hörte er, wie ihr Auto vor dem Haus hielt.

Es war inzwischen dunkel geworden, und er schaltete das Licht an und wartete, dass sie ins Haus kam.

Sie platzte zur Tür hinein, ihr Gesicht leuchtete vor Aufregung. «Ich habe das wunderbarste Haus gefunden», sagte sie und warf ihre Handtasche auf das Sofa. Sie rannte auf ihn zu und umarmte ihn fest. «Du wirst es lieben. Es ist direkt am Wasser.»

«Ach, Cassandra», sagte er traurig, drückte sie aber auch fest an sich. «Wir können uns am Wasser gar nichts leisten.»

«Doch, das können wir», sagte sie, trat einen Schritt zurück und lächelte ihn an.

«Wie denn?»

«Auf diesem Haus hier liegt eine Hypothek, die wir abzahlen müssen, das stimmt. Aber es liegt keine Hypothek auf meinem.»

«Auf deinem Haus liegt keine?»

«Das Haus gehört mir und ist schuldenfrei.»

«Es gehört dir …?»

«Du lieber Gott, Karl. Kein Wunder, dass Maura nach zwölf Jahren Ehe mit dir einen Buchhalter geheiratet hat. Komm», sagte sie und ergriff seinen Arm. «Wir wollen es uns ansehen.»

In dieser Nacht sah Belinda ihre Mutter im Traum, sie hatte den Kopf gesenkt, die Arme hingen kraftlos herunter, und sie war in etwas Weißes gekleidet. Ihr Haar war wieder schwarz und bedeckte ihr Gesicht. Sie weinte. Sie weinte lautlos, Ströme von Tränen liefen silbern ihr Haar hinunter. Belinda flüsterte im Traum mit ihrer Mutter, bat sie, den Kopf zu heben und sie anzusehen. Belindas Flüstern war weich, aber eindringlich, sie versuchte, sie zu überzeugen. Aber dann wurden die Tränen weniger, und ihre Mutter bewegte fast unmerklich den Kopf, wollte ihn heben – und Belinda bekam schreckliche Angst. Sie taumelte zurück, wollte sich umdrehen und wegrennen, aber sie konnte sich nur in Zeitlupe bewegen. Die Mutter hob den Kopf höher und immer höher, ihr Haar teilte sich …

Belinda riss die Augen auf. «Nein!»

Raymond wachte auf und nahm Belinda in die Arme. Er sagte nichts, er murmelte nicht einmal beruhigende Worte.

Nach einer Weile löste Belinda sich aus seiner Umarmung und knipste die Nachttischlampe an. Sie sah Raymond lange an. Sie schüttelte den Kopf. «Ich weiß nicht, Raymond. Ich habe wirklich Angst davor.»

«Ich auch.»

«Mein Dad ...»

«Ich bin überhaupt nicht wie dein Vater.»

«Das bist du nicht. Nein.» Sie berührte seine Augenbrauen, seine Stirn, den Rücken seiner Nase. «Okay, Raymond. Okay.»

Raymond schloss die Augen. «Wir werden ihm einen Hund kaufen», sagte er. Und dann lächelte er ein Lächeln, das schönste Lächeln, das Belinda je gesehen hatte. «Moe den Zweiten», sagte Raymond verträumt.

Belinda machte die Lampe aus, legte sich neben ihn, beobachtete die Schatten, die an der Wand tanzten, und lauschte auf den Herbstwind in der Akazie. Es gab Dinge, die sie nie begreifen würde. Aber es gab andere Dinge, die sie eines Tages, tief in ihrem Innern, wissen würde, wenn sie lange genug lebte und lange genug liebte. Belinda legte eine Hand auf ihren Bauch, und in ihrem Herzen flüsterte sie mit dem Baby.